凝煉知識品味閱讀

國立暨南國際大學中國語文學系

暨情·享讀

修訂版

五南圖書出版公司 印行

序

《暨情・享讀》，是《暨情・好讀》之後，又一本針對國立暨南國際大學大一國文課程編選的教材！

又一本，不是因為前一本不夠好。這就好像，老大出生了，不是老大不夠好，所以又孕育了老二。畢竟，這種事情，因緣聚合，根本也不用找什麼特別的理由。不過，既然有了一次經驗，第二本也就不會再執著前一本「三行三列」的設計方式，反倒可以直接用「七」這個質數來展現大一國文的教學世界。就好像一星期有七天，不多也不少，剛剛好。

究其實，從「九」到「七」，應該是一個不小的改變，這也需要不小的決心與勇氣。但是，萬變不離其宗，這份教材當然還是以「生命」、「情感」作為編選的中軸線，編選的用意還是想要讓這份教材「變成學生終身國文教育的起跑點」。所以，單元的帳面數字雖然變小，但是內容卻不能變少，因為每個人的人生內容本來就不會無故減少；順此來觀察，我們便看到了「友情、愛情、親情」、「故鄉、山海、水沙連」、「飲食、旅遊、音樂」、「他者背後的故事」都各自整併成一個單元，如此，便一口氣省下了四個單元。另外，再加上「醫療與文明社會的雙向變動」、「科技與人文的對話」二個新單元，最後就形成了七個單元的全新教材。倘若從個人生命的角度來分析這份全新成果，不僅教學時更容易聚焦，編選面向也更多元，編選內容也更加豐富。

總體來說，面向多元、內容豐富當然重要，但是更不容易做到的，則是能夠突破以前的閱讀模式、超越過往的編輯習慣。這方面，目前的許多教學教材常會有導讀、題解、賞析的安排，並藉著這樣的安排，希望讀者能盡快對所選文章達到最基礎的閱讀理解，或者能提供最基本的閱讀協助。不過，這樣的安排也常常限縮了讀者閱讀時的想像空間，著實可惜。況且，詩無達詁，文無定解，許多讀者甚至還會有其個人獨到的見解；相對的，這些善意的安排反倒容易造成一些閱讀干擾。因此，有鑑於此，《暨情・享讀》便希望避免這種情形，只在適當處插入不到五百字的「理論小詞條」，除了補充專業的文學知識，更多的則是從文本閱讀引發一些延伸或思辨，或者是在內容背景進行一些提示或補充。由於這些小詞條沒有固定的位置，或放在單元頁，或冠篇首，或置篇末，或在文旁，若未碰到閱讀的困擾時，讀者也可以忽略不讀；不像導讀、題解、賞析常固定的置於選文前後，除非特意忽略，讀者常常不自覺地受其影響。然而，若再仔細思考，既然目前許多教材仍有此善意的安排，可知導讀、題解、賞析的設計仍受到許多讀者的喜愛，這也是《暨情・好讀》還是保留此欄位的主要原因。

《暨情・好讀》、《暨情・享讀》本來就是姊妹編的關係，雖有完全不同的選文及編排方式，卻仍有相似的編選理念，又有互補的安排設計，故二種可以同時並行，端看任課老師就教學方便性的教材選擇。最後，本人還是不能不承認：《暨情・享讀》也絕不可能一蹴而成今貌，而是經過了至少十次以上的研究討論，才能逐步成形。其中，不僅可以看見李怡儒、林鴻瑞、陳冠妤、張雅婷、溫珮琪、黃健富、嚴敏菁等老師辛勤思考的成果，曾守仁、徐秀菁二位老師的長久耕耘更是功不可沒，沒有他們的用心，就不可能出現現今的面貌。完稿之際，由於本人還湊巧的兼任行政職，縱然卸任在即，但仍有義務略敘編纂的宗旨，也希望不要誤解他們的編選初衷。

陶玉璞

己亥仲夏，於暨大中文系辦公室

目錄

02

情感與生命的交響——文學中的友情、愛情與親情

03

閱讀地景——故鄉・山海・水沙連

04 倫理注視

05 生活何方

06 觀看病體——醫療與文明社會的雙向變動

07 未來一直來——科技與人文的對話

主題一　自我對話

生命追尋與書寫

黑冠麻鷺

【墓志銘】

墓志銘，用來追悼死者，追述其生平行事、勳業功績，由散文的「志」和附於其後韻文的「銘」構成。古人對此相當重視，約也有身死名滅之懼，而要檢括一人一生之重要事蹟，撰寫者非具有修史技術者不能為。此類文體一是由他人或親友撰寫，二是由作者生前自書。前者從回顧死者生平的角度看，其與傳記也有相通之處，後者又稱為「自為」墓志銘，此類為作者設想自己已經死亡，留給自我的話語，或者是交代身後事的展望，用他者的眼光來回望自己的一生，不無有自我展示、自我說解，饒富異樣的意趣。

自為墓志銘

張岱

蜀人張岱，陶庵其號也。少爲紈絝子弟，極愛繁華，好精舍，好美婢，好孌童，好鮮衣，好美食，好駿馬，好華燈，好煙火，好梨園，好鼓吹，好古董，好花鳥，兼以茶淫橘虐，[1]書蠹詩魔，勞碌半生，皆成夢幻。年至五十，國破家亡，避跡山居，所存者，破床碎几，折鼎病琴，與殘書數帙，缺硯一方而已。布衣蔬食，常至斷炊。回首二十年前，真如隔世。

常自評之，有七不可解：向以韋布而上擬公侯，今以世家而下同乞丐，如此則貴賤紊矣，不可解一。產不及中人，而欲齊驅金谷，[2]世頗多捷徑，而獨株守於陵，[3]如此則貧富舛矣，不可解二。

1 茶淫橘虐：「淫」、「虐」意指過分喜愛，「橘」指棋譜。喜歡喝茶下棋。

2 金谷：晉代石崇所建之園邸。

3 於陵：古代隱士陳仲子所居之地。

以書生而踐戎馬之場，以將軍而翻文章之府，如此則文武錯矣，不可解三。上陪玉皇大帝而不諂，下陪悲田院[4]乞兒而不驕，如此則尊卑溷矣，不可解四。弱則唾面而肯自乾，強則單騎而能赴敵，如此則寬猛背矣，不可解五。奪利爭名，甘居人後，觀場遊戲，肯讓人先？如此則緩急謬矣，不可解六。博弈摴蒱，[5]則不知勝負，啜茶嘗水，則能辨澠淄，[6]如此則智愚雜矣，不可解七。有此七不可解，自且不解，安望人解。故稱之以富貴人可，稱之以貧賤人亦可；稱之以智慧人可，稱之以愚蠢人亦可；稱之以強項人可，稱之以柔弱人亦可；稱之以卞急人可，稱之以懶散人亦可。學書不成，學劍不成，學節義不成，學文章不成，學仙、學佛、學農、學圃俱不成，任世人呼之爲敗子，爲廢物，爲頑民，爲鈍秀才，爲瞌睡漢，爲死老魅[7]也已矣。

初字宗子，人稱石公，即字石公。好著書，其所成者，有《石匱書》、《張氏家譜》、《義烈傳》、《琅嬛文集》、《明易》、《大易用》、《史闕》、《四書遇》、《夢憶》、《說鈴》、《昌谷解》、《快園道古》、《傒囊十集》、《西湖夢尋》、《一卷冰雪文》行世。生於萬曆丁酉八月二十五日卯時，魯國相大滌翁[8]之樹子也，母曰陶宜人。幼多痰疾，養於外大母馬太夫人者十年。外太祖雲谷公宦兩廣，藏生牛黃丸，盈數簏，[9]自余囡地以至十有六歲，

4 悲田院：佛教施貧為悲田，因此稱救濟貧民的機構為悲田院，後指稱乞丐聚居的地方。

5 摴蒱：音ㄕㄨ ㄆㄨˊ，古代一種賭博遊戲。

6 澠淄：指澠水、淄水兩條河，均位在山東省。

7 魅：鬼怪也。

8 大滌翁：張岱父親名張耀芳，號大滌。

9 簏：音ㄌㄨˋ，竹編之圓形盛器。

食盡之而厥疾始瘳。六歲時，大父雨若翁攜余之武林，[10]遇眉公先生跨一角鹿，爲錢塘遊客，對大父曰：「聞文孫善屬對，吾面試之。」指屏上《李白騎鯨圖》曰：「太白騎鯨，采石江邊撈夜月。」余應曰：「眉公跨鹿，錢塘縣裡打秋風。」[11]眉公大笑，起躍曰：「那得靈雋若此！吾小友也。」欲進余以千秋之業，豈料余之一事無成也哉！

甲申以後，悠悠忽忽，既不能覓死，又不能聊生，白髮婆娑，猶視息人世。恐一旦溘先朝露，與草木同腐，因思古人如王無功、陶靖節、徐文長皆自作墓銘，余亦效顰爲之。甫構思，覺人與文俱不佳，輟筆者再，雖然，第言吾之癖錯，則亦可傳也已。曾營生壙[12]於項王里之雞頭山，友人李研齋題其壙曰：「嗚呼！有明著述鴻儒陶庵張長公之壙。」伯鸞[13]高士，冢近要離，余故有取於項里也，明年，年躋七十，死與葬其日月尚不知也，故不書。銘曰：窮石崇，鬥金谷。盲卞和，獻荊玉。老廉頗，戰涿鹿。[14]贋龍門，[15]開史局。饞東坡，餓孤竹。[16]五羖大夫，[17]焉能自鬻？空學陶潛，枉希梅福。必也尋三外野人，[18]方曉我之衷曲。

10 武林：武林為杭州之舊稱。

11 打秋風：意指向富有的人抽取小利，或藉故向人求取財物。

12 生壙：指生前預造的墓穴。

13 伯鸞：梁鴻，東漢人，字伯鸞，博學有氣節，隱居不仕。

14 涿鹿：相傳此地為黃帝大戰蚩尤的地方。

15 龍門：龍門為司馬遷的故里，後人常以龍門代稱司馬遷。

16 孤竹：指孤竹君的兩個兒子伯夷和叔齊。

17 五羖大夫：百里奚，楚國人，五羖大夫為百里奚的別稱。

18 三外野人：南宋詩人鄭思肖，自稱三外野人。

【延伸閱讀】

1. 陶淵明：〈自祭文〉，《靖節先生傳》（臺北：華正書局，1996年），頁255-257。
2. 白居易：〈醉吟先生傳〉，《白居易集》（臺北：漢京文化，1984年）收入《四部刊要・集部別集類）下冊，頁1485-1486。
3. 川合康三：《中國的自傳文學》（北京：中央編譯，1998年）。
4. 李敏勇：《墓誌銘風景：生命的亮光，人間的印記》（臺北：玉山社，2018年）。

回頭張望

楊索

最早，永和是一股腥野的魚味。

那時候，我四歲，我們剛搬來小鎮未久，是插枝求活的出外人。父親找到這座大市場，挨挨擠擠地在一個角落賣魚。其實我是在一旁幫忙遞魚，或者只是發呆、玩耍，印象已很模糊。我只記得父親身上的魚腥味，他回家時，脫下一雙沾滿魚鱗的長筒膠鞋總是發臭的。記憶最深刻的是，有一年冬天，父親帶回一串螃蟹，我們等在爐火旁，看著螃蟹奮力掙扎到軀殼轉紅，小小的我也混著恐懼和罪惡感學著剝殼吃了。

冬天，父親回家時，濕淋淋的雨衣除了魚臭，還有濺了一身的泥濘。到我念小學時，父親已收起魚攤，但是，當我唸到課文「天這麼黑，風這麼大，爸爸捕魚去，爲什麼還不回家？」竟然莫名哭了，好像我父親天天出海似的。

我沒想到，小鎮這條街所發展出的巨大菜市場，竟然緊緊地繫縛著我生命中最無邪的歲月。那時我六歲，父親改行賣花，他還是一樣沒有攤位，花攤的位置夾在兩排攤商的中間走道，我開始也拿著一束玫瑰，向過往的主婦示意，喊著：「買花，買花」。多數時候，我常獨自在市場穿梭，看魚販殺魚，看抖動著全身肥肉、眼睛笑得瞇成一條縫的老闆娘秤五花肉。

永和的勵行街起自與永和路接首的一頭，尾端則銜接韓國貨櫱集的中興街。市場內有無數巷弄，大巷夾帶小巷，彎弄中包藏著另一條短弄，這是永和最典型的街道。常常，我鑽進去巷內，久久鑽不出來，後來學會用氣味辨別方向，往左，是燒一鍋黑膠燙豬蹄的，再往前是炒肉鬆的香味，聞到這股肉香，就可以摸回父親的花攤了。

那時候很少人買花，只有在農曆七夕和除夕前，買菜的主婦才會想帶一把花。七夕賣紫紅發亮的圓仔花，賣不完的花和殺好的雞一起擺在門口長桌祭拜，拜完，一群小孩搶著雞腿吃，屋內也有一堆花，我感受到一種懵懵懂懂的幸福，但不清楚父親為什麼蹲在門口怔忡地抽菸。

遠自日據時代，永河舊名溪州時，勵行市場即已存在，至今老一輩說到這座市場，還是說「溪州市場」。市場也可以接到豫溪街，在豫溪街未改道前，與永和路垂直的路口即有一座溪州戲院，我和市場的其他小孩，常常等在門口，散場前可以去看一段戲尾。

我進小學那年，父親入伍補服役兩年兵役，這回由母親推著攤車賣玉蜀黍。母親同樣沒有攤位，她在勵行街尾勉強地挨到一個角落，不管是對客人還是面對被擋路的店家，她都不斷低頭作揖。那時我開始感覺生活的沉重，每天，我要在家照顧新生的弟妹、餵奶、換洗尿布、生火煮飯。如果是母親下廚，她經常是將高麗菜和米燜煮一鍋高麗菜飯，然後就推著攤車走了。

那時的永和仍有大片的稻田，竹林路的圳溝仍未加蓋，勵行市場就接著有名的勵行中學。我天天經過，看到一群男生在操場打籃球，有時在竹林路的巷弄，也可以看到戴大扁帽的男生聚集在一起高聲喧鬧。我們做小孩的，看到這群高中生都很害怕、小孩中間傳說，有人惹了他們，被打死丟到溪裡。所以，每天放學，我都會機警地躲著他們。

是小一那年吧？勵行中學一夜之間，變得空無一人。我一個人偷偷溜進去，無人的操場和校舍形同鬼域，荒涼生疏和過去已是兩樣。一個小孩告訴我，學校老師開槍殺人，「那裡有鬼」。我們要去市場，都要走更曲折的遠路，繞過那座中學。有時候，我要去幫媽媽收攤，為了趕路，在黑夜降臨前，我沿著中學外牆走，內心撲騰撞著，兩條腿想愈走愈快，可是，路卻愈走愈長。

父親退伍後，轉為賣菜，上午在市場外圍擺攤，下午推著菜車穿街走巷叫賣。放學後，我經常先去幫忙收攤，再跟著他沿路賣菜。我不懂為什麼我們家一直沒有固定的攤位，那時我的願望是，長大要有一個自己的攤位，賣什麼都好，但是一定要有。不只是沒有攤位，我們也沒有自己的房子，父親搬家和換生意行當一樣頻繁，使得我常結束小小的友誼，童年的朋友失散各處。

我對父親的菜車印象特別深刻，那時我已經學會秤斤兩、算帳。中午時分，跟著菜車開開停停，左右巷弄常飄來食物的香味，可是我們經常是賣到下午四點才會繞回竹林路的家，所以我叫賣的聲音也愈來愈微弱。永和大餅包小餅似的巷弄，我在飢餓中踏遍了。

在市場賣菜的那段時間，我仍然如幼時喜歡在巷弄內逡巡。那時祖母還不算太老，維持著固定作息，早晨十點以後才吃葷。她常常漱洗過後，牽著我到市場內的一家麵店，兩人各吃一碗熱騰騰、冒著霧氣的切仔麵，麵條澆頭有一、兩片白切肉，我總是難捨地留到最後一口才吃光。吃完麵，祖母又牽著我去買魚。她捏著薄薄的幾張紙鈔，一攤一攤仔細觀看比價，有如現在玉市內挑玉行家的眼光。她不理會大小攤商用誘人的笑容，親切地攔截她，繞上一大圈，最後總又走回最常去的那家，買個收攤前賤賣的一截白帶魚或是三條肉鯧。

到我十一歲那年，父親已經換個五、六種小生意，其他是伴隨歇業日夜顛倒的生活方式。我和姊姊常常在母親的指示下，尾隨父親的行蹤。當他走進河堤下的一家雜貨店賭博，我們兩人不敢靠近，就只有蹲在巷口等著，常常等到天黑。遇到父親贏錢，他會滿臉掩不住笑容，摸一把銅板給我們兩人，有時甚至是一張十元紙鈔；若是他老本輸光，出來又撞見我們，那輸錢的晦氣也會發在我們身上。

我在床板草蓆下偷偷存錢，十一歲那年，開始了自己的小生意。我和姊姊各存二十元，我們結伴穿過市場，走進一家懸掛著各式玩具、糖果餅乾還有抽獎、紅包等批發物件的商店。我第一次做老闆，賣的是一款抽出白馬、黑馬換糖吃的遊戲，後來我又做過抽圓牌、抽紅包的生意。最慘烈的經驗是，我以巨額成本買來的一組紅包獎袋，被一個同齡的小孩開張，第一炮就抽中頭獎十元，我懷疑他耍詐，紅著臉不肯讓他拿走，他不服氣走了，拋下一句「我哥哥會來找妳。」果然，有一天，我放學經過河堤，一個男生衝過來，甩了我一巴掌。因此我結束個人事業，也多長了一項見識，知道竹聯幫的存在。

父親又回到市場賣水果時，老市場似乎已有改變，原來的肉攤、殺雞的攤商正集中起造一個專區。父親仍沒有固定的攤位，早市最熱鬧時，我們擠在外圍的路邊賣，到了午市收攤，我們才在市場內搶到一個攤位。可惜，人潮早散了，光憑我向過往挑三揀四的太太小姐們呼喊著，也沒換來她們的正眼。我想，我養成看人臉色的壞習性，一定和長年在市場廝混有關。

我十四歲那年，我們家的小孩才全部到位，母親生足了九個小孩。一排小孩出現在攤位，場面十分驚人。雖然那些小孩是我媽生的，不是我生的，可是大小弟妹一排站出，總使我十分難為情，看到弟妹來了，我立即拔腿溜走。我父親的攤販年代，幾乎可以用魚的時期、花的時期、菜的時期來為我媽媽的懷孕做記號。母親一年年大肚子成為市場話題，當我聽到「西瓜嫂這胎會生男孩還是女孩啊？」總是羞得躲到小巷喘氣，好像即將臨盆的是我。

父親買賣做做停停，沒有進帳的日子，擺明要我們挨餓。反正回家也不會開飯，我常獨自一人爬上河堤，觀看對岸的台北，燈火明滅的夜裡，我急切地盼望長大。看著河面飄閃的熒光，我想像走過橋的世界，那代表我將離開這座汙穢的市場，有一個不一樣的人生。我呆望著，頭暈目眩，在心中刻劃著離開小鎮的各種圖像。

後來，父親又賣過月餅，是那種餅上浮貼著一張印有鳳梨蓮蓉的錫箔紙，盒內鋪著紅絲綠絲的老式月餅盒。我在勵行街的入口，守著地上十幾盒月餅，露出和那個斬肉的老闆娘臉上相同的微笑，希望網羅經過我左右的所有人。正當我露出傻笑，班上的幾個男生，卻正好經過攤位，這時我的笑容凝住了，很想躲進市場內，可是又不能抛下這一堆月餅，整個人就如被雷打到，僵著無法動彈。

鬱悶的小鎮，相扣相連的巷弄日夜騷動著，那時我半夜常常被聲音驚醒，有時是夫妻吵架，兩人拿刀對峙，旁邊一群小孩的哭喊；有時是河堤屠宰場的豬隻夜半慘烈的尖嚎；有時是幾個小太保追逐幹架的叫囂。

小學畢業前夕，父親處於鳳梨時期，家中經常堆滿大小鳳梨。有一回收攤後，整車鳳梨留在市場附近，需要人看守，不知道爲什麼，我會有膽量單獨一人整夜守著那堆鳳梨？深夜的街道已杳無人跡，望入市場更是一片駭人的黑暗，我整夜睜著眼，腦中出現各種可怕的想像，彼時，唯有抱著一顆刺人的鳳梨，聞著那股醉人的甜香，才能讓我有安全感。

接近清晨時，我在冷風中迷糊睡去，很快又驚慌醒來，斷斷續續的醒醒睡睡夾雜著父親白日說話的情景，父親聲明「查某囡仔讀小學就夠了，小學畢業汝就莫再讀了。」我喊著：「我要，我要，我要去上學。」在低溫中，我又驚醒過來。可能是早晨四、五點，黝暗的市場已經有忙碌的攤商進出卸貨，一盞盞燈火下，他們都有兩眼塌陷，長期睡眠不足的形貌。我想像，有可能這一生將埋在人聲沸騰的勵行市場，同樣過著收錢、找錢一成不變的生活。幼時那渴望長大要有一個攤位的夢想，忽然離我很遙遠。

當父親轉爲賣油飯時，我已經是他的重要助手。他每天攪拌兩大桶油飯，一桶由我扛到老市場賣，一桶由他載到樂華市場販售。我很認真用力地招呼客人，甚至，同學和她媽媽一起出現在市場，我也不放過她們，大聲地把她們叫住。中午回家時，我的桶子幾乎只剩下一點點油飯，我便蒸熟吃了；父親回來時，表情卻委頓蕭然，白布蓋上大半桶的油飯。第二天，父親說，他要去老市場賣，換我去樂華，結果他仍然帶回大半桶賣不出的油飯，而我卻賣到一點都不剩。

其實，我從很早就注意到父親的小生意必然失敗，因爲他做生意經常心不在焉，一副心事重重的神色，又不敢招呼客人，加上他又三天兩頭歇業，無法累積老顧客。面對日夕受挫的父親，十四歲的我深深感受到生活的重擔落在肩上。

在勵行市場，看見日夜出沒著一群和我父親相似的面孔，我開始有了心思，想像自己的存在還有什麼可能性。有一天深夜，我穿過市場回家，望見攤架上鋪著紙板，地上是沒有掃清的菜葉，黑暗中的勵行市場，一個個接連的木構攤位，四處爬著蟑螂，燈罩上有滿滿的灰塵和蜘蛛絲，勵行街不像白天寸步難行，竟變得出奇地短，只有五分鐘，我已經走出了市場。

十五歲那年，我決定跨過橋，去尋找我的人生。最重要的是，我決定棄絕和父親的小販生涯綑綁在一起的歲月。眼見父親在賭徒、小販的角色間游移，最後經常是我在收攤，而我清楚地知道，那是他的人生，不是我的人生。

我離開永和後，再也沒有踏入勵行市場。但是，長達多年，市場的過往經常以各種破碎的樣貌佔據我的夢境，夢中，我仍一遍遍叫喊著買花啊！有時是賣花的夢開場，醒來的前一刻，攤位卻變成賣鮮魚。有時在夢裡，我穿往於一條條暗巷，在這座迷宮般的市場，找不到回家的方向，我艱難地轉醒過來，額頭有薄薄的冷汗。

偶爾，我也會夢到祖母牽著我的小手，帶我去吃麵。她叫了一顆滷蛋夾到我的碗內，我又夾回去給她，祖母不肯，兩人在推讓中，滷蛋落在市場泥濘的地上。更多時候，卻夢見我沒有去市場接班，父親拿著棍棒追打著我。父親在後面追趕，我逃進小弄，躲在垃圾桶旁邊，躲到市場人聲沉寂，只剩我一人，而父親也已不見了。

父親七十歲生日那年，姊姊打電話要我回家祝壽。自從離家後，我和父母的關係愈來愈生疏，只有在節日或重要時刻才會回家，每次回家，如果經過勵行市場外圍，我總是不自主地開始偏頭痛，說不上什麼原因，只是心頭如同被石板壓著，重到透不過氣來。吃完父親的生日宴，已是夜晚十一時，我準備搭車回家，經過老市場，見到入口仍有人在收整散落的水果，我忽然想繞進去看一看。

我走過舊中學外圍；我走過五歲時吃完麵昏倒在地上的復興街；我走過祖母買魚的轉角攤位。我眼中所見的空蕩攤架，這一刻襲來一波波的混合氣味，引領我往前是賣雞的凸目嫂，我彷彿見到她舉著一把厚刀，正準備砍下雞頭，無視老母雞的哀哀啼叫。左邊，是一口檳榔一口菸的魚販勇仔，他刮起魚鱗俐落快速，每條魚落到他手裡都即刻翻白眼。往右，是和我們一樣沒有攤位的何媽媽，她包扁食的手腳很快，我從小看見她可以一邊包料、一邊招呼客人，找錢收錢都在瞬間進行。

飄過來的是肉鬆的香味，還是麵店升騰的熱氣和肉燥香，抑或是夏季荔枝的果香？我從反覆如潮水的氣味，仔細去辨別，記憶又隨著氣味拍打著我的腦部。記憶加上氣味翻湧，就如被打翻的一個珠寶匣，記憶引出記憶、氣味引出氣味，在黑夜中熠熠閃光。我伸手撫摸汙黑的攤架、壓在紙板上的磚塊、沒有收走的兩三顆橘子，一切似乎是在昨天，像是很熟悉，其實又那麼遙遠。

勵行街尾，還有一兩家營業的飲食攤，我停下要了一碗吃食，神色疲憊的婦人好奇地看了我一眼。我心中很想跟她說話，告訴她我在這座市場長大，但是我一定說不清楚這句話有何意義，和這個夜晚又有何相干。那我生命中最重要的十年，永遠不復返的生命之流，我曾在這座市場每天被人推擠著，然而我同時又那麼早地感覺到寂寞，這種黏人的痛，使我提早長大，累積足夠的勇氣離開小鎮。

永和其實早已不是一座小鎮，不知哪一年，它更名爲永和市。即使是白日，車聲也淹過市場的叫賣聲。我抬頭和婦人寒暄：「市場這嘛生理好嗎？」「歹啦！景氣差，大賣場又遐爾仔濟，生理做袂落啦！」怎麼可能，那人貼著人的過往難道只能追憶？不過，市場內有好幾個攤位貼著出租紅條，又像是印證她所說的話。我走出市場，沿著巷道經過豫溪街，又穿過中正路，那座溪州戲院似乎浮印在眼前的大廈上。

我如一縷遊魂，飄蕩在夜晚的永和舊街老巷，眼前擦身而過的行人，每張臉孔似乎都見過，他們是不是以前向我買過花、買過油飯、照顧過我童年的生活？在永和，許多人的生活沒有改變，只是，我像浪子，漂泊得太遠，離開老市場，我就像斷線的風箏，甚至已脫離自己能掌控的界域。我並不後悔選擇離開，可是，我必須承認當時的斷裂過於猛烈。

此刻，我才明白，勵行市場是我生命中的原鄉人，人、氣味、攤架的貨物，在我離開市場後的生活消失，那是我的人生走往虛無疏離的原因之一。這座老市場包裹了我生命中一些血肉模糊的青春，我只敢在深夜偷偷回去，像鬼魅一般摩挲一個永遠失去的世界。

【成長小說】

成長小說可追溯至十八世紀康德啟蒙論述以及歌德的小說，也是西方近代文學常見的類型，以啟蒙過程為書寫主題，亦稱教育小說或啟蒙小說。早期多著眼於青少年至青年這一階段，內容則多為其人生歷練過程，藉由成長書寫，描述所面對親情、友情、愛情或性別等不同面向所引發之各種情緒，如：單親、情感匱乏焦慮、迷茫、渴望、期望、認同、人間悲哀等論題。事實上，就某種程度而言，小說都關乎主角人物的經歷與成長，因此不妨都可以視為「成長小說」，而這也是小說所以始終引人入勝之故。

【延伸閱讀】

1. 楊索：〈我父親的賭博史〉，《我的賭徒阿爸》（臺北：聯合文學，2000年），頁157-178。
2. 柯翠芬：〈我的乾爹〉，《貓蚤居事件簿》（臺北：晨星，1988年），頁98-103。
3. 楊佳嫻主編：《臺灣成長小說選》（臺北：二魚文化，2004年）。
4. 是枝裕和：《橫山家之味》（日本：CineQuanon，2008年）。（電影）

光頭報告

張惠菁

二〇〇六年的四月，我理了光頭。

說起來台灣的男生，多少都理過光頭，或是很短的平頭。但是大部分的女生幾乎一輩子不會看見自己光頭的樣子。頭髮可以做很多的變化，留長，剪短，打薄，留瀏海，染色，挽起來，編辮子，別髮夾。換髮型是一種最容易的改頭換面，比出門旅行還要快速有效率。如果你想要在生活裡做點改變，但肯負擔的風險又沒大到換工作或換男友，那換個髮型已經算是成本最低的了。

光頭例外。不知道爲什麼，女生理光頭至今仍被認爲是一件需要很大勇氣的事。你可以把頭髮削得很短，染奇怪的顏色，但是光頭，大家還是會問妳：「是出家還是出櫃？」頭髮這東西，在文化裡，真的是被賦予了某種意義，現代人

【身體論述：頭髮】

女性的頭髮因造型的迥異而有不同的視覺效果，德斯蒙德・莫里斯在《裸女》表示，女性頭髮代表諸多的意涵：「從文化層面來看，某些文化裡，剃光頭是懲罰女性的手段，是奴隸或是獻身神明的女性才會剃光頭，也可能是因應某些特殊的哀悼儀式。就時尚潮流而言，模特兒剃光頭髮，表示現代女性不該被自我的頭髮囚禁。」從精神層面來看，光頭也可代表脫離外在頭髮的束縛，達到外在身體或內在心理的解放，「自我」的存在無需受外在眼光或他人的評價。

就算不是像參孫一樣把頭髮當成力量的來源，也是把它當作一種裝飾，一種表情，或像一件衣服。而我們已經習慣對任何的裝飾、表情、衣服都緊抓著不放。扔掉其中一樣，像是要你繳械似的。

實在沒那麼嚴重。二〇〇六年，因爲修行上的需要，我終於看到自己光頭的樣子。第一個印象是：原來我的頭這麼小，五官的位置是這樣，整個比例都變了。鏡子裡的這個人既是我、又不是我。不過是把頭髮理掉而已啊，有什麼東西微妙地改變了。這個改變可能還要花一點時間成形，滲進我內裡，但是它確實發生了。

理髮的那天，晚上我的幾個朋友在一起吃飯，打電話來問我，去不去呢？我說，就去一趟吧，不過有件會讓妳們嚇一跳的事喔。到餐廳的時候我戴著帽子，他們全都轉過來，笑著用一種「妳搞什麼鬼啊」的表情看著我。

我把帽子拿下來，他們就開始大叫。不停地大叫。

接下來幾天，大概是我有生以來連續嚇到最多人的日子。看到我的人，當著我的面大叫。沒看見我只聽說了這件事的，在MSN上用表情符號大叫。我這輩子從沒被這麼多人大叫過。他們每叫一次我就再說一次：是的，是因爲修行，但是沒有出家，也不是要去踢少林足球，只是理了光頭而已啊。

小芝說，好像很清麗的女尼，但是又有一點妖豔（奇怪，清麗的女尼跟妖豔到底是怎麼連在一起的？）。小慈說，看起來像是爲了拿金馬獎而落髮的女明星（可能因爲那天我戴著報童帽和墨鏡）。有人積極地建議我在耳骨上穿幾個環（爲什麼光頭就一定要穿耳骨環呢？）。出去吃飯，點完菜後很自然地拿下帽子，麵店阿姨忽然用全店都聽得到的嗓門大聲說「哇妳好酷喔」，真是嚇死我了！（我說謝謝，那可以送我小菜嗎？）見到藝術史學者Craig Clunas，留著灰白短髮的他，跟我說的第一個話題是有關電動理髮刀的號數問題。

大家都會開始聯想，在小說或電影電視裡看過的光頭女生，比如說《笑傲江湖》的儀琳師妹（還會有人搞錯講成岳靈珊）。百分之八十的人都會對我提起賴佩霞，說：「你知道她嗎，她也是因爲修行的關係理了光頭。」但是有一天我忽然想起，完全沒有人提到辛尼歐康諾啊。一個名字被遺忘，就表示它不再會被拿來比較、譬喻，不會再被用來拼湊我們對這個世界的理解了。事實上我也幾乎忘記她了。那天回到家裡我翻出辛尼歐康諾的CD來，聽了一次，然後收起來。

我和人的關係似乎微妙地改變了。當我的朋友們看見我，在第一眼的吃驚之後，接著便會開始尋找語言，試圖描述、解釋我現在的樣子，說好或不好看、說像或不像誰。這些話語，其實也是重構他們對我這個人的認識吧。我對自己的認識也是一樣，身體與臉孔變得陌生，早上打開衣櫃我想，這樣就不適合穿洋裝了吧。理頭髮，說起來只是一個外在的動作，卻好像起了一種直接作用，強制地把我從原來那個叫作「張惠菁」的固定形狀鬆脫開來。

於是我們就可以去面對某些更深層、也更基本的東西了。

於是才發現，所謂的「自我」，是怎麼樣一種既狹隘又廣大的東西。以前留著頭髮的時候，那個人是我。理了光頭以後呢，我還是我，這個存在還是存在，卻又好像變了一個人，很多感受不一樣了，我和人的關係也不一樣了。但這個竟然也還是「我」，所以先前對「我」的一些執著是迷信而褊狹的嘍？真正的「我」是很廣大的嘍？它還可以繼續變化下去？生命本身可以容受我從沒有預想過、無法以理性預作準備的變化？

有一天我到學校查資料，遇見一位師長。她看見我的光頭，當然也嚇了一跳。那天我忽然覺得有很多話要說。外表究竟是怎樣的東西？我們認識的自己，有多少是受了別人看妳、或是妳看自己、或是妳想像他人看妳的眼光所影響呢？這些交錯而紊亂的視線，我們如何受了它們的牽動，有沒有可能整理成更單純坦白的眼光呢？在學校的茶水間裡，老師聽著那些還在整理中、混亂而不成熟的想法。

「妳師父是給了妳棒喝啊。」她微笑而包容地說。「從妳最在乎的事情開始斬斷。」

有時覺得，在這世間發生的許多事，像是投到存在的水塘裡的一塊明礬。在這自我的水塘中，有些念頭浮現，有些沉澱。也許正在逐漸地聚攏形成，一條新的路徑。

【延伸閱讀】

1. 張曼娟：〈髮〉，《百年相思》（臺北：皇冠，1990年），頁166-179。
2. 周芬伶：〈問名〉，《世界是薔薇的》（臺北：麥田，2002年），頁21-29。
3. Robin Bryer著，歐陽昱譯：《頭髮的歷史》（臺北：臺灣商務，2005年）。
4. 戴倫．艾洛諾夫斯基：《黑天鵝》（美國：菲尼克斯影業，2010年）。（電影）

我

童偉格

我叫林士漢，今年二十四歲，我目前的工作是建築工人，其實高職時我念的是國貿科，當完兵後，我把所學的全部忘光了，爲了留在台北，找了這份臨時的工作。這一年，我們在幫一所大學蓋一棟活動中心，我們從工程的開始一直跟到最後，從挖地基開始，現在已經進入了整平建築內部的階段了。我的搭檔阿治很討厭這個階段的工作，他常抱怨要換下一個工作，他說：「貼廁所的磁磚不如去挖捷運。」我找不到理由說服他，只好跟他說：「捷運已經挖得差不多了。」他說：「智障，台北市的廁所才挖得是差不多了。」

這是一所很好的大學，從外面看，就像一座森林一樣，我姊姊以前就是念這所大學的。阿治是我的夥伴，也是我的室友，我剛到台北的時候，聽說後車站有人在找臨時工，就

【流動／漂移】

臺北長期以來一直是臺灣投資建設的首要之地，作為政治、文化與經濟象徵的核心首都，早年已吸引著大量臺灣中南部青年或其他地方的異鄉學子，北上求學尋覓工作，一展夢想。異鄉的青年長期在外地工作、生活或求學，面臨的是人口移動、親情聯繫、老人照護、城市認同、自我焦慮、茫然無依等，外在環境或內在心理層面的問題。透過遷徙流動經驗，呈現在文學書寫上的是漂移族群的創傷、記憶、成長與流動經歷。

去看看，阿治和一群人就蹲在那裡等工頭的車。我每天都去，有一天，阿治問我住在哪裡，我說：「台北。」阿治問我要不要跟他一起租房子住，比較省錢，他說：「我還有一台電視，怎麼樣？」我想想也好，下了工，就和阿治一起去找房子，我問阿治爲什麼要搬家，他說：「哪有爲什麼，搬就搬了。」後來我們終於找到了現在住的地方，這是一棟四層樓的宿舍，房東他們住在一樓，其他的三層樓，都用水泥隔成一間一間的房間出租，每一間大概四五坪大小。大一點的可以住兩個人，有七八坪大小。看房子那天。阿治在牆上到處用力敲，嘴裡直說：「不錯，不錯。」地板是磨石子地的，阿治也蹲下去仔細看，讓房東很不高興。

這裡的房客我到現在也還是不認識，有的是上班族，有的應該是學生。四樓頂是一個平台，有一個用鋼筋架起來的，很高的屋頂，地上到處都是碎水泥塊和破磚塊，看起來像是被拆掉的違建。平常沒事的時候，我們就在平台上抽菸，看看旁邊高架橋上的車流。房子後面的死巷裡，常常有一個老人蹲在那裡，一動也不動，附近有些小學生放學了，常常跑去逗那個老人，對他大吼大叫，拉拉他的衣服，有幾次還拿石頭丟他，阿治下去趕過幾次，後來我發現，那些小孩要進巷子以前，都要抬頭先看看阿治在不在樓頂，也許他們現在覺得，逗樓上的阿治比較好玩。一直到昨天，那個老人都還蹲在那裡。

搬家的那一天，我和阿治各自拿著自己的東西搬進來，我的東西不多，阿治的東西裡，最大的也就是那台三十二吋的大電視。後來我發現，阿治真的很愛看電視，我們剛把東西整理好，他就不知道從哪裡去牽了第四台的線。他的話很少，可以整天坐在房間裡面看電視，尤其是關於他自己的事，你問他，他絕對不回答，我有時候會故意逗他說話。有一次，我唸書上的句子給他聽，我說：「阿治，阿處哭處拉魯那一卡濤馬斯，是什麼意思？」阿治回頭瞪了我一眼，說：「你在放什麼屁？」我說：「這是『人畜平安啊！神！』的意思。」我問阿治：「這不是你們的話嗎？」阿治又轉過頭去，盯著電視說：「不知道，沒聽過。」我說：「那你講幾句你們的話給我聽聽。」阿治說：「放屁，哪有說講就講的，又不是變魔術。」

遇到下大雨的時候，我們不能上工，阿治就要打電話到處去問哪裡需要工人。阿治認識的工頭很多，我們做過大樓清潔工，也做過搬運工，阿治很有義氣，總是說：「我們這裡有兩個人。」等工作的時候，阿治會連電視也看不下去，這時候，他的話才比較多一點。有一次，他問我這麼多書是哪裡來的，我給他看我的借書證，阿治看看借書證，又看看我桌上的書，他問我：「如果你不把這些書拿去還，他們會怎樣？」我說：「不還就不能再借，你如果超過時間，也會被罰一段時間不能借。」阿治說：「就這樣？」我說：「對。」阿治想了一想，又說：「他們不能罰你錢，也不能打你，只好這樣規定，你知道這是什麼意思嗎？」我說不知道，阿治說：「這是說他們拿你沒辦法，你知道這是什麼意思嗎？」我又說我不知道，阿治說：「這是說這個世界上，讀書最好了。」雖然這樣，他自己卻從來不看書，我的書如果占到他的位置，他就會很不耐煩地把書統統堆到電視上，堆在電視上的東西表示他不要了，他如果在戒菸的時候，也會把菸灰缸放在上面。

我問阿治，爲什麼他想要去蓋捷運，他說，這樣比較有成就感，你從一個地方開始工作，一段時間以後，你就到了另一個地方。我不覺得這樣有什麼奇怪的，我告訴阿治，如果你坐飛機到一個很遠的地方，因爲速度太快了，超過我們習慣時間的速度，你就會得到時差，有時差的人，會一整天睡不著，或一整天昏昏欲睡，阿治說這沒什麼了不起，他平常時就是這樣。但阿治其實很少失眠，有時候晚上睡不著時，我躺在床上聽著上鋪的阿治，發出均勻的鼾聲，有時候我會起來看著他，看著這麼高壯的一個人，也屈著身體，安安穩穩地睡著了，那時候我會覺得，時間真的是一種很不可思議的東西。

我有時候會覺得時間很不可思議，大部分是因爲我姊姊的關係。我姊姊大我六歲，我上小學的第一天，我姊姊帶我到小學門口，要我自己進去，她說她已經畢業了，現在要去念國中，然後，她在我臉上狠狠捏了一把，跟我說：「乖一點，放學以後敢迷路你試試看。」我把她的手用力甩開，頭也不回就進校門了，那時候，我覺得我姊姊太小看我了，在我們那個只有一條大馬路的小漁村，一個人怎麼可能有辦法迷路？現在我明白，事情原來不是這樣的。

我們家和那所小學，都在村子的大馬路旁邊，走路的話，大概要走十五分鐘，後來我看地圖，發現我們的村子，其實就是一條道路上的一個點，一邊是基隆，一邊是北海岸風景區，在詳細一點的地圖上，你可以查出，它距離基隆有多少公里，距離下一個風景區又有多少公里，我想，住在這樣的地方，大概免不了是要離開的。我小學三年級時，我姊姊考上了台北的高中，只有放假時才回來；我國小畢業時，我姊姊考上了台北的大學，只有高興時才回來。這似乎是很自然的事，但那時我覺得，我姊姊每次回家，都可能帶著一個驚人的消息。有一天她就這樣若無其事地告訴你，她考上大學了，有一天她就這樣告訴你，她自己可以賺錢了，有一天她就這樣告訴你，她不念大學了，她要去結婚了，有一天她就這樣消失，再也不回來了。

我姊姊最後一次回家，是一個傍晚。我姊姊一進門，問我在做什麼，我說不會看嗎？我在掃地。我姊姊很有趣味地看了我一會，她說你現在念國三了吧，我說廢話。她問我國中好不好玩，我瞪了她一眼，她又問我有什麼可以吃的，我就去炒了飯。她一面看，一面大聲誇我好厲害，我覺得她當我是白癡。吃完飯，我姊姊去自己的房間收拾了很久。很晚的時候，我媽媽回來了，我姊姊就到客廳，等我媽媽卸完妝出來，我姊姊告訴我媽媽，我不念書了，我明天結婚。

我真的嚇了一跳，我媽媽沉默了很久。我姊姊問她，妳沒有問題要問嗎？我媽媽似乎是認真的想了一下，她問我姊姊，明天什麼時候，我姊姊說，明天早上，在台北，你要來嗎？我媽媽點點頭，我姊姊說，那就好，說完就回房間去了。不久，我媽媽也去睡覺了，我一個人在客廳看電視，看了很久。第二天早上，我幫我姊姊拿行李，在基隆等火車到台北。我、我姊姊和我媽媽在月台等車時，月台上有很多正要去上學的學生，我覺得我們真像要去旅行一樣。我想，如果這稱得上是一次旅行的話，那還是第一次，我們三個人一起出去玩。

早上我姊姊先去公證結婚，我們見到了新郎。下午在一家餐廳請吃喜酒，來了很多人，很熱鬧，一直有人拿樂器上台演奏，忽然有人在新郎頭上一掀，把新郎的假髮掀下來，原來新郎留著長頭髮。每個人都來向我媽媽敬酒，我媽媽始終默默不說話，我在旁邊聽了很久，才弄清楚新郎的名字，他是一個樂團的吉他手。喜酒結束後，我姊姊好像喝醉了，我去扶她，她舉起手，好像要捏我，我沒有躲，但她突然一拳打在我肚子上，說，小弟，要乖一點，我以後都不回家了。我看著我姊姊，她笑得很開心，整張臉紅紅的，我想，她做這樣的決定，心裡一定很痛快吧。

我和媽媽坐火車回基隆時，我媽媽問我冷不冷，外套能不能給她穿，我脫下外套，我媽媽披上了，就在火車上睡著了，我看著我媽媽，我想，她也喝多了。其實，我真爲我姊姊覺得高興，那一天，在火車上，我第一次仔仔細細地回想這一切發生的事，有關於那些過去的時間，我想，如果我能像我姊姊那樣聰明的話，也許我就能夠明白，是什麼使她變得這麼堅強的吧。也許，我也能夠稍微體會，我媽媽的心情了吧，但是沒有辦法，我實在是太笨了。

我小學六年級時，有一天早上，我爸爸騎著機車，說要去追烏魚，從南方澳搭漁船出發，一直跟著烏魚到南部去，之後他就失蹤了，我媽媽好像到處去找了幾次，還帶我去南方澳的漁會鬧。我姊姊放假回來，問我媽媽，爸爸真的說要去捕烏魚嗎？有人這樣抓烏魚的嗎？我媽媽又不說話了，我姊姊也不說話，到了晚上，我姊姊找我去問話，她要我仔細回想，爸爸失蹤的前一天晚上，有沒有發生什麼事，我說我想不起來了。

我是真的想不起來了，好像沒什麼特別的事發生，我爸爸還是像平常那樣懶懶散散的。他雖然是個漁夫，但是印象中，他待在陸上的時間似乎比較久，他騎著機車去追船，大概比坐著漁船去追魚的時間多一點。我告訴我姊姊，我只記得，一直到那一天之前的前幾天，我都還在生他的氣。有一天我放學回來，在家裡到處找不到鐵絲，我爸爸問我在找什麼，我說，找鐵絲，明天美勞課要用，我爸爸說，怎麼那麼麻煩，就幫我找。他也找不到，他走到外面，看見牆壁旁一根竹掃把上圈了幾圈生繡的鐵絲，就把掃把給拆了，把鐵絲交給我，然後他踢了踢那堆散成一團的竹枝，叫我鐵絲用完了記得把掃把圈回去，免得媽媽囉唆，就跑到一邊去抽菸了。我看看他，覺得這下糟了，我就知道事情一定會變成這樣，所以平常我很少找他幫忙。

我姊姊聽完，問我說還記得什麼，我說沒有了。我姊姊問我前一天晚上有沒有人來家裡賭博，我說那天沒有，我姊姊說，這就奇怪了。我姊姊突然告訴我，爸爸很會賭博，從來沒輸過，大家都跑來家裡賭，就表示他們也承認爸爸很厲害。我姊姊問我記得喜仔叔嗎？我說記得，我姊姊說他不是每次都輸得蹲在椅子上賭嗎？我說媽媽不喜歡爸爸賭博，有一天她拿菜刀，把大家趕跑了，連爸爸也被趕出門。我姊姊說她記得，她也不喜歡爸爸賭博。

農曆過年之後，爸爸還是沒有回來，媽媽去找了一份正式的工作，在村子裡的那家金北海活魚三吃當招待。那一年，姊姊考上了大學，我升上了國中。從那之後，我發覺我經常一個人在家，我媽媽大概睡到中午才出門工作，很晚的時候才回來，我想，要是我一直躲在家裡沒去上學，我媽媽大概也不會發現。一開始時，我真的這樣做，不知道爲什麼，我開始很喜歡一個人躲在家裡，在我們這個每個人都出門沒有回來的家，我突然有了比以前從來沒有過的耐心和好奇，去一點一點尋找我以前沒有注意的角落。我潛入姊姊的房間，這個房間對她來說，更像是一個倉庫，她在緊鄰馬路的那扇窗戶加了窗簾，整間房子陰暗潮濕，她讀過不要的書，還有她穿不下的衣服，在桌上，在地上，在床上，一堆一堆地堆疊成某一種特定的高度，我想，那大概是她伸起手可以不費力搆到的地方，那些東西就這樣被保留下來。

我媽媽的房間也一樣塞滿了東西，用壞的舊電鍋、熱水瓶，我小時候的玩具，還有一疊又一疊的舊報紙，有些東西，儘管只剩下一小截殘骸，我媽媽還是一樣，把它們塞在床底下，衣櫃裡，梳妝檯櫃子裡，和任何一個角落。我發現了一本舊筆記，仿牛皮的封面，裡面居然是爸爸所寫的，在第一頁，爸爸寫了「航海日記」，還大大的簽了自己的名字，裡面大部分的紙張都被撕掉了，剩下的，大概不斷地重複這樣的話：「今天又荒廢了一天，明天應該好好努力。」

「今天又荒廢了一天，明天應該好好努力。」

「今天又荒廢了一天，明天應該……。」

中間還有一頁這樣寫著：

「今天發生了一件事，我被王億萬船長毆打，我沒有偷懶，也沒有做錯事，王船長喝醉酒，沒有原因就動手打我，我們一起的劉天生和王明龍都可以做證。」下面是我爸爸和其他兩個人的簽名和日期。

一段時間後，我又開始每天準時上學，不知道爲什麼，我再也不敢一個人待在家裡了。我不記得缺席了多久，我跟老師說我生病了，老師和同學們都沒有多問，我想，我缺席這段時間的長度，他們大概覺得正好合理，可以接受吧。我每天很早到學校，放學後也拖延到很晚才回家。過了一段時間，我姊姊回家住了幾天，有一天，我姊姊又找我去問話。我姊姊問我，妳知不知道媽媽有時候晚上會偷偷跑出去，我說我大概知道吧，我姊姊說什麼叫大概知道，她問我知不知道媽媽跑去哪裡了，我說我不知道，我姊姊叫我以後注意一點。

有一天晚上，我睡著了，我姊姊大聲敲我房間的門，把我吵醒，她問我幹嘛把門鎖起來，我說不行嗎？她叫我跟她到外面去，我們就走出門，站在門外的大馬路邊。晚上很冷，風從附近的海邊直灌進來，鑽進我的褲管，咬著我的腳，黑暗中，狗懶懶地叫了幾聲，又走遠了，我覺得很想尿尿，就問我姊姊到底要做什麼？我姊姊說，我們等，等媽媽回來。

這樣等了很久，我覺得天都快亮了，然後，有一輛汽車在馬路轉角邊停了下來，靜了很久，車子倒車開走了。我媽媽慢慢從轉角走出來，慢慢走近我們，我姊姊看著我媽媽，我看著我姊姊和我媽媽，我媽媽什麼也沒看，推開門，進到屋裡去了，過了一會，我姊姊叫我去睡覺，也進屋裡去了。

以後有很多次，我姊姊會一言不發地把我吵醒，要我一起站在外面等。我問我姊姊，如果她一直注意著媽媽，爲什麼不在媽媽出門時就攔住她，我姊姊沒有回答我。在等待時，她也一直保持沉默，在馬路邊，如果狗吠得太大聲，或是誰家的燈突然亮了，我姊姊也會稍稍地顯得不安。我站在那邊，忍著睡意，交替著把重心放在不同的兩腳上，看著我姊姊的影子一下被拉長，一下被縮短，和黑夜裡偶然出現的光合在一起。我想，在這個只有一條馬路的小村子，要真正保有什麼祕密，大概是非常困難的吧。

我姊姊一定也明白，有時候我有一種衝動，我想問問我姊姊，這麼做到底有什麼「意義」？我想帶我姊姊，去看看媽媽的房間，那個在床底下，在任何角落，都塞滿了東西，陳舊潮濕的房間。我想，這樣也許我姊姊就能明白我的想法，因爲當時，即使是現在，我也不知道應該如何向她說明。我記得有一次，我姊姊問我，知不知道什麼叫「嫉妒」？我說我不會解釋，老實說，我經常不記得那兩個字要怎麼寫，我記得我姊姊低頭一會，又抬頭盯箸馬路盡頭，那輛汽車每次都在那裡停下的轉角。

後來，也許不完全是因爲我姊姊的關係，這些夜裡的等待終於有結束的一天，我姊姊得到了勝利。我姊姊結婚，宣布她永遠不回來了的那一年，我考上了基隆的一所高職，每天通車上學，日子在看不相干的書中度過。我媽媽還是日復一日在中午起床，化好了妝，去金北海上班，金北海的生意突然好了起來，大概在台北附近的一些地方，生意都會輪流好起來吧。

我當兵的時候，有一天放假回來，發現村子裡那段大馬路正在拓寬，鄰近的房子都被劃去了一半。我在小學旁的臨時站牌下車，發現小學的校門不見了，我走回家，發現我家只剩下一半，我家的客廳，我和我姊姊的房間都變成了馬路，我媽媽的房間，正對著大馬路，從地板到天花板，結結實實地塞滿了我家的東西。我站在那裡看了很久，看著假日的車潮一輛一輛從我家前面慢慢通過，然後走到金北海去找我媽媽。

我媽媽請了兩小時的假，帶我到小學後面的空地上，用三角板搭起的臨時住所。我媽媽住的地方大概有十坪大小，我媽媽說等馬路鋪好了，政府會幫我們蓋新房子，房子雖然只剩下一半，但政府會蓋二樓做補償，所以大小還是一樣，還多了一個樓梯。我看著馬路上捲起的灰塵，告訴我媽媽，我們的政府真有魄力。我媽媽笑了，這麼多年，除了看電視時的傻笑，我真的第一次看她笑。我回頭看看媽媽住的地方，發現牆角堆了很多沒有開封的小家電，光是果汁機就有三台，我問媽媽這些要做什麼，我媽媽說，現在這裡每個禮拜都有流動夜市，這些是買來的，很便宜。我媽媽問我退伍以後要做什麼，我說，找工作，去台北。我媽媽說這樣也好，她在屋裡看了一會，像是要看看有什麼東西可以給我，最後，她問我要不要帶一把吹風機走，她買了很多，我脫下我的帽子，指指我的平頭，笑著說，不用了。

就這樣，退伍後，我也來到了台北。一開始，我根本沒有心情工作，只是租了一個小房間，每天無所事事的，照著出現在腦海裡的，曾經聽過的那些地方，一個一個去看看。有一次，我也登上了那個摩天大樓，去看看台北市的街景，我想著，如果從這裡往外面看，那麼方向突然變得很清楚，反正這麼多馬路、橋、高速公路、鐵路上，這麼多車子，我們不是來台北，就是離開台北，我們不是往南離開，就是往北靠近，一個地方可以大到這樣一點都不抽象，一切好像都可以很確定的樣子，我想，光是這一點，我就決定要留在這裡了。

昨天整天雨下得很大，阿治跑出去喝酒，傍晚回來的時候，他把菸灰缸從電視上拿下來，坐在那裡抽菸，然後，他叫我跟他一起去平台上看看，他告訴我：「我明天就要回家了。」我想了想，我問他：「你家在哪裡？」他說：「屏東，在恆春那附近。」我說：「所有的屏東都在恆春那附近。」他就把他的身分證拿給我看看，我才知道他叫許文治，大我五歲。他說小時候大家都叫他死蚊子，因爲他長得很高，又比較瘦，很像一隻蚊子，我說：「阿治好聽一點。」我問他回去以後要做什麼，他說不知道，也許開一家雜貨店，他家就是開雜貨店的。

我說那他就不叫「開」雜貨店了，因爲他家本來就是雜貨店，阿治說：「那要怎麼說？」我說：「我也不知道。」阿治說反正就是那樣。他問我還要留在台北嗎？我點點頭，他說：「那好，電視送給你。」他想了想，又說：「那個第四台的線，如果你怕被抓的話，可以把它拆了，如果想看，可以去找人來接，反正你還要住在這裡，還是，你也可以搬到比較便宜的地方。」我告訴阿治別那麼囉唆，我自己知道怎麼做。

阿治不說話了，我也不知道應該說些什麼。我們看著還蹲在樓下的那個老人，他還是一動也不動，雨已經小了很多，我說：「活動中心已經快要蓋好了。」阿治點點頭，說：「好不容易。」突然，那個老人站了起來，跌跌撞撞地往外跑，從我們這裡往下看，他簡直就像在跳舞一樣，我和阿治一起大喊：「小心啊。」但是已經來不及了，老人被高架橋下經過的一輛車子撞上，整個人在車頂翻了幾圈，面朝上落在柏油馬路上。我想要衝下樓去，但阿治攔住我，他說：「來不及了，現在大家都擠到那裡去，去了也只是擋路。」於是我們站在那裡看，人群中，有人用行動電話報了警，大家聚在那裡指指點點，沒人敢去碰那個老人。我很緊張，抓著阿治的手臂，救護車來時，我好像看到正有一個血泡，在老人的鼻孔上，被一點點氣息吹得愈來愈大，慢慢的，好像一隻結好網的蜘蛛那樣，從老人面目模糊的臉上，一點一點，橫移開來，不知要走去哪裡。救護車走後，阿治告訴我：「下樓吧。」

今天早上，我堅持送阿治去火車站，我買了月台票，我們一起在地下的月台等車，我告訴阿治，我印象中最深刻的月台，是在基隆。基隆是一個很奇怪的地方，在火車站附近，你可以一直走在天橋上，不碰到陸地，大家都在天橋上走路、賣東西，有些房子的大門，就接著天橋，連那山腰上的房子，遠遠的看，都像一座橋。阿治點點頭，說：「那個地方下太多雨了，地也不平。」

送走阿治後，我慢慢從車站走回來，我想起了那個老人，我想，長這麼大，第一次看到有人流那麼多血，而且可能會死掉。我看的書裡，有很多充滿了痛苦的吶喊，但他們一本一本擺在書架上，擺在櫃子裡，看起來，又是那麼整齊安靜，就像現在街上這些人，每個人都是保持安靜地走著，一步一步地。這麼一想，時間真的是一種很奇怪的東西，但有時，我覺得時間也沒有那麼奇怪，事實就是，我二十四歲了，阿治二十九歲了，我姊姊三十歲了，我媽媽五十一歲了，而我爸爸，如果他還活著的話，也已經五十八歲了。

我真心希望那個老人沒事，過幾天，他又可以蹲在那裡，我會像阿治那樣，幫他趕走那群頑皮的小學生。我想，這真是一個自私的希望，我希望，我也能有一次機會，能看見在這個只會愈來愈老，愈來愈接近一個終點的時間裡，有一個人，像是倒轉時間一樣，恢復了過來。這個城市就像不時在變動一樣，即使是閉上眼睛，還是能清楚聽見，各種拆毀和建造的聲音，遠遠近近的。再遲鈍的人，即使像我一樣，也終於能夠聽見，不知道爲什麼，在應該覺得輕鬆快樂的時候，我只覺得，很難過。

——本文獲一九九九年台北文學獎短篇小說評審獎

【延伸閱讀】

1. 童偉格：《西北雨》（臺北：印刻文學，2014年）。
2. 柯裕棻：〈行路難〉，《青春無法歸類》（臺北：大塊文化，2004年），頁228-239。
3. 夏烈：〈白門，再見！〉，《最後一隻紅頭烏鴉》（臺北：九歌，2006年），頁207-221。
4. 蔡銀娟：《候鳥來的季節》（臺北：三映，2012年）。（電影）

主題二　情感與生命的交響

文學中的友情、愛情與親情

微光攝影

廣絕交論（節選）

劉峻

客問主人曰：「朱公叔[1]〈絕交論〉，爲是乎？爲非乎？」主人曰：「客奚此之問？」客曰：「夫草蟲鳴則阜螽躍，[2]雕虎嘯而清風起。故絪緼相感，霧湧雲蒸；[3]嚶鳴相召，星流電激。是以

1 朱公叔：朱穆，字公叔，東漢時人，為官清廉，曾任冀州刺史，官至尚書，死後追贈益州刺史。

2 草蟲鳴則阜螽躍：阜螽，音ㄈㄨˋ ㄓㄨㄥ，一指蝗蟲的幼蟲，一指蚱蜢。此語出自《詩經．召南．草蟲》：「喓喓草蟲，趯趯阜螽。」草蟲鳴叫時，阜螽隨之跳躍。

3 絪緼相感，霧湧雲蒸：絪緼，音ㄧㄣ ㄩㄣ。天地陰陽二氣相互交融變化。

【朱穆〈絕交詩〉與〈絕交論〉】

東漢朱穆〈與劉伯宗絕交詩〉以「北山有鴟，不潔其翼。飛不正向，寢不定息。饑則木攢，飽則泥伏。饕餮貪污，臭腐是食」，暗指友人劉伯宗利慾薰心、貪得無厭的醜態，並以「鳳之所趨，與子異域」自喻，發出「永從此訣，各自努力」的宣告。在此同時，朱穆有感於世人攀附權貴，以利結交的行徑，作〈絕交論〉，《後漢書．卷四十三》記載：朱穆「常感時澆薄，慕尚敦篤，乃作〈崇厚論〉」，「又著〈絕交論〉，亦矯時之作」，文中以問答的形式，說明「古者，進退趨業，無私游之交，相見以公朝，享會以禮紀」，進而痛斥當時「蔽過竊譽，以贍其私；事替義退，公輕私重」的風氣，期盼矯正時弊。

王陽登則貢公喜，[4]罕生逝而國子悲。[5]且心同琴瑟，言鬱郁[6]於蘭茝；道叶膠漆，[7]志婉孌於塤篪。[8]聖賢以此鏤金版而鐫盤盂，書玉牒而刻鐘鼎。若乃匠人輟成風之妙巧，[9]伯子息流波之雅引，[10]范、張款款於下泉，[11]尹、班陶陶於永夕。[12]駱驛縱橫，煙霏雨散，巧曆所不知，心計莫能測。而朱益

4 王陽登則貢公喜：漢時，王陽與貢禹友好，王陽到朝廷任職，貢禹慶賀。

5 罕生逝而國子悲：罕生，春秋時鄭國上卿子皮。國子，鄭國賢相子產。《左傳．昭公十三年》：「（子產）聞子皮卒，哭，且曰：『吾已，無為為善矣，唯夫子知我。』」

6 鬱郁：香氣濃郁。

7 道叶膠漆：叶，音ㄒㄧㄝˊ。彼此契合，情誼深固。

8 志婉孌於塤篪：孌，音ㄌㄩㄢˇ；塤篪，音ㄒㄩㄣ ㄔˊ。塤和篪一起吹奏時，聲音調和，比喻彼此情誼相親相契。

9 匠人輟成風之妙巧：匠人不再施展運斤成風的絕技。《莊子．徐無鬼》：「郢人堊漫其鼻端，若蠅翼，使匠石斫之。匠石運斤成風，聽而斫之，盡堊而鼻不傷，郢人立不失容。」

10 伯子息流波之雅引：春秋時，伯牙善鼓琴，視鍾子期為知音，鍾子期死，伯牙斷琴絕弦，不再彈奏如高山流水般高雅的琴曲。

11 范、張款款於下泉：東漢時，范式、張劭友好，張劭死，范式素車白馬奔來，懇摯哀傷地為之導引下葬。

12 尹、班陶陶於永夕：東漢時，尹敏、班彪志同道合，經常徹夜長談，通夕不寐，暢快盡興。

州汩彝敘，粵謨訓，捶直切，絕交游，[13]比黔首以鷹鸇，媲人靈於豺虎。[14]蒙有猜焉，請辨其惑。」

主人听然[15]而笑曰：「客所謂撫弦徽音，未達燥濕變響；[16]張羅沮澤，不覩鴻鴈雲飛。蓋聖人握金鏡，闡風烈，[17]龍驤蠖屈，從道汙隆。[18]日月聯璧，贊亹亹之弘致；[19]雲飛電薄，顯棣華之微旨。[20]若五音之變化，濟九成之妙曲。此朱生得玄珠[21]於赤水，謨神睿[22]而為言。至夫組織仁義，琢磨道德，[23]驩其愉樂，恤其陵夷，[24]寄通靈臺之下，[25]遺迹江湖之上，風雨急而不輟其音，霜雪零而不渝其色，斯賢達之素交，[26]歷萬古而一遇。

13 汩彝敘，粵謨訓，捶直切，絕交游：汩，音ㄍㄨˇ；彝，音ㄧˊ。擾亂社會倫常，不循聖賢訓誡，打擊正直懇切之人，斷絕與朋友間往來。

14 比黔首以鷹鸇，媲人靈於豺虎：鸇，音ㄓㄢ；媲，音ㄆㄧˋ。將百姓比作猛禽，將世人比作豺狼虎豹。

15 听然：听，音ㄧㄣˇ。微笑貌。

16 撫弦徽音，未達燥濕變響：彈奏美好樂音，卻不知氣候燥濕會影響琴弦琴音。

17 握金鏡，闡風烈：秉持正理，開創偉業。

18 龍驤蠖屈，從道汙隆：龍騰奮發，尺蠖屈身，依世道盛衰而調整變化。

19 日月聯璧，贊亹亹之弘致：亹，音ㄨㄟˇ。太平盛世，勤勉自勵，以期實現宏大的志業。

20 雲飛電薄，顯棣華之微旨：衰微亂世，顯示反其道而行的隱微用意。

21 玄珠：比喻至理妙道。

22 謨神睿：師法聖哲。

23 組織仁義，琢磨道德：共同涵養仁義，彼此砥礪德行。

24 陵夷：遭遇困厄。

25 寄通靈臺之下：指彼此心意相通。

26 素交：交誼純潔質樸。

逮叔世民訛，狙詐飆起，[27]谿谷不能踰其險，鬼神無以究其變，競毛羽之輕，趨錐刀之末。[28]於是素交盡，利交興，天下蚩蚩，[29]鳥驚雷駭。然則利交同源，派流則異，較言其略，有五術焉：

若其寵鈞董、石，權壓梁、竇，[30]雕刻百工，鑪捶萬物。吐漱興雲雨，呼噏下霜露。九域聳其風塵，四海疊其熛灼。[31]靡不望影星奔，藉響川鶩。[32]雞人始唱，鶴蓋成陰；高門旦開，流水接軫。皆願摩頂至踵，隳膽抽腸，約同要離焚妻子，誓殉荊卿湛七族。[33]是曰勢交，其流一也。

富埒陶、白，貲巨程、羅，[34]山擅銅陵，家藏金穴，出平原而聯騎，居里閈[35]而鳴鐘。則有窮巷之賓，繩樞之士，冀宵燭之末光，邀

27 叔世民訛，狙詐飆起：狙，音ㄐㄩ。亂世衰敗，欺騙訛詐之事如狂風突起。

28 競毛羽之輕，趨錐刀之末：比喻人們競逐如毛羽之輕、錐刀之末的微小利益。

29 蚩蚩：蚩，音ㄔ。紛擾混亂。

30 寵鈞董、石，權壓梁、竇：恩寵如同西漢時寵臣董賢、石顯，權勢壓過東漢時外戚梁冀、竇憲。

31 九域聳其風塵，四海疊其熛灼：九州四海都畏懼他們的威勢氣焰。

32 藉響川鶩：聽到一點聲響動靜，就如急川奔流般趨前奉承。

33 約同要離焚妻子，誓殉荊卿湛七族：承諾會如要離不惜殺死自己的妻子，以報效主君；發誓即使如荊軻行刺失敗，被滅七族，也在所不辭。

34 富埒陶、白，貲巨程、羅：埒，音ㄌㄜˋ，等同；貲，音ㄗ，財貨。富比春秋戰國時范蠡、白圭，財勝西漢時程鄭、羅裒。

35 里閈：閈，音ㄏㄢˋ。指鄉里。

潤屋之微澤。[36]魚貫鳧躍，颯沓鱗萃，[37]分鴈鶩之稻粱，沾玉斝[38]之餘瀝。銜恩遇，進[39]款誠，援青松以示心，指白水而旌信。[40]是日賄交，其流二也。

陸大夫宴喜西都，郭有道人倫東國，[41]公卿貴其籍甚，搢紳羨其登仙。加以頷頤蹙頞，涕唾流沫，[42]騁黃馬之劇談，縱碧雞之雄辯。[43]敘溫郁則寒谷成暄，論嚴苦則春叢零葉，飛沉出其顧指，[44]榮辱定其一言。於是有弱冠王孫，綺紈公子，道不掛於通人，聲未遒於雲閣，[45]攀其鱗翼，丐其餘論，[46]

36 冀宵燭之末光，邀潤屋之微澤：冀望宵燭的餘光，爭取富貴人家的微小恩澤。

37 魚貫鳧躍，颯沓鱗萃：鳧，音ㄈㄨˊ。魚類群集連貫，水鳥聚集跳躍。

38 玉斝：斝，音ㄐㄧㄚˇ。玉製的酒器。

39 進：報效。

40 指白水而旌信：指著白水發誓，以證誠信。《左傳・僖公二十四年》：「公子（重耳）曰：『所不與舅氏同心者，有如白水。』投其璧於河。」

41 陸大夫宴喜西都，郭有道人倫東國：西漢時陸賈在長安宴飲賓客，東漢時郭泰在洛陽品評人物。

42 頷頤蹙頞，涕唾流沫：頷，音ㄑㄧㄢ。收緊下巴，皺起額頭，神情專注，侃侃而談。

43 騁黃馬之劇談，縱碧雞之雄辯：暢談「白馬非馬」、「黃馬非馬」，以及「其與類乎，碧其雞也」等命題的論辯。

44 飛沉出其顧指：地位升降但憑對方的顧盼指示。

45 道不掛於通人，聲未遒於雲閣：遒，音ㄑㄧㄡˊ。學問、名聲不被通儒、朝臣肯定和稱揚。

46 丐其餘論：掇拾名士的言論。

附駔驥之旄端，軼歸鴻於碣石。[47]是曰談交，其流三也。

陽舒陰慘，生民大情；憂合驩離，品物恆性。故魚以泉涸而呴沫，鳥因將死而鳴哀。同病相憐，綴〈河上〉之悲曲；[48]恐懼置懷，昭〈谷風〉[49]之盛典。斯則斷金由於湫隘，[50]刎頸起於苫蓋。[51]是以伍員濯溉於宰嚭，張王撫翼於陳相。[52]是曰窮交，其流四也。

馳騖之俗，澆薄之倫，無不操權衡，秉纖纊。[53]衡所以揣其輕重，纊所以屬[54]其鼻息。若衡不能舉，纊不能飛，雖顏、冉[55]龍翰鳳雛，曾、史[56]蘭薰雪白，舒、向[57]金玉淵海，卿、雲[58]黼黻河

47 附駔驥之旄端，軼歸鴻於碣石：駔，音ㄗㄨˋ；旄，音ㄇㄠˊ；碣，音ㄐㄧㄝˊ。比喻依附權貴，達到攀升目的。

48 〈河上〉之悲曲：語出《吳越春秋．闔閭內傳》：「子不聞〈河上歌〉乎？『同病相憐，同憂相救。』」

49 〈谷風〉：指《詩經．小雅．谷風》：「習習谷風，維風及頹。將恐將懼，置予于懷。」

50 湫隘：音ㄐㄧㄠˇ ㄞˋ，指住所低矮狹窄。

51 苫蓋：苫，音ㄕㄢ，用茅草編成的屋頂，比喻生活貧賤。

52 伍員濯溉於宰嚭，張王撫翼於陳相：嚭，音ㄆㄧˇ。伍子胥推舉培植伯嚭，官至太宰；張耳庇護扶持陳餘，官至趙相。

53 纖纊：纊，音ㄎㄨㄤˋ。纖細的絲棉。

54 屬：觀察測看。

55 顏、冉：孔子弟子顏回、冉求。

56 曾、史：孔子弟子曾參、史魚。

57 舒、向：西漢大臣董仲舒、劉向。

58 卿、雲：指司馬相如、揚雄。司馬相如，字長卿；揚雄，字子雲。

漢，[59]視若游塵，遇同土梗，莫肯費其半菽，罕有落其一毛。若衡重錙銖，纖微飄撇，雖共工之蒐慝，驩兜之掩義，南荊之跋扈，東陵之巨猾，[60]皆爲匍匐逶迤，折枝舐痔，[61]金膏翠羽將其意，脂韋便辟導其誠。故輪蓋所游，必非夷、惠[62]之室；苞苴[63]所入，實行張、霍之家。[64]謀而後動，毫芒寡忒。[65]是曰量交，其流五也。」

59 黼黻河漢：黼黻，音ㄈㄨˇ ㄈㄨˊ。指司馬相如和揚雄兩人之賦辭藻華美，文思泉湧，如河漢滔滔不絕。

60 共工之蒐慝，驩兜之掩義，南荊之跋扈，東陵之巨猾：慝，音ㄊㄜˋ。指共工隱藏罪惡，驩兜掩蓋道義，莊蹻霸道專橫，盜蹠搶奪侵犯。

61 匍匐逶迤，折枝舐痔：逶迤，音ㄨㄟ ㄧˊ。「枝」同「肢」。比喻屈身趴伏，奉承討好。

62 夷、惠：伯夷、柳下惠。

63 苞苴：苴，音ㄐㄩ。指行賄、收買的財物。

64 張、霍之家：指漢代張安世、霍光等權貴之家。

65 毫芒寡忒：忒，音ㄊㄜˋ，差錯。此指絲毫不會有差錯。

【延伸閱讀】

1. 嵇康：〈與山巨源絶交書〉，殷翔、郭全芝注：《嵇康集注》（合肥：黃山書社，1986年），頁115-130。
2. 尹雪曼：《西園書簡》（臺北：皇冠文化，1972年）。
3. 白先勇：〈花橋榮記〉，《臺北人》（臺北：爾雅，1983年），頁163-183。
4. 曾國祥導演：《七月與安生》（臺北：采昌國際，2018年）。（電影）

夏綠蒂的修養

宇文正

蘿西平常是不讀小說的，經過學校旁的小書店買下這本《The Rosie Project》，只是因爲書名。她的英文名字叫Rosie，況且她來念MBA，跑去修一門under[1]的課，專門就教怎麼寫Project。但什麼是Rosie Project？好奇，便買下這本英文小說。

男主角Don，是個讀來本身就很有心理問題的心理系遺傳學教授。簡直有強迫症，生活完全規格化，連吃飯都有標準化的「備餐系統」。女主角Rosie到他家吃飯，那天星期二，他從浴缸裡撿起一隻龍蝦——牠本來在裡面爬來爬去，準備按每週二的計畫做龍蝦和芒果酪梨沙拉。她讀到這裡笑了出來，小說家真會掰，哪有人每個禮拜吃一隻龍蝦的？

她邊笑邊把小說讀完了，是個有趣的浪漫喜劇。真的有趣嗎？她想，在小說、電影裡，人格特徵突出的人物會讓人覺得好玩，但若在現實生活中相處，那種人肯定很討厭吧。

小說看完，書不知塞哪去了。那時候，蘿西不會知道這書種下的暗示，冥冥中影響了她的命運。

她喜歡的那個男孩子，剛從伊利諾大學香檳分校轉來念生物的阿傑，說這個禮拜有同學從伊利諾過來看他，問可不可以介紹她認識？那是他最要好

1 under指大學部。

的朋友。她腦子發脹，捉摸不清這話的語意，是因爲她在他心目中很重要，想讓自己的好朋友也認識她？還是要作媒，把她介紹給他的好朋友？

她不知道該歡喜還是生氣，但不能問啊。她學的管理，在這裡唯一派得上用場的，也許就是管理自己的情緒？

她不是浪漫而容易墜入情網的人，身邊的女孩子們一向不是在戀愛、失戀，就是在暗戀中，只有她覺得莫名其妙。她曾經問過一位懂命理的學姊：「我從來沒有感覺過『愛情』，是不是我一輩子都不會擁有這個東西？」學姊笑說，斷情根，那是上輩子有修啊！把她的八字拿來一看，學姊沉吟半晌，意味深長地說：「妳只有一次機會，來了就好好握牢吧。」

「錯過了，這輩子就嫁不出去嗎？」

「妳不會嫁不出去，像夏綠蒂那樣嫁個條件合宜的人，妳會做這種事。」

「夏綠蒂，誰？」她的朋友中沒有夏綠蒂。

「《傲慢與偏見》裡的夏綠蒂啊。」

喔，是書裡的人。小時候讀過簡譯本，只記得好多女生想嫁人，一直在跳舞，男女主角一個是傲慢，一個是偏見，其他全忘了。對了，還記得一句對白，因爲讀到的時候大笑出來。女主角那個愚蠢的媽媽對她老公嘮嘮叨叨，細數大女兒在舞會上跟誰誰誰跳了舞，她老公嘆口氣說：「珍如果知道我得聽到那麼多名字，她不會一直跳個不停的！」

想到這，不覺莞爾。男女主角是怎麼樣峰迴路轉成就了愛情喜劇，全不記得，卻記得這種對話，可見自己真的是極不浪漫也不嚮往。但是啊，遇見阿傑，爲什麼竟然心慌意亂呢？

當年蘿西一頭霧水聽學姊說到夏綠蒂，那個春假，她便去買了本《傲慢與偏見》來讀。這回當然不是看少年簡譯版，是志文出版的精裝本呢。爲了弄清楚「像夏綠蒂那樣」是什麼意思，她一口氣讀完。第十三章，荒謬、滔滔不絕、又言必稱「凱莎琳夫人」的柯林斯先生出現了。連續幾章的描述，都在表現他的天生蠢相。到第二十二章，夏綠蒂，女主角伊麗莎白的手帕交，爲了生活的保障、勉強升格的社經地位，決定嫁給蠢人柯林斯。

原來學姊說「妳會做這種事」指的是這個！她恨不得跟學姊絕交，她哪是要仰仗男人才能活的呢！

如今回想，不氣憤了，卻覺得悲涼起來。夏綠蒂是悲涼的，她在安穩庸俗的現實中，偷偷建立自己的小世界：發覺柯林斯「最高尚的娛樂」就是收拾花園，她刻意鼓勵他多在花園裡待著。蘿西想起自己的母親，若有所悟。父親退休後，幾乎得憂鬱症的是媽媽，還好，媽媽從儲藏室裡挖出爸爸年輕時代一時興起買下的一整套木工器具，鑽頭、線鋸機、修邊機什麼都有。媽媽引導爸爸建立起木工DIY的新生活，解救了全家。現在他們家連面紙盒都是木做的。

她已經不害怕成爲夏綠蒂了，甚至覺得，女人年紀大了之後，都應該有點夏綠蒂的修養。

可是啊，爲什麼阿傑看她的眼神，讓她連路都走不穩呢？阿傑說要她認識他的好朋友，雖然困惑，她卻沒辦法拒絕他。她說，帶他一起來吃飯吧。她不想要約在餐廳、咖啡廳，俗氣地一邊喝咖啡，一邊聽對方洋洋灑灑promote他自己，或是質詢、等待她的presentation。到她家，她可以觀察，至不濟，可以躲進廚房。廚房裡，神隱的藉口可多著呢。

該做什麼招待他們呢？她不是廚藝高超的女生，何況報告都寫不完了。有什麼做法簡單、卻顯得慎重、不會讓阿傑沒面子的食物呢？——儼然自己跟阿傑是男女主人了呀，這想法令她臉紅心跳。啊，她想起不久前讀過的小說，龍蝦！

她開車到漁人碼頭，找到同學說的可以幫忙處理新鮮龍蝦的攤子。她可不想讓幾隻活龍蝦在她的浴缸裡爬來爬去。老闆幫她把蝦身和頭分裝兩個袋子，撒上碎冰。她恐怖地指著那三個龍蝦頭：「那個，我不要！」老闆不解：「你們，不是最喜歡拿龍蝦頭煮味噌豆腐湯嗎？」

「你們」大概指的是什麼都吃的華人吧，他還知道味噌豆腐湯哩！不要，看到那個頭，會覺得自己把海龍王吃掉了，沒有頭的龍蝦，就只是比較大、比較胖的蝦。

她要做碼頭老闆教她的奶油焗龍蝦，他說龍蝦不要過度繁複烹調，正合她意。按著老闆教她的，小心翼翼剪開龍蝦腹部的殼，把肉翻出來，撒一點點白酒、鹽、黑胡椒。放軟的牛油和百里香碎葉濃濃塗裹龍蝦肉，再把肉塞回蝦殼裡，送進烤箱。還記得老闆挑挑眉毛，唱歌似地對她說：「十五分鐘以後拿出來，我保證，妳的客人會大叫：我愛妳！」

阿傑這名字，是從他的英文名字Alger演化來的。

阿傑老是三心兩意，他大學讀生物，雖然是喜歡的領域，科系也是自己選的，卻總覺得前途黯淡。出國時，也試著申請CS。[2]他托福、GRE都考了高分，意外拿到Urbana Champaign的入學許可。夏天來到這個美麗的雙子城，學校四周是青青農田，每日騎車十分愜意。一有空，就跟一起從台灣來的室友菲利普輪流開車，到處兜風，好像他們就

2 Computer Science。

是爲了開車才來美國的。

第三個週末，他們開到一個城市公園下車走走。菲利普去找投幣飲料，阿傑倚靠著車發呆，一縷白煙倏地竄入竄出他的視線。那是什麼？抬頭看樹，天哪！白松鼠！除了頭上兩抹淡灰色的毛，全身那麼潔白、那麼美，尾巴像穿了白色大蓬裙。他和牠對望了好久，菲利普一回來，白松鼠迅捷跳到別棵樹去了。他扭開菲利普丟給他的礦泉水，忽然說：「阿菲，我決定去舊金山。」他還保留著柏克萊的Amission。下禮拜就要開學了，一切變得倉皇窘迫。

他真的是個三心兩意的人。寒假，菲利普過來玩，說伊利諾太無聊，還是舊金山好玩啊。Urbana的緯度只比舊金山高一點點，卻常大雪，一下雪，世界白茫茫，「剛看很美，看久了，無聊死了！阿傑，你可能真的來對了。你一開始就應該依照自己的直覺，不要想太多。」然而阿傑告訴他，還有更打不定主意的事。他在台北有個追了兩年多的女朋友，那女孩子若即若離的，最近卻積極了起來。

「爲什麼？」

「女生第六感都很準。」

「你移情別戀了？」

「我也不知道。」

「我不相信那種『自己也不知道』的說法。你其實一定知道。」

他開始講述跟蘿西認識的過程。蘿西在停車場開車門時A到了他的車，她給他留了字條貼在車窗上。所以，他們是從一張便利貼開始交往的。

菲利普笑說：「這個女生很誠實，是我就落跑了。」

對，她很誠實，不會玩許多女孩子欲擒故縱的把戲。她「喜歡他」的訊息清楚明白，有時他靠近她說幾句話，能察覺她額上微微地沁汗，像緊張的小動物輕顫的反應。她的額頭很美很飽滿，高智商的感覺，跟她感情上的稚拙有很大的反差。

比起來，台北女友狡黠活潑得多。他之前追得那麼辛苦，竟然離開不到半年就變了，好像自己是個爛人。他必須明快抉擇，這種模糊狀況持續下去，就真的是擺爛了。菲利普淡淡地說：「想怎麼做，其實你心裡已經決定了。」

「我決定了什麼？」

「我們男人啊，」菲利普說：「就像想吃龍蝦的人，你在他面前講一堆什麼節儉、什麼膽固醇，拿起菜單，考慮半天，最後還是會點龍蝦。」

「她們是人，又不是蝦！」

阿傑停好車，「到她面前不要亂講話。回去再給我意見。」

菲利普說：「你不需要我的意見……啊，好香啊！」空氣中瀰漫一股濃烈慾望的香氣，菲利普說：「你的新歡在煮什麼？」

蘿西戴著大手套，從烤箱裡捧出深藍色北歐風烤盤。一放上餐桌，兩個男孩子異口同聲大叫：「龍蝦！」

【延伸閱讀】

1. 張系國：〈傾城之戀〉，《星雲組曲》（臺北：洪範書店，2002年），頁123-142。
2. 木馬文化主編：《作家的愛情》（臺北：木馬文化，2004年）。
3. 李維菁：《老派約會之必要》（新北：印刻文學，2012年）。
4. 李欣頻：《李欣頻的時尚感官三部曲》（臺北：暖暖書屋，2014年）。

我想你要走了

神小風

後來我還是走進車站。沒有原因，可能是在路上撞見了一個與你相似的背影，或者讀了你曾經提過的詩句，聽到見面時店裡播放的音樂。然而無論如何，那些都不足以構成說服自己的理由。

我忍不住感到可恥。

對於自己還是來到這裡的行爲感到無比可恥。

我走進車站就看見你了，你坐在最後一排的長椅上，穿著那件我再熟悉不過的外套。我滑進你身旁的空位，衣袖和你的外套邊緣摩擦著，空氣變得濕黏而沉重。這是最後了，我在心裡默念著。同樣的話我早已向你重複多次，但從來沒有做到過。時刻表被你捏在手心裡，我無法得知還剩下多少時間，夠不夠讓我講完最後一句話，或任何得以留下你的動作。

然後你站起來，輕易的越過我往前走去。那是我即使費盡力氣也無法做到的。你離開，只留下身旁的空座位給我，甚至還沒坐熱。

於是我想，你這次真的要走了。

因爲你，我曾如此和K反覆辯證戀愛該有的模樣，沒有答案，如果有答案的話，「就不需要討論了吧。」我腦中不斷反覆播放這句話，對顯而易見的真實感到煩厭。可是我無法離開那個場景，甚至有些貪婪的逗留不願離去，因爲那是唯一能表示你還在的方式了。當我們無法抑止的討論愛情，只有場景在置換，愛情始終頑固且不願移動分毫，即使我知道，你已經離開了。

K什麼都知道，默默的看也不出手勸阻。他一向擅長看好戲，知道勸也沒有用，只是這戲碼真拖太久了；於是他來到我的房間，微微側著頭雙手交疊在胸前，釋出身爲觀眾的短暫耐心，便是願意坐在那裡陪我。屋裡唯一的那把椅子讓給他，我抱著胡亂抓到的枕頭躺在床上，用一種自暴自棄的眼神看他，所有的開朗樂觀都不需要表演出來，這完全就是心理醫生的診療現場，醫生清清喉嚨，治療開始。

事實上，K根本不需要做些什麼，彷佛已經忍耐了太久，我向他瘋狂描述你對我說的每一句話，常常是：「你不覺得他真的很過分嗎？」這樣像是插進哪個話題都可以成立的句子，或是在K努力爲我分析時又強硬的打斷他，並提出另一件事：「那你說說看他這樣到底是什麼意思。」斷頭去尾，且與之前講的話題完完全全無關，無理到了極點。

K相當隨和的接納了我的無理取鬧，只在某些真的難以回答的時候露出無奈的表情，我其實非常清楚，這樣的對話除了不斷消耗我們的友情之外，對整件事情徹底一點幫助也沒有。

所有的敘述都變得模糊而痛苦，直到對話無法再持續下去，但我不想知道時間移動的速度，不想發現我只剩下一個人的事實，拖著K又把你的事情重複跳針一遍，然後說，你今天不要走好不好。

我知道K會答應我。他在我凌亂的巧拼上躺下來，那是極爲不舒服的姿勢，後腦杓墊著我的抱枕，兩隻腳顯得尷尬而無處可放，我關了燈，在黑暗裡聽著他乾淨的呼吸聲，一遍又一遍的問他：「喂你會不會覺得我很煩？」確認他說：「還好。」的語氣沒有帶著不耐感。第二天我醒來，K已經離去而我沒有察覺，抱枕被安靜的放回我的床腳，他是那樣一個怕麻煩的男孩子，我想K對我寬限了他所有的溫柔體貼，以及耐性。

不要再講電話不要見面不要聊MSN，這些事情很難嗎？做一個夢之後就忘記很難嗎？我總是嗯嗯啊啊的回答之後，踏出門口就當沒這回事。一點也不聽話的病人，但如果這些我真的都可以輕易做到，那就是我離開你，而不是你離開我了。這並不是指誰先主動撤場這件事，而是誰先體認到事實並完全接受，快速把自己處理得可以見人。我早該知道的，在這方面你一向做得比我好。

確認你真的對我說謊的那天晚上，我把所有事情都告訴另一個女孩，你知道後想必會恨我的吧，但我不管，我只想安撫我自己。K在聽了我不下數次的：「他居然騙我！」後，冷淡告訴我別再理這個人了吧。我要他幫我刪掉你的電話，他皺皺眉頭：「妳自己刪才有意義啊。」

我賭氣說，好。

一切都是真的了。我按下刪除鍵的瞬間就開始哭，發瘋似的拚命哭，眼淚跟聲音一起落在房間裡，劈里啪啦響起滿室回聲，彷彿有千萬人見證煙火華麗爆發。K坐在我旁邊什麼話也沒說，是了，我不在乎他安不安慰我，也不在乎他是否因此害怕我，我只要他陪我哭。我已經無法一個人面對你。

面對你正在離開我的這個事實。

K沒辦法救我，這不過是無止境的在耗損彼此，每天早晨醒來我都這樣告訴自己，我開始害怕醒來，害怕又要面對你離開我的一天，那逐漸成爲事實且無法抵抗，無法假裝忽略。我瞪著天花板開始流淚，花比平常多三倍的力氣下床，對著鏡子裡那個不被愛的人刷牙洗臉，知道又將開始耗損一天。

耗損自己，耗損時間，耗損那些日常生活，耗損我敲下的每一個字句，所擁有的那些少得可憐的一切，我不能再繼續耗損更多，你說這公不公平？我能明白的事那麼少，能傷害我的卻這麼多。

後來你不斷打電話來，我不接。把手機塞進棉被裡，卻彷彿整間屋子都在震動，我是個無能之人，做不到K對我的要求。你在那頭抗辯似的說：「這樣對我不公平。」但你並不是爲了我而辯解的，而是爲了你自己。我縮在棉被裡每講幾句話就要停下來哭，困倦又疲憊，想來聽的人也不免煩厭。重複的爭吵與哭泣，我逐漸明白那些解釋都沒有任何意義，我不在乎什麼是真相。你離開我了，那才是唯一的真相。

最後你說：「是妳自己要愛我的，不是嗎？」

是啊。

我和你的對話持續了五個小時，結束時已經是清晨六點，全身都像被掏空那樣疼痛著，不斷反覆播放剛剛的每一句對話。我試圖像K那樣分析你背後的意義，但做不到，我本來就不擅長分析與思考，更重要的是他不在那裡面，而我在，你只對我產生意義，而不是對其他人。

我趴在浴室馬桶上狠狠的嘔吐，不敢看自己嘔出來的那些是什麼，不斷按下沖水鍵，腳在濕冷的地板上摩擦交纏，全身又冷又痛，把手指伸進喉嚨試圖讓自己吐得更多一些，能把你也嘔吐出來那就好了。我用自來水漱口，臉頰和下巴都在僵硬發麻，彷彿有洞逐漸擴張，家裡還有半罐食用鹽，我坐在地板上用手指挖那些鹽巴放進嘴裡，用舌頭舔、用牙齒咬，在不知吞了多少氯化鈉之後味覺終於恢復，巧拼已經被我濕淋淋的腳踩得髒兮兮，我張大眼睛望著逐漸發亮且清晰的房間，開始恨，開始數算到晚上還要經過幾個小時。

我知道你不想聽這些，這些關於我如何抵抗你的事情，「那是妳的問題。」我知道，從頭到尾都是我的問題，與你無關。在每次對話之後失去判斷能力，有時又無法言喻的樂觀起來，反覆的讀手機裡的簡訊，猜測你下次什麼時候打給我。你一句話就輕易摧毀K對我的診療，我不能再讓他失望。

我開始翻出所有過往戀人留下的信件或訊息紀錄，用每一則簡訊或字句來回憶他們，卻只能想起某次甜蜜出遊或大吵後的餘燼，細節全數消失，愛情已經離去，那些不再具有任何意義。於是我放心了，既然我能夠忘記得了他們，就一定也能忘記你，像一個預言在我心底閃爍；不斷這樣催眠似的告訴自己，愛情的盡頭人人都會經過，只是時間，我們經不起時間。

時間果真比愛強悍，有一首情歌這麼唱著。曾經以為我永遠沒辦法忘記H，無法忘記我們曾經歷過的那些，我們並肩走在路上，偶爾在熟悉的咖啡館裡落坐，用一杯拿鐵的時間換來好多對話，交談裡偶爾也帶了些戲謔的垃圾話，H總是什麼都不說的望著我，像一座充滿心事的圖書館，不應該被開啟。在開啟的那一天之前，我們是戰友、夥伴也是彼此的讀者，太多的關係讓我們牢牢牽連在一起，但進入了愛情的階段後，一切都毀滅了。如今看來，我們的戀愛不過是笑話一場，但分手畢竟不太容易，某個長輩如此告訴我：「等有一天妳能把這事拿來消遣自己的時候，就過去了。」我死死的盯著他，想著怎麼可能過去，怎麼可能。

然而我還是忘記H了，試過千百種方法最後還是來到這步田地，現在我們已經可以好好坐下來，用兩三個小時來檢討我們失敗的戀情。開著玩笑說：哎呀你那時怎麼對我的啊之類云云，H或許以為我已經開悟了還是放下了，但其實，我只不過是愛上了你而已。

多麼像那首詩，「我們愛過又忘記，像青草生長，鑽過我們的指縫。」在愛上你的瞬間，我就忘記H了，原來可以這麼輕易，他的一切都再與我無關了。但這其實並不是什麼好事，只不過代表我又得努力忘記眼前這個人了。

那是我可以到得了的未來，彷彿身體裡重新長出血肉，我逐漸感受到時間在我身上展開的力量，雖然不想承認，但我的確是在一天天好起來。這是多麼漫長而拉鋸的過程，從一開始無法與人正常交談，到坐在電腦前邊哭邊應付學校課業，吃力的從信件裡辨認出什麼是要緊事，按下回覆鍵寫一封禮貌的信。

那些生活上最基本的能力逐漸回到我身上；恢復一天能吃下三餐，即使失眠也不再半夜哭著打給K，不再想念你，讓你的名字失去意義。我終究是會忘記你的，就像你使我忘記H那樣忘記你，已經無法再背誦新的詩句了，「任天上流雲的影子，千年如一日的飄過我們的臉。」在那樣的時間裡，我們愛過又忘記。

後來我回到台北的家，像個正常人那樣和家人一同吃飯。他們什麼也不知道，話題圍繞在美食節目和八點檔劇情裡，在他們面前我都只是孩子，還未懂那些愛與不愛的人間事，都只不過是談話節目的話題，不該出現在自己小孩身上的。夜裡我鑽進我媽的被窩，那張柔軟且暖和的大床，和她閒扯那些漫無邊際的話，避開我屢屢就要脫口而出的那些；關於你，以及在戀愛中多麼糟糕，已被毀壞的自己，那些都是我媽陌生且無法理解的。大一時我的初戀男友傳簡訊提分手，沒有任何猶豫或遲疑，當天晚上我就在浴室裡企圖割腕自殺。

這些事情我從來都沒有告訴過你，或許是還來不及。事後我媽彷彿害怕什麼似的，絕口再也不提這件事，幾次話到嘴邊，卻是我側身躲開了。我猜想她大概把我當成一個怪物看待，那樣一個偏激且充滿破壞性的女兒，不過才一個月不到的戀愛，「爲什麼要搞得這麼嚴重？」但那不是時間的問題，從來都不是，而是我的問題。

然而我媽還是以她的方式那樣守護我，在我又經歷一次分手之後。這次自殺的念頭倒沒了，因此我很晚才發現，家裡所有銳利的器具都忽然消失了。不知道這一切是從什麼時候開始進行的，廚房裡的工具全被小心的塞在櫥櫃深處，我在抽屜裡發現被報紙仔細包裹的菜刀與水果刀，鉛筆盒裡找不到任何一支美工刀片，而她們一樣照常的和我生活相處，誰也不提這件事，彷彿全家人聯合起來保護一個巨大的祕密，保護我。

直到現在，我還是清楚明白我媽並不能瞭解我的一切，無法瞭解我那些自毀式的動作，我並不是因爲變正常了，而是因爲明白了我也可以去傷害其他人。和我相戀三年的前男友，在我大學畢業前一週承認劈腿，我瘋狂打電話給第三者，用最卑微的姿態求饒，時而威嚇。但那其實一點用也沒有。在確認如何哭鬧哀求，那男人也不可能回頭之後，我把整整一瓶礦泉水灌進他的電腦主機，還在兩雙鞋裡都噴滿洗碗精，接著把他放在我宿舍的東西，包括車鑰匙身分證背包課本所有衣物全裝進一個紙箱，然後一個人吃力的抱著那些走過長長的坡道，將它們全部扔進垃圾車裡。

我極爲冷靜且快速的處理這一切，沒有給自己任何思考的餘地，不能停下來，停下來就會心軟。前男友對著我大吼：「妳怎麼可以這麼做！」又氣又哭，幾度想揍我，又恨恨的摔爛他手邊任何抓得到的東西，我只是坐在椅子上看著他，彷彿自己是個置身事外的人，一種恍惚而模糊的幸福感。

我不難過了。是的，傷害他人能讓我得到快樂。

如果我也可以傷害你，那就好了。

我可以預知，我媽永遠也無法理解那樣的我。於是我什麼話也沒說，在那張溫暖柔軟的大床上朝母親挪動身體，「別擠啦。」我聽見她模模糊糊的聲音，寵溺我，讓我像個能和母親撒嬌玩鬧的正常小孩。她不會知道我曾經多麼使盡全力的傷害別人，身爲一個母親，別人家的媽媽，她從來沒有教過我這些，從來沒有。

我希望她一輩子也不要去試圖理解，那並不能讓她快樂，只是傷害，像那些層層包裹的刀鋒一樣，全部都是傷害。

我可以爲了自己傷害全世界的人，可是我不要傷害她。

然而她還是保護了我。我把頭靠在她冰涼的手臂上，什麼話也不再說，身爲母親，以一種笨拙且可笑的方式，保護她這個糟糕透頂的女兒。

如今我又回到和你分別的車站，伸手將掌心貼緊身旁的空座位，我已經記不清最後一次和你講話的時間點，每一次交談都期望那是最後一次，又屢屢違背自己的誓言，然而這次，真的是最後了。

你的時間已經到了。

掌心沒有溫度，我明白你已不再是我愛的那

人，我不需要再等待你的來電，不需要爲了一個約會而細心挑選衣服，不需要再爲你寫詩，不需要再想念你。但我仍然無法移動半步，待在原地看著你將車票遞出，列車已經進站。

我想你要走了，對不起，我也必須要走了。我沒辦法繼續等待你，原諒我現在還無法對你敘述我的日常生活，我祝福你幸福健康，你必須要完成你的旅程。而如今我仍然安靜的坐在長椅上，空無一人的車站裡只剩下我，聽見從遠方傳來鐵軌震動的聲音。車站的燈要熄了，任夜晚緩緩淹沒，廣播的回聲在心底聚攏擴散開來，彷彿完美的和音：下一班列車即將進站。再等等吧。或許你會抵達某個遙遠的地方，我不會知道那些陌生的地名，下車時請不要忘記您的隨身物品，不要忘記我。謝謝您的搭乘，祝您旅途愉快。

【文本間性】

法國文學批評家熱拉爾・熱奈特（Gérard Genette）〈隱跡稿本〉指出：文本間性「即兩個或若干個文本之間的互現關係」，如引語、借鑑、寓意都是常見的表現形式。邱妙津《蒙馬特遺書》引用希臘導演安哲羅普洛斯《鸛鳥踟躕》電影中詩句：「我祝福您幸福健康／但我不再能完成您的旅程」；本文穿插引用廖偉棠現代詩〈來生書——給F〉：「我們愛過又忘記／像青草生長，鑽過我們的指縫，／淹沒我們的身體直到／它變成塵土、化石和星空」；徐佳瑩〈不難〉歌詞：「時間終究會比愛強悍／忘記什麼都不難」；張懸〈我想你要走了〉：「你要告別了／你把話說好了／你要告別了／你會快樂」，都因文本與文本之間的互現關係呈顯更豐富的意涵。

【延伸閱讀】

1. 張愛玲：〈留情〉，《傾城之戀》（臺北：皇冠文化，1991年），頁9-32。
2. 邱妙津：《蒙馬特遺書》（臺北：聯合文學，1996年）。
3. 賴香吟：〈活動中心〉，《其後》（新北：印刻文學，2012年），頁5-17。
4. 言叔夏：〈馬緯度無風帶〉，《白馬走過天亮》（臺北：九歌，2013年），頁135-144。

【五姓七族】

唐代社會重視門第出身，當時的五姓七族，包括：太原王氏、范陽盧氏、滎陽鄭氏、博陵崔氏、清河崔氏、隴西李氏和趙郡李氏，在政治上、經濟上都具有影響力，因此有心從政的士子多設法與高門大族聯姻，藉以進入政壇權力核心。如沉既濟〈枕中記〉主角盧生自從娶了清河崔氏女，進士登第，一路高升至戶部尚書兼御史大夫，充分反映讀書人的盼望；《唐語林．企羨》記載唐高宗時中書舍人薛元超感嘆：「平生有三恨：始不以進士擢第，不娶五姓女，不得修國史。」更可看出當時士子追求的目標。

霍小玉傳

蔣防

大曆[1]中，隴西[2]李生名益，年二十，以進士擢第。其明年，拔萃，[3]俟試於天官。[4]夏六月，至長安，舍於新昌里。生門族清華，[5]少有才思，麗詞嘉句，時謂無雙；先達丈人，翕然推伏。[6]每自矜風調，思得佳偶，博求名妓，久而未諧。長安有媒鮑十一娘者，故薛駙馬家青衣[7]也；折券從良，十餘年矣。性便辟，巧言語，豪家戚里，無不經過，追風挾策，[8]推爲渠帥。[9]常受生誠託厚賂，意頗

1 大曆：唐代宗李豫年號。

2 隴西：今甘肅一帶。

3 拔萃：參加吏部任官考試。

4 天官：吏部別稱。

5 清華：高貴顯赫。

6 翕然推伏：翕，音ㄒㄧˋ。一致推崇佩服。

7 青衣：婢女，青衣為賤者所服。

8 追風挾策：為追逐風流者打探消息或獻策。

9 推為渠帥：在媒婆中被推為魁首。

德[10]之。

經數月，李方閑居舍之南亭。申未間，忽聞扣門甚急，云是鮑十一娘至。攝衣從之，[11]迎問曰：「鮑卿今日何故忽然而來？」鮑笑曰：「蘇姑子作好夢也未？有一仙人，謫在下界，不邀財貨，[12]但慕風流。如此色目，共十郎相當矣。」生聞之驚躍，神飛體輕，引鮑手且拜且謝曰：「一生作奴，死亦不憚。」因問其名居。鮑具說曰：「故霍王小女，字小玉，王甚愛之。母曰淨持。淨持，王之寵婢也。王之初薨，諸弟兄以其出自賤庶，不甚收錄。因分與資財，遣居於外，易姓爲鄭氏，人亦不知其王女。資質穠豔，一生未見；高情逸態，事事過人；音樂詩書，無不通解。昨遣某求一好兒郎格調相稱者。某具說十郎。他亦知有李十郎名字，非常歡愜。住在勝業坊古寺曲，[13]甫上[14]車門宅是也。已與他作期約。明日午時，但至曲頭覓桂子，[15]即得矣。」

10 德：感恩。

11 攝衣從之：整衣迎接。

12 不邀財貨：不貪圖金錢禮物。

13 曲：小巷。

14 甫上：轉角，不遠處。

15 桂子：婢女名。

【婚姻與階級】

唐代妓女可分為：宮妓、營妓、官妓、家妓和私妓，因屬賤民階級，不得與良民階級的士子通婚。長孫無忌等《唐律疏議・戶婚》云：「人各有耦，色類須同。良賤既殊，何宜配合。」張九齡、李林甫等《唐六典》云：「凡官戶奴婢，男女成人，先以本色媲偶。」按唐代律法：「以妾及客女（部曲之女）為妻，以婢為妾者，徒一年半。」《唐律疏議》解釋：「妻者齊也，秦晉為匹。妾通買賣，等數相懸。婢乃賤流，本非儔類。」可見唐代婚姻受到身分和階級的嚴格限制。

鮑既去，生便備行計。遂令家僮秋鴻，於從兄[16]京兆參軍尚公處假青驪駒、黃金勒。其夕，生澣衣沐浴，修飾容儀，喜躍交并，通夕不寐。遲明，[17]巾幘，[18]引鏡自照，惟懼不諧也。徘徊之間，至於亭午。遂命駕疾驅，直抵勝業。至約之所，果見青衣立候，迎問曰：「莫是李十郎否？」即下馬，令牽入屋底，急急鎖門。見鮑果從內出來，遙笑曰：「何等兒郎，造次入此？」生調誚[19]未畢，引入中門。庭間有四櫻桃樹，西北懸一鸚鵡籠，見生入來，即語曰：「有人入來，急下簾者！」生本性雅淡，心猶疑懼，忽見鳥語，愕然不敢進。逡巡，[20]鮑引淨持下階相迎，延入對坐。年可四十餘，綽約多姿，談笑甚媚。因謂生曰：「素聞十郎才調風流，今又見儀容雅秀，名下固無虛士。[21]某有一女子，雖拙教訓，顏色不至醜陋，得配君子，頗爲相宜。頻見鮑十一娘說意旨，[22]今亦便令承奉箕帚。」生謝曰：「鄙拙庸愚，不意顧盼，倘垂採錄，生死爲榮。」遂命酒饌，即命小玉自堂東閣子中而出。生即拜迎，但覺一室之中，若瓊林玉樹，互相照曜，轉盼精彩射人。既而遂坐母側。母謂曰：「汝嘗愛念『開簾風動竹，疑是故人來。』即此十郎詩也。爾終日念想，何如一見？」玉乃低鬟微笑，細語曰：「見面不如聞名，才子豈能無貌？」生遂連起拜曰：「小娘子愛才，鄙夫重色。兩好相映，才貌相兼。」母女相顧而笑，遂舉酒數巡。生起，請玉唱歌。初不肯，母

16 從兄：堂兄。

17 遲明：將近黎明。

18 巾幘：幘，音ㄗㄜˊ。戴上頭帕。

19 調誚：誚，音ㄑㄧㄠˋ。調侃。

20 逡巡：逡，音ㄑㄩㄣ。徘徊猶豫。

21 名下固無虛士：不是浪得虛名。

22 說意旨：訴說求偶意願。

固強之。發聲清亮，曲度精奇。

酒闌，及瞑，鮑引生就西院憩息。閑庭邃宇，簾幕甚華。鮑令侍兒桂子、浣沙與生脫靴解帶。須臾，玉至，言敘溫和，辭氣宛媚。解羅衣之際，態有餘妍，低幃暱枕，極其歡愛。生自以為巫山、洛浦[23]不過也。中宵之夜，玉忽流涕觀生曰：「妾本倡家，自知非匹。今以色愛，托其仁賢。[24]但慮一旦色衰，恩移情替，使女蘿[25]無托，秋扇見捐。極歡之際，不覺悲至。」生聞之，不勝感嘆。乃引臂替枕，徐謂玉曰：「平生志願，今日獲從，粉骨碎身，誓不相捨。夫人何發此言，請以素縑，[26]著之盟約。」玉因收淚，命侍兒櫻桃褰幄[27]執燭，授生筆研——玉管弦之暇，雅好詩書，筐箱筆研，皆王家之舊物。遂取繡囊，出越姬烏絲欄素縑三尺以授生。生素多才思，援筆成章，引諭山河，指誠日月，句句懇切，聞之動人。染畢，命藏於寶篋之內。自爾婉孌[28]相得，若翡翠之在雲路[29]也。如此二歲，日夜相從。

其後年春，生以書判拔萃登科，授鄭縣[30]主簿。[31]至四月，將之官，便拜慶[32]於東洛。長安親戚，多就筵餞。時春物尚餘，夏景初麗，酒闌賓散，離思縈懷。玉謂生曰：「以君才地名聲，人多景

23 巫山洛浦：巫山神女和宓妃。

24 托其仁賢：得到眷顧。

25 女蘿：松蘿，攀附為生。

26 素縑：白色細絹。

27 褰幄：褰，音ㄑㄧㄢ。拉起帳幕。

28 婉孌：孌，音ㄌㄩㄢˇ。依戀纏綿。

29 若翡翠之在雲路：如翡翠鳥翱翔天際，雙宿雙飛。

30 鄭縣：今河南鄭州。

31 主簿：官職名，掌文件簿冊。

32 拜慶：探望父母，同時辭行。

慕，願結婚媾，固亦眾矣。況堂有嚴親，室無冢婦，[33]君之此去，必就佳姻。盟約之言，徒虛語耳。然妾有短願，欲輒指陳，永委君心，復能聽否？」生驚怪曰：「有何罪過，忽發此辭？試說所言，必當敬奉。」玉曰：「妾年始十八，君才二十有二，迨君壯士之秋，猶有八歲。一生歡愛，願畢此期。然後妙選高門，以諧秦晉，亦未爲晚。妾便捨棄人事，剪髮披緇，[34]夙昔之願，於此足矣。」生且愧且感，不覺流涕。因謂玉曰：「皎日之誓，死生以之。與卿偕老，猶恐未愜素志，豈敢輒有二三。固請不疑，但端居[35]相待。至八月，必當卻到華州，[36]尋使奉迎，相見非遠。」更數日，生遂訣別東去。

到任旬日，求假往東都覲親。未至家日，太夫人已與商量表妹盧氏，言約已定。太夫人素嚴毅，生逡巡不敢辭讓，遂就禮謝，便有近期。盧亦甲族也，嫁女於他門，聘財必以百萬爲約，不滿此數，義在不行。[37]生家素貧，事須求貸，便托假故，遠投親知，涉歷江、淮，自秋及夏。生自以辜負盟約，大愆[38]回期，寂不知聞，欲斷其望，遙托親故，不遺漏言。

玉自生逾期，數訪音信。虛詞詭說，日日不同。博求師巫，遍詢卜筮，懷憂抱恨，周歲有餘。羸臥空閨，遂成沉疾。雖生之書題竟絕，而玉之想望不移，賂遺親知，使通消息。尋求既切，資用屢空，往往私令侍婢潛賣篋中服玩之物，多託於西市寄附鋪[39]侯景先家貨賣。曾令侍婢浣沙將紫玉釵一隻，詣景先家貨之。路逢內作[40]

33 冢婦：正妻。
34 剪髮披緇：出家為尼。
35 端居：安心居住。
36 卻到華州：抵達鄭縣。
37 義在不行：婚禮不能舉行。
38 愆：音ㄑㄧㄢ，耽誤。
39 寄附鋪：寄售店。
40 內作：皇宮內工匠。

老玉工，見浣沙所執，前來認之曰：「此釵，吾所作也。昔歲霍王小女將欲上鬟，[41]令我作此，酬我萬錢，我嘗不忘。汝是何人，從何而得？」浣沙曰：「我小娘子，即霍王女也。家事破散，失身於人。夫婿昨向東都，更無消息。悒怏成疾，今欲二年。令我賣此，賂遺於人，使求音信。」玉工悽然下泣曰：「貴人男女，失機落節，[42]一至於此！我殘年向盡，見此盛衰，不勝傷感。」遂引至延光公主[43]宅，具言前事。公主亦為之悲嘆良久，給錢十二萬焉。

時生所定盧氏女在長安，生既畢於聘財，還歸鄭縣。其年臘月，又請假入城就親。[44]潛卜靜居，不令人知。有明經崔允明者，生之中表弟也。性甚長厚，昔歲常與生同歡於鄭氏之室，杯盤笑語，曾不相間。[45]每得生信，必誠告於玉。玉常以薪芻衣服，資給於崔。崔頗感之。生既至，崔具以誠告玉。玉恨嘆曰：「天下豈有是事乎！」遍請親朋，多方召致。生自以愆期負約，又知玉疾候沉綿，慚恥忍割，[46]終不肯往。晨出暮歸，欲以迴避。玉日夜涕泣，都忘寢食，期一相見，竟無因由。冤憤益深，委頓[47]床枕。自是長安中稍有知者，風流之士，共感玉之多情；豪俠之倫，皆怒生之薄行。

時已三月，人多春游。生與同輩五六人詣崇敬寺翫牡丹花，步於西廊，遞吟詩句。有京兆韋夏卿者，生之密友，時亦同行。謂生曰：「風光甚麗，草木榮華。傷哉鄭卿，銜冤[48]空室！足下終能棄

41 上鬟：女子十五歲及笄儀式。
42 落節：敗落名節。
43 延光公主：唐肅宗之女。
44 就親：準備成親。
45 曾不相間：彼此熟絡無生疏感。
46 忍割：忍痛割棄。
47 委頓：疲憊憔悴。
48 銜冤：含冤抱恨。

置，實是忍人。丈夫之心，不宜如此。足下宜為思之！」嘆讓之際，忽有一豪士，衣輕黃紵衫，挾弓彈，丰神雋美，衣服輕華，唯有一剪頭胡雛[49]從後，潛行而聽之。俄而前揖生曰：「公非李十郎者乎？某族本山東，姻連外戚。雖乏文藻，心實樂賢。仰公聲華，常思覯止。[50]今日幸會，得覯清揚。某之敝居，去此不遠，亦有聲樂，足以娛情。妖姬八九人，駿馬十數匹，唯公所欲。但願一過。」生之儕輩，共聆斯語，更相嘆美。因與豪士策馬同行，疾轉數坊，遂至勝業。生以近鄭之所止，意不欲過，便托事故，欲回馬首。豪士曰：「敝居咫尺，忍相棄乎？」乃輓挾[51]其馬，牽引而行。遷延之間，已及鄭曲。生神情恍惚，鞭馬欲回。豪士遽命奴僕數人，抱持而進。疾走推入車門，便令鎖卻，報云：「李十郎至也！」一家驚喜，聲聞於外。

先此一夕，玉夢黃衫丈夫抱生來，至席，使玉脫鞋。驚寤而告母，因自解曰：「『鞋』者，『諧』也，夫婦再合。『脫』者，『解』也，既合而解，亦當永訣。由此徵之，遂必相見，相見之後，當死矣。」凌晨，請母妝梳。母以其久病，心意惑亂，不甚信之。僶勉[52]之間，強為妝梳。妝梳才畢，而生果至。玉沉綿日久，轉側須人，忽聞生來，欻然[53]自起，更衣而出，恍若有神。遂與生相見，含怒凝視，不復有言。羸質嬌姿，如不勝致，時復掩袂，返顧李生。感物傷人，坐皆欷歔。頃之，有酒餚數十盤，自外而來。一坐驚視，遽問其故，悉是豪士之所致也。因遂陳設，相就而坐。玉乃側身轉面，

49 胡雛：胡人奴僕。
50 覯止：相見。
51 輓挾：輓，音ㄨㄢˇ。牽引挾持。
52 僶勉：僶，音ㄇㄧㄣˇ。勉強。
53 欻然：欻，音ㄏㄨ。忽然。

斜視生良久，遂舉杯酒，酹地[54]曰：「我爲女子，薄命如斯！君是丈夫，負心若此！韶顏稚齒，飲恨而終。慈母在堂，不能供養。綺羅弦管，從此永休。徵痛[55]黃泉，皆君所致。李君李君，今當永訣！我死之後，必爲厲鬼，使君妻妾，終日不安！」乃引左手握生臂，擲杯於地，長慟號哭數聲而絕。母乃舉屍，置於生懷，令喚之，遂不復甦矣。生爲之縞素，旦夕哭泣甚哀。

將葬之夕，生忽見玉繐帷[56]之中，容貌妍麗，宛若平生。著石榴裙，紫褕襠，[57]紅綠帔子，[58]斜身倚帷，手引繡帶，顧謂生曰：「愧君相送，尚有餘情。幽冥之中，能不感嘆。」言畢，遂不復見。明日，葬於長安御宿原。[59]生至墓所，盡哀而返。

後月餘，就禮於盧氏。傷情感物，鬱鬱不樂。夏五月，與盧氏偕行，歸於鄭縣。至縣旬日，生方與盧氏寢，忽帳外叱叱作聲。生驚視之，則見一男子，年可二十餘，姿狀溫美，藏身映幔，連招盧氏。生惶遽走起，繞幔數匝，倏然不見。生自此心懷疑惡，猜忌萬端，夫妻之間，無聊生矣。或有親情，曲相勸喻，生意稍解。後旬日，生復自外歸，盧氏方鼓琴於床，忽見自門抛一斑犀鈿花合子，方圓一寸餘，中有輕絹，作同心結，墜於盧氏懷中。生開而視之，見相思子二、叩頭蟲[60]一、發殺觜一、驢駒媚[61]少許。生當時憤怒叫吼，聲如豺虎，

54 酹地：酹，音ㄌㄟˋ。將酒灑於地。
55 徵痛：飲恨。
56 繐帷：靈帳。
57 褕襠：音ㄎㄜˋ ㄉㄤ，唐代婦女所穿短上衣。
58 帔子：帔，音ㄆㄟˋ，披在肩背的衣飾。
59 御宿原：長安城東南的墓地。
60 叩頭蟲：小甲蟲。
61 發殺觜、驢駒媚：觜，音ㄗ。兩者疑指媚藥。

引琴撞擊其妻，詰令實告。盧氏亦終不自明。爾後往往暴加捶楚，備諸毒虐，竟訟於公庭而遣之。

　　盧氏既出，生或侍婢媵妾[62]之屬，暫同枕席，便加妒忌，或有因而殺之者。生嘗遊廣陵，[63]得名姬曰營十一娘者，容態潤媚，生甚悅之。每相對坐，嘗謂營曰：「我嘗於某處得某姬，犯某事，我以某法殺之。」日日陳說，欲令懼己，以肅清閨門。出則以浴斛覆營於床，周迴封署，歸必詳視，然後乃開。又畜一短劍，甚利，顧謂侍婢曰：「此信州[64]葛溪鐵，[65]唯斷作罪過頭！」大凡生所見婦人，輒加猜忌，至於三娶，率皆加初焉。

62 媵妾：陪嫁的女子。
63 廣陵：今江蘇揚州。
64 信州：今江西上饒一帶。
65 葛溪鐵：葛溪產鐵，鑄劍精工。

【延伸閱讀】

1. 〔唐〕白行簡：〈李娃傳〉，李劍國輯校：《唐五代傳奇集》（北京：中華書局，2015年），頁897-918。
2. 〔唐〕裴鉶：〈崑崙奴〉，李劍國輯校：《唐五代傳奇集》（北京：中華書局，2015年），頁2323-2331。
3. 張火慶：《古典小說的人物形象》（臺北：里仁書局，2006年）。
4. 堤幸彥導演：《愛的成人式》（新北：天馬行空，2015年）。（電影）

【女性主義】

女性主義（Feminism）一詞源於十九世紀的法國，原是為了婦女權利而興起的婦女運動，或名之為女權主義，爾後受到不同社會思潮的影響，廣泛使用，被賦予不同意義。從封建社會到工業革命，父權社會中的男女不平等，乃至女性備受壓迫的情形（例如：毆妻、賣女、溺斃女嬰等）漸次受人關注。誠如法國著名存在主義作家、女權運動的創始人之一西蒙．波娃（Simone de Beauvoir）在其著作《第二性》中的名言「女人是形成的，不是生成的」，女性之所以要爭取權利乃是要解消政治、社會、習俗等人為賦予的枷鎖。早期女性主義的定義大抵為：挑戰男人和女人這兩大族群的關係，亦即重新檢視傳統的兩性關係；反抗所有造成女人屈居次要地位、無自主性及成為附屬品的法律、社會習俗和權力結構；爭取女性自我權益的合作意識。而今進入後女性主義，雖然論述主張已能重視差異而非單一的平等，女性發問的主體位置、女性的身體經驗，包括女性與生育仍然需要重新編織的知識網絡和討論。

墮胎者（節選）

胡淑雯

我的小雞心有點倔強，不是墮了就落的。

血流超過一個禮拜，下腹微微抽痛不止，打電話給小鬍子，他說，「再觀察幾天，血應該就快停了。」

再兩天、三天、又過了一個禮拜，血並不停止。細細小小、荒涼淡漠，像一條發炎的小溪，流不動卻也流不乾。

再度找上小鬍子做了內診，原來是「卡住了，沒排出來，子宮纖續反應繼續收縮，想要把事情做完，血才會流個不停……」他用鑷子夾出一團血汙，扔進垃圾桶，「好啦，處理掉了，」呼一口氣說，「好險，再拖幾天，搞不好變成敗血症。」

放下雙腳，退下診台，穿上內褲，拉起裙子，我忍不住彎進垃圾桶，翻尋那一團血汙。

小小一塊，像雞心，只能用兩根手指捏起來，三根就嫌太多，放進掌心又太親暱太傷感了。紅通通的裹著血膜，有肉，還有骨頭。

骨肉。骨肉。這個詞，原來並不是形而上的。

你終究讓我看見了你，索討了一個名字，小雞心。

11

假如你愛兩個人……

一個是老情人，一個是新戀人。你以年輕人的熱切愛著新的，張大眼睛挺著陰莖漲滿欲望地愛著他，同時對另一個，舊的那個，閉著眼睛軟著心腸抱得緊緊的，像抱著一個心愛的小孩。那麼恭喜你，歡迎光臨「拓普情境」，Topo's situation。

沒錯，拓普就是那個腳踏兩條船的，劈腿族。不到最後一刻，不跟任何一個說分手。

然而我跟他是注定要失敗的，因爲我們還不夠蒼老到，能夠，將愛情安頓在無欲的親人之愛當中。

當一對愛人不再做愛，便只剩下兩種選擇：分手，或是結婚。但是我不想，不想從愛情動物變成婚姻動物。不想。不想。我不忍心讓一對戀人——即便已失敗的戀人——墮落成一對夫妻。

12

分手後半年，相約再見一面。拓普要走了，跟女友結伴，出國念書。

「恭喜你拿到獎學金。」電話中聽到好消息的一刻，我高興得像是自己中獎，「我請你喝香檳吧，我們在一起的時候，每次想花錢享受一下，總是臨終反悔。」

「臨終反悔？我們哪一次走到臨終？我怎麼不記得？」拓普問。

說的也是，我記得，總是才剛起了念頭，就打消了念頭。只有一次，搭了四十幾層的電梯，到了空中餐廳門口，拓普堅持要請我一頓，我猶豫著翻翻菜單，「算了，不值得。」十年初戀，不曾走進任何一間像樣的餐廳。

「我們以前真的好寒酸喔，不知道在省什麼。」我說。

13

拓普還是想替我省。

晚餐後他拿出預先準備的香檳，「去妳那裡喝吧，酒吧裡一瓶三千五千的，太冤了。」

我知道他是坦蕩蕩的，因爲他對我已經不再勃起，安全衛生得像個爺爺或小孩。

只是，一旦進入那睽違半年的雙人小窩，舊式的感情跟著戒不掉的習慣還了魂，拓普才剛爲眼前這個左撇子女人擺好酒杯，就發現自己跟她還沒有完。

他覺得自己欠她一次勃起，一次射精，欠她一個證明，證明他是以愛一個女人的方式在愛她。

結果竟然做了。在分手半年以後。在還沒分手也做不成愛以後。

14

當高潮吸收高潮，幸福痙攣，飛旋，墜落，成爲一個受精卵。

基於某種藥物化學的失敗，小雞心滯留在我的世界。

儘管世人對墮胎的譴責，將小雞心升格爲一副屍骸，但只有小雞心知道，我所欠負於它的，其實不是生命，而是一個故事。所以它卡在我的子宮頸，製造細長的血流，流出自己的故事。

15

小雞心成孕那次，正是，我與拓普的最後一次。

他跟我都意想不到，在歷經了與性挫折的慘烈對抗、以及酷刑般的失敗之後，反而在一無所求的放棄當中，做到了以前做不到的。

那種哭笑不得的感動，就像在火場的廢墟裡，撿到青春期的相片或日記本。照片上的男孩女孩被黑煙薰得灰頭土臉，分手的愛人被回憶薰得淚流不止。

「沒有套子，你別射在裡面。」

「妳怕？」

「我怕呀。我怕你怕。」

「我該怕嗎？」

「不該嗎？小心我懷孕纏死你。」

聽她這樣說，他就更沒辦法脫身了。他不想脫身。

他對她的感情是如此，不怕牽絆不怕麻煩的，他想要表達，想要射在她裡面。

「要妳做我女兒妳不願意，乾脆做我女兒的媽好了。」

她知道，最美的果實已經熟了，假如捨不得把它吃掉，就只能眼看它爛掉。

她只能選擇盡情享受，享受它的消失。

這世上沒有如果，沒有這種水果，沒有捨不得吃卻能擺著不爛的水果，除了假的、死的、沒心也沒肉的。

她與他在高潮當中，發出啜泣般的呻吟，像一顆煮過頭的梨，焦黏在高溫當中，榨取嘶聲喊痛的甜。

16

吃多了放久的水梨，就會知道，梨子屬於早熟早爛的那一類。

梨子爛了，還有下一個。但總有人是捨不得放不下的。

「最誇張的一個，是我辦公室的主管……應該說，是我主管的主管，」吧檯上那個活潑的女孩，一邊吃著酒保分贈的梨，一邊繼續說著，「這是上禮拜的事，我去茶水間洗杯子，看見他把一個爛到已經破皮出膿的水蜜桃，放進塑膠袋裡又搓又揉的，再灌水把爛肉沖掉，然後用湯匙刮骨刮肉，像在做清瘡手術一樣。」

這樣忙了老半天，總算保住的果肉，據那個女孩說，「大概只能吃個兩三口吧。」

「只有兩三口也就算了，還是泡過水的……。那口感，已經不是水果而是剩菜了吧。」女孩說。

這家酒吧叫做胚胎，酒保就叫胚子。黑烏烏的一間店，只有兩個客人。女孩坐在吧檯跟胚子聊天。我則選了一張兩人份的桌子，等著一個不曾謀面的人。

17

失去拓普之後，我可以跟任何人在一起，因爲我跟誰都不在一起。

但是這一次，這個人，跟其他人很不一樣。假如他戴的不是那種壓垮鼻粱的笨眼鏡，假如他不愛說前女友的壞話，假如他吃麵不會發出稀哩呼嚕的聲音，假如他在地下道給了乞丐幾十塊，那幾十塊是輕輕放進鐵盒而不是用丟的，那麼，我想，我會輕易就愛上他的。

他說他叫浩肆，我說我叫殊殊。我們已經在網路裡交談兩個月了。

18

小雞心被鑷子夾出的一刻，有什麼東西誕生了。誕生的不是壞死的胚屍，而是一個女人。一個墮過胎的、見過死胎的、全新的女人。有過去的女人。女人爲自己起了一個新的名字，殊殊。

殊殊。

殊。殊。歹。朱。壞掉的紅色。

殊殊是壞掉的血，死去的愛，衰毀的道德。

我的名字殊殊，是小雞心給的。是小雞心孕育了殊殊。

這個沒有成爲一個生命、也沒有成爲一種性別的小東西，彷彿某個來自地心的信使，自體內最深的地方爲我捎來某種真相。唯有通過小雞心，我才能回到自己，或者，離開自己。

19

既是棄毀，也是誕生。

我和小雞心，同樣自棄毀中誕生。

【延伸閱讀】

1. 胡淑雯：《哀豔是童年》（臺北：印刻，2006年）。
2. 孫康宜：《古典與現代的女性闡釋》（臺北：聯合文學，1998年）。
3. Iris Marion Young著，何定照譯：《像女孩那樣丟球：論女性身體經驗》（臺北：商周，2007年）。
4. 蕭紅：《生死場──蕭紅名作精選》（臺北：聯合文學，2015年）。
5. 克里斯汀．穆基：《4月3週又2天》（4 Luni, 3 Saptamini Si 2 Zile）（羅馬尼亞電影，2006年）。

我的祖母之死

徐志摩

【徐志摩與張幼儀】

徐志摩於西元一九一五年（二十歲）與張幼儀行新式婚禮，結為夫妻，但這段婚姻只維持七年，西元一九二二年三月兩人在德國柏林離婚，是中國現代史上第一對使用《民法草案》離婚的配偶。徐志摩〈致張幼儀〉信中寫道：「彼此有改良社會之心，彼此有造福人類之心，其先自作榜樣，勇決智斷，彼此尊重人格，自由離婚。」然而徐志摩雙親因為不捨張幼儀離開，認她為寄女，西元一九三一年徐志摩母親過世時，據張邦梅《小腳與西服─張幼儀與徐志摩的家變》所述，張幼儀以徐家乾女兒的身分參加喪禮，並操辦喪禮諸多事項。

一

一個單純的孩子，
過他快活的時光，
興匆匆的，活潑潑的，
何嘗識別生存與死亡？

這四行詩是英國詩人華滋華斯（William Wordsworth）一首有名的小詩叫做〈我們是七人〉（We Are Seven）的開端，也就是他的全詩的主意。這位愛自然，愛兒童的詩人，有一次碰著一個八歲的小女孩，髮鬈蓬鬆的可愛，他問她兄弟姊妹共有幾人，她說我們是七個，兩個在城裏，兩個在外國，還有一個姊妹一個哥哥，在她家裏附近教堂的墓園裏埋著。但她小孩的心理，卻分不清生與死的界限，她每晚攜著她的乾點心與小盤皿，到那墓園的草地裏，獨自的吃，獨自的唱，唱給她的在土堆裏眠著的兄姊聽，雖則他們靜悄悄的莫有回響，她爛漫的童心卻不曾感到生死間有不可思議的阻隔；所以任憑華翁多方的譬解，她只是睜著一雙靈動的小眼，回答說：

「可是，先生，我們還是七人。」

二

其實華翁自己的童真，也不讓那小女孩的完全：他曾經說：「在孩童時期，我不能相信我自己有一天也會得悄悄的躺在墳裏，我的骸骨會得變成塵土。」又一次他對人說：「我做孩子時最想不通的，是死的這回事將來也會得輪到我自己身上。」

孩子們天生是好奇的，他們要知道貓兒爲什麼要吃耗子，小弟弟從哪裏變出來的，或是究竟先有雞還是先有雞蛋；但人生最重大的變端——死的現象與實在，他們也只能含糊的看過，我們不能期望一個個小孩子們都是搔頭窮思的丹麥王子。他們臨到喪故，往往跟著大人啼哭；但他只要眼淚一乾，就會到院子裏踢毽子，趕蝴蝶，就使在屋子裏長眠不醒了的是他們的親爹或親娘，大哥或小妹，我們也不能盼望悼死的悲哀可以完全翳蝕了他們稚羊小狗似的歡欣。你如其對孩子說，你媽死了，你知道不知道——他十次裏有九次只是對著你發呆；但他等到要媽叫媽，媽偏不應的時候，他的嫩頰上就會有熱淚流下。但小孩天然的一種表情，往往可以給人們最深的感動。我生平最忘不了的一次電影，就是描寫一個小孩愛戀已死母親的種種天真的情景。她在園裏看種花，園丁告訴她這花在泥裏，澆下水去，就會長大起來。那天晚上天下大雨，她睡在床上，被雨聲驚醒了，忽然想起園丁的話，她的小腦筋裏就發生了絕妙的主意。她偷偷的爬出了床，走下樓梯，到書房裏去拿下桌上供著的她死母的照片，一把揣在懷裏，也不顧傾倒著的大雨，一直走到園裏，在地上用園丁的小鋤掘鬆了泥土，把她懷裏的親媽，謹慎的取了出來，栽在泥裏，把鬆泥掩護著；她做完了工就蹲在那裏守候——一個三四歲的女孩，穿著白色的睡衣，在深夜的暴雨裏，蹲在露天的地上，專心篤意的盼望已經死去的親娘，像花草一般，從泥土裏發長出來！

三

我初次遭逢親屬的大故，是二十年前我祖父的死，那時我還不滿六歲。那是我生平第一次可怕的經驗，但我追想當時的心理，我對於死的見解也不見得比華翁的那位小姑娘高明。我記得那天夜裏，家裏人吩咐祖父病重，他們今夜不睡了，但叫我和我的姊妹先上樓睡去，回頭要我們時他們會來叫的。我們就上樓去睡了，底下就是祖父的臥房，我那時也不十分明白，只知道今夜一定有很怕的事，有火燒，強盜搶，做怕夢，一樣的可怕。我也不十分睡著，只聽得樓下的急步聲，碗碟聲，喚婢僕聲，隱隱的哭泣聲，不息的響著。過了半夜，他們上來把我從睡夢裏抱了下去，我醒過來只聽得一片的哭聲，他們已經把長條香點起來，一屋子的煙，一屋子的人，圍攏在床前，哭的哭，喊的喊，我也捱了過去，在人叢裏偷看大床裏的好祖父。忽然聽說醒了醒了，哭喊聲也歇了，我看見父親爬在床裏，把病父抱持在懷裏，祖父倚在他的身上，雙眼緊閉著，口裏銜著一塊黑色的藥物他說話了，很清的聲音，雖則我不曾聽明他說的什麼話，後來知道他經過了一陣昏暈，他又醒了過來對家人說：「你們吃嚇了，這算是小死。」他接著又說了好幾句話，隨講音隨低，呼氣隨微，去了，再不醒了，但我卻不曾親見最後的彌留，也許是我記不起，總之我那時早已跪在地板上，手裏擎著香，跟著大眾高聲的哭喊了。

四

此後我在親戚家收殮雖則看得不少，但死的實在的狀況卻不曾見過。我們念書人的幻想力是較比的豐富，但往往因為有了幻想力，就不管生命現象的實在，結果是書獃子，陸放翁說的「百無一用是書生」。人生的範圍是無窮的：我們少年時精力充足什麼都不怕嘗試，只愁沒有出奇的事情做，往往抱怨這宇宙太窄，青天太低，大鵬似的翅膀飛不痛快，但是……但是平心的說，且不論奇的，怪的，特別的，離奇的，我們姑且試問人生裏最基本的事實，最單純的，最普遍的，最平庸的，最近人情的經驗，我們究竟能有多少的把握，我們能有多少深徹的了解，我們是否都親身經歷過？譬如說：生產，戀愛，痛苦，悲，死，妒，恨，快樂，真疲倦，真飢餓，渴，毒餤似的渴，真的幸福，凍的刑罰，懺悔，種種的情熱。我可以說，我們平常人生觀，人類，人道，人情，真理，哲理，本能等等名詞不離口吻的念書人們，什麼文學家，什麼哲學家——關於真正人生基本的事實的實在，知道的——恐怕是極微至尠，即使不等於圓圈。我有一個朋友，他和他夫人的感情極厚，一次他夫人臨到難產，因為在外國，所以進醫院什麼都得他自己照料，最後醫生宣言只有用手術一法，但性命不能擔保，他沒有法子，只好和他半死的夫人訣別（解剖時親屬不准在旁的）。滿心毒魔似的難受，他出了醫院，走在道上，走上橋去，像得了離魂病似的，心脈舂臼似的跳著，最後他聽著了教堂和緩的鐘聲，他就不自主的跟著鐘聲，進了教堂，跟著在做禮拜的跪著，禱告，懺悔，祈求，唱詩，流淚（他並不是信教的人），他這樣的捱過時刻，後來回轉醫院時，一步步都是慘酷的磨難，比上行刑場的犯人，加倍的難受，他怕見醫生與看護婦，彷彿他的運命是在他們的手掌裏握著。事後他對人說：「我這才知道了人生一點子的意味！」

五

所以不曾經歷過精神或心靈的大變的人們，只是在生命的戶外徘徊，也許偶爾猜想到幾分牆內的動靜，但總是浮的淺的，不切實的，甚至完全是隔膜的。人生也許是個空虛的幻夢，但在這幻象中，生與死，戀愛與痛苦，畢竟是陡起的奇峰，應得激動我們徬徨者的注意，在此中也許有可以感悟到一些幻裏的真，虛中的實，這浮動的水泡不曾破裂以前，也應得飽吸自由的日光，反射幾絲顏色！

我是一隻不羈的野駒，我往往縱容想像的猖狂，詭辯人生的現實；比如憑藉凹折的玻璃，覺察當前景色。但時而復再，我也能從煩囂的雜響中聽出清新的樂調，在眩耀的雜彩裏，看出有條理的意匠。這次祖母的大故，老家庭的生活，給我不少靜定的時刻，不少深刻的反省。我不敢說我因此感悟了部分的真理，或是取得了若干的智慧；我只能說我因此與實際生活更深了一層的接觸，益發激動我對於人生種種好奇的探討，益發使我驚訝這迷謎的玄妙，不但死是神奇的現象，不但生命與呼吸是神奇的現象，就連日常的生活與習慣與迷信，也好像放射著異樣的光閃，不容我們擅用一兩個形容詞來概狀，更不容我們昌言什麼主義來抹煞——一個革新者的熱心，碰著了實在的寒冰！

六

我在我的日記裏翻出一封不曾寫完不曾付寄的信，是我祖母死後第二天的早上寫的。我那時在極強烈的極鮮明的時刻內，很想把那幾日經過感想與疑問，痛快的寫給一個同情的好友，使他在數千里外也能分嘗我強烈的鮮明的感情。那位同情的好友我選中了通伯，但那封信卻只起了一個呆重的頭，一爲喪中忙，二爲我那時眼熱不耐用心，始終不曾寫就，一直挨到現在再想補寫，恐怕強烈已經變弱，鮮明已經透闇，逃亡的囚逋，不易追獲的了。我現在把那封殘信錄在這裏，再來追摹當時的情景。

通伯：

我的祖母死了！從昨夜十時半起，直到現在，滿屋子只是號啕呼搶的悲音，與和尚道士女僧的禮懺鼓磬聲。二十年前祖父喪時的情景，如今又在眼前了。忘不了的情景！你願否聽我講些？

我一路回家，怕的是也許已經見不到老人，但老人卻在生死的交關彷彿存心的彌留著，等待她最鍾愛的孫兒——即不能與他開言訣別，也使他尚能把握她依然溫暖的手掌，撫摩她依然跳動著的胸懷，凝視她依然能自開自闔雖則不再能表情的目睛。她的病是腦充血的一種，中醫稱爲「卒中」（最難救的中風）。她十日前在暗房裏蹎仆倒地，從此不再開口出言，登仙似的結束了她八十四年的長壽，六十年良妻與賢母的辛勤，她現在已經永遠的脫辭了煩惱的人間，還歸她清淨自在的來處。我們承受她一生的厚愛與蔭澤的兒孫，此時親見，將來追念，她最後的神化，不能自禁中懷的摧痛，熱淚暴雨似的盆湧，然痛心中卻亦隱有無窮的讚美，熱淚中依稀想見她功成德備的微笑，無形中似有不朽的靈光，永遠的臨照她緜衍的後裔……

七

舊曆的乞巧那一天，我們一大群快活的遊蹤，驢子灰的黃的白的，轎子四個腳夫抬的，正在山海關外，紆迴的，曲折的繞登角山的棲賢寺，面對著殘圮的長城，巨蟲似的爬山越嶺，隱入煙靄的迷茫。那晚回北戴河海濱住處，已經半夜，我們還打算天亮四點鐘上蓮峰山去看日出，我已經快上床，忽然想起了，出去問有信沒有，聽差遞給我一封電報，家裏來的四等電報。我就知道不妙，果然是「祖母病危速回」！我當晚就收拾行裝，趕早上六時車到天津。晚上才上津浦快車。正嫌路遠車慢，半路又爲水發沖壞了軌道過不去，一停就停了十二點鐘有餘，在車裏多過了一夜，直到第三天的中午方才過江上滬甯車。這趟車如其準點到上海，剛好可以接上滬杭的夜車，誰知道又誤了點，誤了不多不少的一分鐘，一面我們的車進站，他們的車頭烏的一聲叫，別斷別斷的去了！我若然是空身子，還可以冒險跳車，偏偏我的一雙手又被行李雇定了，所以只得定著眼睛送它走。

所以直到八月二十二日的中午我方才到家。我給通伯的信說「怕是已經見不著老人」，在路上那幾天真是難受，縮不短的距離沒有法子，但是那急人的水發，急人的火車，幾面湊攏來，叫我整整的遲一晝夜到家！試想病危了的八十四歲的老人，這二十四點鐘不是容易過的，說不定她剛巧在這個期間內有什麼動靜，那才叫人抱憾哩！但是結果還算沒有多大的差池——她老人家還在生死的交關等著！

八

奶奶——奶奶——奶奶！奶——奶！你的孫兒回來了，奶奶！沒有回音。老太太闔著眼，仰面躺在床裏，右手拿著一把半舊的鵰翎扇很自在的扇動著。老太太原來就怕熱，每年暑天總是扇子不離手的，那幾天又是特別的熱。這還不是好好的老太太，呼吸頂勻淨的，定是睡著了，誰說危險！奶奶，奶奶！她把扇子放下了，伸手去摸著頭頂上掛著的冰袋，一把抓得緊緊的，呼了一口長氣，像是暑天趕道兒的喝了一盌涼湯似的，這不是她明明的有感覺不是？我把她的手拿在我的手裏，她似乎感覺我手心的熱，可是她也讓我握著，她開眼了！右眼張得比左眼開些，瞳子卻是發呆，我拿手指在她的眼前一挑，她也沒有瞬，那準是她瞧不見了——奶奶，奶奶——她也真沒有聽見，難道她真是病了，真是危險，這樣愛我疼我寵我的好祖母，難道真會得……我心裏一陣的難受，鼻子裏一陣的酸，滾熱的眼淚就迸了出來。這時候牀前已經擠滿了人，我的這位，我的那位，我一眼看過去，只見一片慘白憂愁的面色，一雙雙裝滿了淚珠的眼眶。我的媽更看的憔悴。她們已經伺候了六天六夜，媽對我講祖母這回不幸的情形，怎樣的她夜飯前還在大廳上吩咐事情，怎樣的飯後進房去自己擦臉，不知怎樣的閃了下去，外面人聽著響聲才進去，已經是不能開口了，怎樣的請醫生，一直到現在還沒有轉機……

一個人到了天倫骨肉的中間，整套的思想情緒，就變換了式樣與顏色。你的不自然的口音與語法沒有用了；你的耀眼的袍服可以不必穿了；你的潔白的天使的翅膀，預備飛翔出人間到天堂的，不便在你的慈母跟前自由的開豁；你的理想的樓台亭閣，也不易輕易的放進這二百年的老屋；你的佩劍，要塞，以及種種的防禦，在爭競的外界即使是必要的，到此只是可笑的累贅。在這裏，不比在其餘的地方，他們所要求於你的，只是隨熟的聲音與笑貌，只是好的，純粹的本性，只是一個沒有斑點子的赤裸裸的好心。在這些純愛的骨肉的經緯中心，不由得你不從你的天性裏抽出最柔儒亦最有力的幾縷絲線來加密或是縫補這幅天倫的結構。

所以我那時坐在祖母的牀邊，含著兩朵熱淚，聽母親敘述她的病況，我腦中發生了異常的感想，我像是至少逃回了二十年的光陰，正如我膝前子姪輩一般的高矮，回復了一片純樸的童真，早上走來祖母的牀前，揭開帳子叫一聲軟和的奶奶，她也回叫了我一聲，伸手到裏牀去摸給我一個蜜棗或是三片狀元糕，我又叫了一聲奶奶，出去玩了，那是如何可愛的辰光，如何可愛的天真，但如今沒有了，再也不回來了。現在牀裏躺著的，還不是我的親愛的祖母，十個月前我伴著到普渡登山拜佛清健的祖母，但現在何以不再答應我的呼喚，何以不再能表情，不再能說話，她的靈性哪裏去了，她的靈性那裏去了？

九

一天，一天，又是一天——在垂危的病榻前過的時刻，不比平常飛駛無礙的光陰，時鐘上同樣的一聲的嚮，直接的打在你的焦急的心裏，給你一種模糊的隱痛——祖母還是照樣的眠著，右手的脈自從起病以來已是極微僅有的，但不能動彈的卻反是有脈的左側，右手還是不時在揮扇，但她的呼吸還是一例的平勻，面容雖不免瘦削，光澤依然不減，並沒有顯著的衰象，所以我們在旁邊看她的，差不多每分鐘都盼望她從這長期的睡眠中醒來，打一個哈欠，就開眼見人，開口說話——果然她醒了過來，我們也不會覺得離奇，像是原來應當似的。但這究竟是我們親人絕望中的盼望，實際上所有的醫生，中醫，西醫，針醫，都已一致的回絕，說這是「不治之症」。中醫說這脈象是憑證，西醫說腦殼裏血管破裂，雖則植物性機能——呼吸，消化——不曾停止，但言語中樞已經斷絕——此外更專門更玄學更科學的理論我也記不得了。所以暫時不變的原因，就在老太太本來的體元太好了，拳術家說的「一時不能散工」，並不是病有轉機的兆頭。

我們自己人也何嘗不明白這是個絕症；但我們卻總不忍自認是絕望：這「不忍」便是人情。我有時在病榻前，在淒悒的靜默中，發生了重大的疑問。科學家說人的意識與靈感，只是神經系最高的作用，這複雜，微妙的機械，只要部分有了損傷或是停頓，全體的動作便發生相當的影響；如其最重要的部分受了擾亂，他不是變成反常的瘋癲，便是完全的失去意識。照這一說，體即是用，離了體即沒有用；靈魂是宗教家的大謊，人的身體一死什麼都完了。這是最乾脆不過的說法，我們活著時有這樣有那樣已經儘夠麻煩，儘夠受，誰還有興致，誰還願意到墳墓的那一邊再去發生關係，地獄也許是黑暗的，天堂是光明的，但光明與黑暗的區別無非是人類專擅的假定，我們只要擺脫這皮囊，還歸我清靜，我就不願意頭戴一個黃色的空圈子，合著手掌跪在雲端裏受罪！

再回到事實上來，我的祖母——一位神智最清明的老太太——究竟在那裏？我既然不能斷定因爲神經部分的震裂她的靈感性便永遠的消滅，但同時她又分明的失卻了表情的能力，我只能設想她人格的自覺性，也許比平時消瀋了不少，卻依舊是在著，像在夢魘裏將醒未醒時似的，明知她的兒女孫曾不住的叫喚她醒來，明知她即使要永別也總還有多少的囑咐，但是可憐她的睛球再不能反映外界的印象，她的聲帶與口舌再不能表達她內心的情意，隔著這脆弱的肉體的關係，她的性靈再不能與她最親的骨肉自由的交通——也許她也在整天整夜的伴著我們焦急，伴著我們傷心，伴著我們出淚，這才是可憐，這才真叫人悲感哩！

十

到了八月二十七那天，離她起病的第十一天，醫生吩咐脈象大大的變了，叫我們當心，這十一天內每天她只嚥入很困難的幾滴稀薄的米湯，現在她的面上的光澤也不如早幾天了，她的目眶更陷落了，她的口部的筋肉也更寬弛了，她右手的動作也減少了，即使拿起了扇子也不再能很自然的扇動了——她的大限的確已經到了。但是到晚飯後，反是沒有什麼顯象。同時一家人著了忙，準備壽衣的，準備冥銀的，準備香燈等等的。我從裏走出外，又從外走進裏，只見匆忙的腳步與嚴肅的面容。這時病人的大動脈已經微細的不可辨，雖則呼吸還不至怎樣的急促。這時一門的骨肉已經齊集在病房裏，等候那不可避免的時刻。到了十時光景，我和我的父親正坐在房的那一頭一張牀上，忽然聽得一個哭叫的聲音說——「大家快來看呀，老太太的眼睛張大了！」這尖銳的喊聲，彷彿是一大桶的冰水澆在我的身上，我所有的毛管一齊豎了起來，我們踉蹌的奔到了牀前，擠進了人叢。果然，老太太的眼睛張大了，張得很大了！這是我一生從不曾見過，也是我一輩子忘不了的眼見的神奇。（恕罪我的描寫！）不但是兩眼，面容也是絕對的神變了（transfigured）；她原來皺縮的面上，發出一種鮮潤的彩澤，彷彿半瘀的血脈，又一度滿充了生命的精液，她的口，她的兩頰，也都回復了異樣的豐潤；同時她的呼吸漸漸的上升，急進的短促，現在已經幾乎脫離了氣管，只在鼻孔裏脆響的呼出了。但是最神奇不過的是一隻眼睛！她的瞳孔早已失去了收斂性，呆頓的放大了。但是最後那幾秒鐘，不但眼眶是充分的張開了，不但黑白分明，瞳孔銳利的緊斂了，並且放射著一種不可形容，不可信的輝光，我只能稱他為「生命最集中的靈光」！這時候床前只是一片的哭聲，子媳喚著娘，孫子喚著祖母，婢僕爭喊著老太太，幾個稚齡的曾孫，也跟著狂叫太太……但老太太最後的開眼，彷彿是與她親愛的骨肉，作無言的訣別，我們都在號泣的送終，她也安慰了，她放心的去了。在幾秒時內，死的黑影已經移上了老人的面部，遏滅了生命的異彩，她最後的呼氣，正似水泡破裂，電光杳滅，菩提的一響，生命呼出了竅，什麼都止息了。

十一

我滿心充塞了死象的神奇，同時又須顧管我有病的母親，她那時出性的號啕，在地板上滾著，我自己反而哭不出來；我自己也覺得奇怪，眼看著一家長幼的涕淚滂沱，耳聽著狂沸似的呼搶號叫，我不但不發生同情的反應，卻反而達到了一個超感情的，靜定的，幽妙的意境，我想像的看見祖母脫離了軀殼與人間，穿著雪白的長袍，冉冉的上升天去，我只想默默的跪在塵埃，讚美她一生的功德，讚美她一生的圓寂。這是我的設想！我們內地人卻沒有這樣純粹的宗教思想；他們的假定是不論死的是高年厚德的老人或是無知無慾的幼孩，或是罪大惡極的凶人，臨到彌留的時刻總是一例的有無常鬼，摸壁鬼，牛頭馬面，赤髮獠牙的陰差等等到門，拿著鐐鍊枷鎖，來捉拿陰魂到案。所以燒紙帛是平他們的暴戾，最後的呼搶是沒奈何的訣別。這也許是大部分臨死時實在的情景，但我們卻不能概定所有的靈魂都不免遭受這樣的凌辱。譬如我們的祖老太太的死，我只能想像她是登天，只能想像她慈祥的神化——像那樣鼎沸的號啕，固然是至性不能自禁，但我總以爲不如匐伏隱泣或默禱，較爲近情，較爲合理。

理智發達了，感情便失了自然的濃摯；厭世主義的看來，眼淚與笑聲一樣是空虛的，無意義的。但厭世主義姑且不論，我卻不相信理智的發達，會得妨礙天然的情感；如其教育真有效力，我以爲效力就在剝削了不合理性的「感情作用」，但決不會有損真純的感情；他眼淚也許比一般人流得少些，但他等到流淚的時候，他的淚才是應流的淚。我也是智識愈開流淚愈少的一個人，但這一次卻也真的哭了好幾次。一次是伴我的姑母哭的，她爲產後不曾復元，所以祖母的病一直瞞著她，一直到了祖母故後的早上方才通知她。她扶病來了，她還不曾下轎，我已經聽出她在啜泣，我一時感覺一陣的悲傷，等到她出轎放聲時，我也在房中欷歔不住。又一次是伴祖母當年的贈嫁婢哭的。她比祖母小十一歲，今年七十三歲，亦已是個白髮的婆子，她也來哭她的「小姐」，她是見著我祖母的花燭的唯一個人，她的一哭我也哭了。

再有是伴我的父親哭的。我總是覺得一個身體偉大的人，他動情感的時候，動人的力量也比平常人偉大些。我見了我父親哭泣，我就忍不住要伴著淌淚。但是感動我最強烈的幾次，是他一人倒在床裏，反覆的啜泣著，叫著媽，像一個小孩似的，我就感到最熱烈的傷感，在他偉大的心胸裏浪濤似的起伏，我就感到母子的感情的確是一切感情的起原與總結，等到一失慈愛的蔭蔽，彷彿一生的事業頓時莫有了根柢，所有的快樂都不能填平這唯一的缺陷；所以他這一哭，我也真哭了。

但是我的祖母果真是死了嗎？她的軀體是的。但她是不死的。詩人勃蘭恩德（Bryant）說：

So live, that when thy summons comes to join
The innumerable caravan which moves
To that mysterious realm where each shall take
His chamber in the silent halls of death,
Thou go not, like the quarry-slave at night,
Scourged to his dungeon; but, sustain'd and soothed
By an unfaltering trust, approach thy grave,
Like one who wraps the drapery of his couch
About him, and lies down to pleasant dreams.

如果我們的生前是盡責任的，是無愧的，我們就會安坦的走近我們的墳墓，我們的靈魂裏不會有慚愧或悔恨的齧痕。人生自生至死，如勃蘭恩德的比喻，真是大隊的旅客在不盡的沙漠中進行，只要良心有個安頓，到夜裏你臥倒在帳幕裏也就不怕噩夢來纏繞。

我的祖母，在那舊式的環境裏，到我們家來五十九年，真像是做了長期的苦工，她何嘗有一日的安閒，不必說子女的嫁娶，就是一家的柴米油鹽，掃地抹桌，哪一件事不在八十歲老人早晚的心上！我的伯父快近六十歲了，但他的起居飲食，還差不多完全是祖母經管的，初出世的曾孫如其有些身熱咳嗽，老太太晚上就睡不安穩；她愛我寵我的深情，更不是文字所能描寫；她那深厚的慈蔭，真是無所不包，無所不蔽。但她的身心即使勞碌了一生，她的報酬卻在靈魂無上的平安；她的安慰就在她的兒女孫曾，只要我們能夠步她的前例，各盡天定的責任，她在冥冥中也就永遠的微笑了。

十一月二十四日（一九二三年）

【延伸閱讀】

1. 張邦梅：《小腳與西服─張幼儀與徐志摩的家變》（臺北：智庫，1996年）。
2. 許悔之：《我一個人記住就好：治療悲傷的書寫》（臺北：大田，1999年）。
3. 袁哲生：〈父親的輪廓〉，《寂寞的遊戲》（臺北：聯合文學，1999年），頁113-120。
4. 簡媜：《只緣身在此山中》（臺北：洪範書店，2004年）。

主題三　閱讀地景

故鄉・山海・水沙連

賽芻豆

故鄉

魯迅

【文學地景】

關於「地方」，地理學家段義孚指出「空間」與「地方」之差別：「隨著我們越來越認識空間，並賦予它價值，一開始渾沌不分的空間就變成了地方。」文化地理學教授蒂姆．克里斯威爾（Tim Cresswell）指出：「地方不僅是世間事物，也是一種觀看、認識和理解世界的方式。我們把世界視為含括各種地方的世界時，就會看見不同的事物。我們看見人與地方之間的情感依附和關聯。我們看見意義和經驗的世界。」由此可見「地方」不僅是一個地理名詞，而是與人的生命經驗連繫在一起。

我冒了嚴寒，回到相隔二千餘里，別了二十餘年的故鄉去。

時候既然是深冬；漸近故鄉時，天氣又陰晦了，冷風吹進船艙中，嗚嗚的響，從篷隙向外一望，蒼黃的天底下，遠近橫著幾個蕭索的荒村，沒有一些活氣。我的心禁不住悲涼起來了。

阿！這不是我二十年來時時記得的故鄉？

我所記得的故鄉全不如此。我的故鄉好得多了。但要我記得他的美麗，說出他的佳處來，卻又沒有影像，沒有言辭了。彷彿也就如此。於是我自己解釋說：故鄉本也如此，——雖然沒有進步，也未必有如我所感的悲涼，這只是我自己心情的改變罷了，因爲我這次回鄉，本沒有什麼好心緒。

我這次是專爲了別他而來的。我們多年聚族而居的老屋，已經公同賣給別姓了，交屋的期限，只在本年，所以必須趕在正月初一以前，永別了熟識的老屋，而且遠離了熟識的故鄉，搬家到我在謀食的異地去。

第二日清早晨我到了我家的門口了。瓦楞上許多枯草的斷莖當風抖著，正在說明這老屋難免易主的原因。幾房的本家大約已經搬走了，所以很寂靜。我到了自家的房外，我的母親早已迎著出來了，接著便飛出了八歲的姪兒宏兒。

我的母親很高興，但也藏著許多淒涼的神情，教我坐下，歇息，喝茶，且不談搬家的事。宏兒沒有見過我，遠遠的對面站著只是看。

但我們終於談到搬家的事。我說外間的寓所已經租定了，又買了幾件家具，此外須將家裏所有的木器賣去，再去增添。母親也說好，而且行李也略已齊集，木器不便搬運的，也小半賣去了，只是收不起錢來。

「你休息一兩天，去拜望親戚本家一回，我們便可以走了。」母親說。

「是的。」

「還有閏土，他每到我家來時，總問起你，很想見你一回面。我已經將你到家的大約日期通知他，他也許就要來了。」

這時候，我的腦裏忽然閃出一幅神異的圖畫來：深藍的天空中掛著一輪金黃的圓月，下面是海邊的沙地，都種著一望無際的碧綠的西瓜，其間有一個十一二歲的少年，項帶銀圈，手捏一柄鋼叉，向一匹猹儘力的刺去，那猹卻將身一扭，反從他的胯下逃走了。

這少年便是閏土。我認識他時，也不過十多

歲，離現在將有三十年了；那時我的父親還在世，家景也好，我正是一個少爺。那一年，我家是一件大祭祀的值年。這祭祀，說是三十多年纔能輪到一回，所以很鄭重；正月裏供祖像，供品很多，祭器很講究，拜的人也很多，祭器也很要防偷去。我家只有一個忙月（我們這里給人做工的分三種：整年給一定人家做工的叫長年；按日給人做工的叫短工；自己也種地，只在過年過節以及收租時候來給一定的人家做工的稱忙月），忙不過來，他便對父親說，可以叫他的兒子閏土來管祭器的。

我的父親允許了；我也很高興，因爲我早聽到閏土這名字，而且知道他和我彷彿年紀，閏月生的，五行缺土，所以他的父親叫他閏土。他是能裝弶捉小鳥雀的。

我於是日日盼望新年，新年到，閏土也就到了。好容易到了年末，有一日，母親告訴我，閏土來了，我便飛跑的去看。他正在廚房裏，紫色的圓臉，頭戴一頂小氈帽，頸上套一個明晃晃的銀頸圈，這可見他的父親十分愛他，怕他死去，所以在神佛面前許下願心，用圈子將他套住了。他見人很怕羞，只是不怕我，沒有旁人的時候，便和我說話，於是不到半日，我們便熟識了。

我們那時候不知道談些什麼，只記得閏土很高興，說是上城之後，見了許多沒有見過的東西。

第二日，我便要他捕鳥。他說：

「這不能。須大雪下了纔好。我們沙地上，下了雪，我掃出一塊空地來，用短棒支起一個大竹匾。撒下秕穀，看鳥雀來喫時，我遠遠地將縛在棒上的繩子只一拉，那鳥雀就罩在竹匾下了。什麼都有：稻雞，角雞，鵓鴣，藍背……」

我於是又很盼望下雪。

閏土又對我說：

「現在太冷，你夏天到我們這里來。我們日裏到海邊撿貝殼去，紅的綠的都有，鬼見怕也有，觀音手也有。晚上我和爹管西瓜去，你也去。」

「管賊麼？」

「不是。走路的人口渴了摘一個瓜喫，我們這里是不算偷的。要管的是獾猪，刺蝟，猹。月亮地下，你聽，啦啦的響了，猹在咬瓜了。你便捏了胡叉，輕輕地走去……」

我那時並不知道這所謂猹的是怎麼一件東西——便是現在也沒有知道——只是無端的覺得狀如小狗而很凶猛。

「他不咬人麼？」

「有胡叉呢。走到了，看見了猹了，你便刺。這畜生很伶俐，倒向你奔來，反從胯下竄了，牠的皮毛是油一般的滑……」

我素不知道天下有這許多新鮮事：海邊有如五色的貝殼；西瓜有這樣危險的經歷，我先前單知道他在水果店裏出賣罷了。

「我們沙地裏，潮汛要來的時候，就有許多跳魚兒只是跳，都有青蛙似的兩個腳……」

啊！閏土的心裏有無窮無盡的稀奇的事，都是我往常的朋友所不知道的。他們不知道一些事，閏土在海邊時，他們都和我一樣只看見院子裏高牆上的四角的天空。

可惜正月過去了，閏土須回家裏去，我急得大哭，他也躲到廚房裏，哭著不肯出門，但終於被他父親帶走了。他後來還託他的父親帶給我一包貝殼和幾枝很好看的鳥毛，我也曾送他一兩次東西，但從此沒有再見面。

現在我的母親提起了他，我這兒時的記憶，忽而全都閃電似的蘇生過來，似乎看到了我的美麗的故鄉了。我應聲說：

「這好極！他——怎樣？……」

「他？……他景況也很不如意……」母親說著，便向房外看，「這些人又來了。說是買木器，順手也就隨便拿走的，我得去看看。」

母親站起身，出去了。門外有幾個女人的聲音，我便招宏兒走近面前，和他閒話：問他可會寫字，可願意出門。

「我們坐火車去麼？」

「我們坐火車去。」

「船呢？」

「先坐船，……」

「哈！這模樣了！鬍子這麼長了！」一種尖利的怪聲突然大叫起來。

我喫了一嚇，趕忙抬起頭，卻見一個凸顴骨，薄嘴唇，五十歲上下的女人站在我面前，兩手搭在髀間，沒有繫裙，張著兩腳，正像一個畫圖儀器裏細腳伶仃的圓規。

我愕然了。

「不認識了麼？我還抱過你咧！」

我愈加愕然了。幸而我的母親也就進來，從旁說：

「他多年出門，統忘卻了。你該記得罷，」便向著我說：「這是斜對門的楊二嫂，……開豆腐店的。」

哦，我記得了。我孩子時候，在斜對門的豆腐店裏確乎終日坐著一個楊二嫂，人都叫伊「豆腐西施」。但是擦著白粉，顴骨沒有這麼高，嘴唇也沒有這麼薄，而且終日坐著，我也從沒有見過這圓規式的姿勢。那時人說：因爲伊，這豆腐店的買賣非常好。但這大約因爲年齡的關係，我卻並未蒙著一毫感化，所以竟完全忘卻了。然而圓規很不平，顯出鄙夷的神色，彷彿嗤笑法國人不知道拿破崙，美國人不知道華盛頓似的，冷笑說：

「忘了？這真是貴人眼高……」

「哪有這事……我……」我惶恐著，站起來說。

「那麼，我對你說。迅哥兒，你闊了，搬動又笨重，你還要什麼這些破爛木器，讓我拿去罷。我們小戶人家，用得著。」

「我並沒有闊哩。我須賣了這些，再去……」

「阿呀呀呀，你放了道台了，還說不闊？你現在有三房姨太太；出門便是八抬的大轎，還說不闊？嚇，什麼都瞞不過我。」

我知道無話可說了，便閉了口，默默的站著。

「阿呀阿呀，真是愈有錢，便愈是一毫不肯放鬆，愈是一毫不肯放鬆，便愈有錢……」圓規一面憤憤的回轉身，一面絮絮的說，慢慢向外走，順便將我母親的一副手套塞在褲腰裏，出去了。

此後又有近處的本家和親戚來訪問我。我一面應酬，偷空便收拾些行李，這樣的過了三四天。

一日是天氣很冷的午後，我喫過午飯，坐著喝茶，覺得外面有人進來了，便回頭去看。我看時，不由得非常出驚，慌忙站起身，迎著走去。

這來的便是閏土。雖然我一見便知道是閏土，但又不是我這記憶上的閏土了。他身材增加了一倍；先前的紫色的圓臉，已經變作灰黃，而且加上了很深的皺紋；眼睛也像他父親一樣，周圍都腫得通紅，這我知道，在海邊種地的人，終日吹著海風，大抵是這樣的。他頭上是一頂破氈帽，身上只一件極薄的棉衣，渾身瑟索著；手裏提著一個紙包和一支長煙管，那手也不是我所記得的紅活圓實的手，卻又粗又笨而且開裂，像是松樹皮了。

我這時很興奮，但不知道怎麼說纔好，只是說：

「阿！閏土哥，——你來了？……」

我接著便有許多話，想要連珠一般湧出：角雞，跳魚兒，貝殼，猹，……但又總覺得被什麼擋著似的，單在腦裏面回旋，吐不出口外去。

他站住了，臉上現出歡喜和淒涼的神情；動著嘴唇，卻沒有作聲。他的態度終於恭敬起來了，分明的叫道：

「老爺！……」

我似乎打了一個寒噤；我就知道，我們之間已經隔了一層可悲的厚障壁了。我也說不出話。

他回過頭去說：「水生，給老爺磕頭。」便拖出躲在背後的孩子來，這正是一個二十年前的閏土，只是黃瘦些，頸子上沒有銀圈罷了。「這是第五個孩子，沒有見過世面，躲躲閃閃……」

母親和宏兒下樓來了，他們大約也聽到了聲音。

「老太太。信是早收到了。我實在喜歡的了不得，知道老爺回來……」閏土說。

「阿，你怎的這樣客氣起來。你們先前不是哥弟稱呼麼？還是照舊：迅哥兒。」母親高興的說。

「阿呀，老太太真是……這成什麼規矩。那時是孩子，不懂事……」閏土說著，又叫水生上來打拱，那孩子卻害羞，緊緊的只貼在他背後。

「他就是水生？第五個？都是生人，怕生也難怪的；還是宏兒和他去走走。」母親說。

宏兒聽得這話，便來招水生，水生卻鬆鬆爽爽同他一路出去了。母親叫閏土坐，他遲疑了一回，終於就了坐，將長煙管靠在桌旁，遞過紙包來，說：

「冬天沒有什麼東西了。這一點乾青豆倒是自家曬在那裏的，請老爺……」

我問問他的景況。他只是搖頭。

「非常難。第六個孩子也會幫忙了，卻總是喫不夠……又不太平……什麼地方都要錢，沒有定規……收成又壞。種出東西來，挑去賣，總要捐幾回，折了本；不去賣，又只能爛掉。……」

他只是搖頭；臉上雖然刻著許多皺紋，卻全然不動，彷彿石像一般。他大約只是覺得苦，卻又形容不出，沉默了片時，便拿起煙管來默默的吸煙了。

母親問他，知道他的家裏事務忙，明天便得回去；又沒有喫過午飯，便叫他自己到廚下炒飯喫去。

他出去了；母親和我都歎息他的景況：多子，饑荒，苛稅，兵，匪，官，紳，都苦得他像一個木偶人了。母親對我說，凡是不必搬走的東西，儘可以送他，可以聽他自己去揀擇。

下午，他揀好了幾件東西：兩條長桌，四個椅子，一副香爐和燭臺，一桿抬秤。他又要所有的草灰（我們這里煮飯是燒稻草的，那灰，可以做沙地的肥料），待我們啟程的時候，他用船來載去。

夜間，我們又談些閒天，都是無關緊要的話；第二天早晨，他就領了水生回去了。

又過了九日，是我們啟程的日期。閏土早晨便到了，水生沒有同來，卻只帶著一個五歲的女兒管船隻。我們終日很忙碌，再沒有談天的工夫。來客也不少，有送行的，有拿東西的，有送行兼拿東西的。待到傍晚我們上船的時候，這老屋裏的所有破舊大小粗細東西，已經一掃而空了。

我們的船向前走，兩岸的青山在黃昏中，都裝成了深黛顏色，連著退向船後梢去。

宏兒和我靠著船窗，同看外面模糊的風景，他忽然問道：

「大伯！我們什麼時候回來？」

「回來？你怎麼還沒有走就想回來了。」

「可是，水生約我到他家玩去咧……」他睜著大的黑眼睛，癡癡的想。

我和母親也都有些惘然，於是又提起閏土來。母親說，那豆腐西施的楊二嫂，自從我家收拾行李以來，本是每日必到的，前天伊在灰堆裏，掏出十多個碗碟來，議論之後，便定說是閏土埋著的，他可以在運灰的時候，一齊搬回家裏去；楊二嫂發現了這件事，自己很以爲功，便拿了那狗氣殺（這是我們這里養雞的器具，木盤上面有著柵欄，內盛食料，雞可以伸進頸子去啄，狗卻不能，只能看著氣死），飛也似的跑了，虧伊裝著這麼高底的小腳，竟跑得這樣快。

老屋離我愈遠了；故鄉的山水也都漸漸遠離了我，但我卻並不感到怎樣的留戀。我只覺得我四面有看不見的高牆，將我隔成孤身，使我非常氣悶；那西瓜地上的銀項圈的小英雄的影像，我本來十分清楚，現在卻忽地模糊了，又使我非常的悲哀。

母親和宏兒都睡著了。

我躺著，聽船底潺潺的水聲，知道我在走我的路。我想：我竟與閏土隔絕到這地步了，但我們的後輩還是一氣，宏兒不是正在想念水生麼。我希望他們不再像我，又大家隔膜起來……然而我又不願意他們因爲要一氣，都如我的辛苦輾轉而生活，也不願意他們都如閏土的辛苦麻木而生活，也不願意都如別人的辛苦恣睢而生活。他們應該有新的生活，爲我們所未經生活過的。

我想到希望，忽然害怕起來了。閏土要香爐和燭臺的時候，我還暗地裏笑他，以爲他總是崇拜偶像，什麼時候都不忘卻。現在我所謂希望，不也是我自己手製的偶像麼？只是他的願望切近，我的願望茫遠罷了。

我在朦朧中，眼前展開一片海邊碧綠的沙地來，上面深藍的天空中掛著一輪金黃的圓月。我想：希望是本無所謂有，無所謂無的。這正如地上的路；其實地上本沒有路，走的人多了，也便成了路。

一九二一年一月

【延伸閱讀】

1. 藤井省三著，董炳川譯：《魯迅《故鄉》閱讀史》（北京：新世界，2002年）。
2. 周遐壽（周作人）：《魯迅小說裡的人物》（香港：中流，1976年）。
3. 顏健富撰：《論魯迅《吶喊》、《徬徨》國民性建構》（臺北：臺灣大學中文研究所博士論文，2003年）。

在一座島嶼中間

黃錦樹

一

許多年前，夢裡常回到千里外那多雨燠熱的故鄉。那樹林，交錯的光和影，風中沙沙作響的滾動的落葉，泛著光水淺清澈冰涼的小水溝，多游魚——許多年後在此間水族館裡發現泰半大概都是當地的特有種。尤其是馬來半島特有的凶悍豔麗的短尾鬥魚，在我異鄉的夢裡巡游了許多年，頻繁到說出來會令人恥笑的程度。那時二十出頭，關在沉悶多塵埃的都市狹仄不通風的學生宿舍，茫茫然不知未來該走什麼路，其實連夢都不敢想。

奇怪的是，多年不再做類似的夢了。是年歲吧，不太做那麼有感情、童稚的夢了。甚至不常記得做過的夢——健忘延伸到夢的領域？也因爲遷延，漸漸遠離終究適應不良的都市，一步步移向這座島的中心（「地理中心碑」就在鎮郊），到這小鎮，一待也進入第十個年頭了。多年來好多人都問我何以不選擇其他地方（尤其是所謂的北部「名校」），機會並不是沒有，但那其實意義不大。即使換了學校，工作還是一樣的工作（都是製造「桃李」，誤人子弟），只會更辛苦不會更輕鬆（眾所周知，「名校」有嚴重的業績壓力，爲了維繫它得來不易的名聲。當然，它也因此擁有更多資源）。而且務實一點盤算，城市生活的開支只會更多，人際關係也會更複雜。況且我也不要求什麼國際名聲，出國鍍金鑲鑽石等。我需要的是時間和自由，——或嘲謔一點，陽光、空氣和水——以便做一點想做且能做的無益之事。否則日子一天天過去，總有一天會驚恐的發現時間已經用完了。這該算是淡泊吧？

這被群山包圍的盆地小鎮埔里，其實和我出生成長的小鎮居鑾（Kluang）頗爲類似——那也是個盆地，只是山沒那麼多重，但周遭一樣多丘陵地，覆蓋著次生林，或經濟作物。多霧，多日照，人口稀疏。

十年前一個偶然的機緣讓我來到這裡。那時新婚不久，在台灣補請師友，聯繫一位大學時代的老師，他人沒來，倒是客氣的回了封信（更多的大學時代的老師是置之不理，大概對紅色炸彈深惡痛絕，畢竟大家都「桃李滿天下」。但不寄又怕得罪），說已畫好一幅畫要給我們當賀禮云云。那時在念博士班，需要工作，遂給幾間新成立的大學寄履歷，不料剛成立的暨大中文所竟有回應。正是那位昔日的老師，原來又是他到此地「創設系所」（台灣中南部國立大學的相關系所，一般都由北部幾間老國立大學「繁殖」而來——派一位資深教授去創設，不免帶去若干忠心的弟子門生，及衍生出相關的人情，同時製造出頗具勢力的學閥）。經過一番波折（主要是等待確認，譬如關鍵的聘書），我們就把全部家當（包括一輛畢業離境的兄長送的原本要報廢的破機車）搬進這小山城，匆匆住進打鐵街附近窄巷育樂路的房子裡。巷子窄到車子進不去，兩對戶人家各自停了機車腳踏車，放了納涼的竹椅後，就只剩一條散發著臭味的小水溝的寬度。屋內幾乎照不到太陽，如此的迫仄，被鄰居干擾也是必然的事。

剛開始根本找不到學校。問了方向，騎著那

台聲音沉悶、吐著臭煙，逢雨必死火的破野狼（後來在一個寒冷的冬天，因暴斃而被棄置於龍潭暗巷裡）依著大指標（那時標示不清）在中潭公路上往返飆三趟都沒有發現學校的所在。原來那時入口新開了路，整片山坡被剝了皮似的紅土裸露，部分在植草，圍網做擋土牆，難以形容的猙獰。竟沒想到那即是我苦尋不著的工作地點。原是一片台糖的牧場，一座台地，滿覆牧草，放牧著肉牛。破野狼確是噴了許多煙才走上去，寥寥幾棟建築，行政大樓，教室，學生宿舍，及我那時還沒資格申請的老師宿舍。

第一份正職，終於有第一份固定的薪水，身分也由學生轉爲外聘，二十九歲了，發胖，掉髮。兩年的講師，終究被淌進學院政治的混水，痛苦不堪，一言難盡。譬如終於理解年輕學者的銳氣和雄心是如何被磨蝕掉的；沒有才能而有野心的人占據了權力的位子會做些什麼事（據說賀爾蒙的分泌也會跟著改變）……而我那位資質絕佳（據說身懷書畫絕技）、古典訓練完備的老師，也充分顯露出他人格上及行政上的種種闕失——過分的大家長氣息，權謀，喜小朝廷，多猜疑。不愛當面溝通，喜歡用間接轉述，或小動作。殘存的敬意及師生之誼，兩年內也幾乎消耗殆盡。但我畢竟該感激他（不論是無心還是有意的扶助），因彼時已鮮少學校聘用博士生爲專任講師，因爲量產的博士早已滿街跑。甚至我之被延攬，也有兩種說法。一是後來從旁人那裡聽到的，他是借我來保送他的一位同時聘爲專任教師但只具有碩士學位的學生（此姝確實資質頗佳，傳統訓練也完整），他那時要求我需辦妥博士候選人資格證明；而（傳聞）他在教評會上推薦我的說詞即爲第一種說法——那時我剛獲中國時報文學獎不久，出版了一本小說，發表了幾篇論文——「在座有哪位博士班還沒畢業就有這樣的成績？」也許兩種說法都成立，畢竟二者並不衝突，聘我不過是順水推舟，一舉兩得，或數得。

我也明確知道（有一陣子經常有不得不去的飯局，聊大小事）他鄙視資質與學問平庸之輩（這種人到處都是，且往往不知自量），只要是聰明人，即使那是敵人也抱有幾分惋惜的敬意。但我也惋惜他太膽小，或受限於中文系窄仄的訓練，並沒有善用他的資質和學養，開啟有力的論說。我的另一位老師，他的同輩，曾多次讚嘆他的聰明和學問，認爲他是同輩中文學界最聰明的兩個人之一。最愛舉這麼一個例子——後來貴爲中研院院士及普遍被學界唾棄的那位曲學阿世的綠朝新貴、中國上古史專家（也就是最近送人「典型苑在」輓額的那位搞笑部長），年輕時與他爲鄰，因不諳上古文字，時時抱著上古文獻敲門請益，他也不需工具書，就地解說，傳爲佳話。

猶記大學時代，此君以口才佳頭腦清楚學識淵博而普受「桃李」（大部分都是朽木吧）仰慕不已。而有一回我私下問他專長領域，他臉露忍著一半的笑意，慢條斯理的從上古文獻屈指數到清代，我也忘了其時他有限的、帶著粉筆灰的手指有沒有重複使用；另一回我拿著一本台北文化狂人李敖的《千秋評論》「王國維之死」專號，他無聊的翻翻，竟拿去揮打教室裡紛飛的台大蚊子，然後說了個故事。他說多年前他念研究所剛搬進台大男生宿舍，有一個人剛打包搬走，那個人就是李某。還說李敖很聰明，「和我差不多」。我也覺得這並非虛言，先天的稟賦就像是上帝擲的骰子。

只可惜終於消耗於各式各樣的自我內耗，尤其是性格上的扭曲。是因爲有著不爲人知的精神分析意義上的身世的創傷？還是偏安戒嚴體制下的老中文系早已患病——是癥候也是病院——消耗了良材？而問題或許也不僅僅是流亡者的文化守夜終成「乾嘉餘孽」？這都有待社會病理學家研究。

大概真的「涉世未深」，總是不解，不是教育的場所嗎？爲什麼那麼多人都對權力看不開，視學界如政界，那麼愛當官。必須經過幾年的紛擾與角力，「權力平衡」後，方能漸漸平靜下來。

三個月後搬到明德路，兩層的排樓，養貓三隻；又一年搬到隆生路，埔里盆地邊郊，半座三合院，妻最愛的荒廢老宅；父亡於故鄉，生子一，輕度腦溢血。年餘，搬虎山，台灣地理中心旁。遇大地震，幸房子堅固。貓失其一，流亡北部半年，生女一。遷學校宿舍，貓又失其一，住三年。遷牛尾，盆地另一處邊郊的大農舍，迄今又近兩年，老貓失其一，又失一黑貓。新養小貓三隻，小雞三隻，烏龜二。

住在這樣的地方，多少有點隱居的感覺，至少遠離多交際應酬的大都會。往來的文壇朋友並不多，外頭的活動能不去就不去，一動不如一靜。無疑我是此間文壇的邊緣人。就這點而言，和兩位來自熱帶的同鄉小說前輩倒是一脈相承。

二

小鎮，甚至這個縣，當然不乏寫作者。此地文史工作者、地方藝術家也並不少，但我只有剛來的那兩年被拉去應酬，此後多年皆無往來。畢竟應酬只是浪費時間，一如我和學校的同事在諸多事故後再也沒有私人的往來。我也自認是個客人，並不屬於任何在地的群體。此地雖被譽爲全台「最宜人居」處，有最好的水、空氣和陽光，但並不是個文化積累豐厚的地方。

雖然部分台地有石器時代的遺跡出土，但畢竟是上古遺跡。此地的開發還是日據時代以來的事，不過百年。出生於埔里殷實之家的日據時代作家巫永福先生，在他的回憶錄中寫道，「一九一三年我出生於日治台中州能高郡埔里社街八十五番地，清朝時代稱爲大埔城東門，即今之南投縣埔里鎮東門里，台灣公路局埔里總站後面的小巷內」（《我的風霜歲月：巫永福回憶錄》（台北：望春風，二○○三，頁一二）。那地方搭公車離開埔里總會經過，如今已破落不堪。巫氏家族的產業當然不會局限於此一隅。他出生時，距日本殖民台灣（始於一八九五年）不到二十年，那時埔里正緩慢的開發中。巫氏的回憶錄告訴我們，自其曾祖發跡於魚池（埔里鄰鄉，因其曾祖大宅之護城濠溝而得名），父親經商發跡於埔里，但他們生活的年代，基本上是在獵人頭的陰影裡——「母親……往東門外十一份、水頭、枇杷城原始林，撿柴回家自用，此地與住內大林、過坑的布農人較近，埔里人稱其爲南蕃，常在十一份、水頭仔、枇杷城出草殺人，埔里人備受威脅。另在北門城外蜈蚣崙庄、對面眉原社住有泰雅族人，埔里人稱之爲北蕃，常在對面的蜈蚣崙庄、大湳庄、守城份、虎仔耳庄出草殺人，埔里人備受威脅。爲防蕃害，大埔城埔里街周圍建有大濠溝，並種刺竹爲城，設東西南北門，各門設吊橋，定早時六點放下，下午五點收橋」（《我的風霜歲月》，頁一九）。文中所述的南蕃北蕃出沒處，我都住過，暨大及其周邊應係前者（南蕃舊獵場）；現在的居處比大湳守城還更郊外些，屬昔之北蕃出沒處。——那時的埔里比現在小得多，或者說，屬於原住民的部分多一些。這裡臨近中央山脈，一直延伸到花蓮宜蘭山區，都是原住民的大本營。自日本據台之後，漢人的武力抗爭之外，從一八九七年迄一九三○年爆發「霧社事件」止，泰雅族原住民的抗爭一直延續著。而霧社正離這兒不遠，海拔較高，確實涼爽多霧。住虎山期間，夜裡常享受霧社吹來的陣陣帶著霧氣的沁人涼風。經過五十年的日治，原住民基本上遠遠的退到山上去了。少數住在鎮上的，也融入了漢人的現代社區。

霧社事件讓六個武力抗日的泰雅族部落幾遭滅族之痛，倖存者被遷於附近的川中島（國民黨來台後改名「清流部落」）監控安置，立餘生紀念碑一座。餘生兩字，簡勁直接而哀傷，堪稱神來之筆。令人想起大陸小說家李銳的長篇《舊址》，一個繁盛富裕的大家族被大革命摧殘得只剩一方舊址牌記。此亦爲舞鶴長篇名著《餘生》之所取材。清流部落也在埔里附近，我們曾經驅車走訪，是個非常寥落蕭條的社區，毫不講究的草草搭建的低矮房屋，灰色調，屋簷的陰影裡是老人，路旁是嬉戲的小孩，小孩總有點髒兮兮的。典型的移民小鎮的淒涼感覺，健康的成人大概都外出謀生去了。

巫永福的回憶錄另外也提到一些有趣的事，譬如日本人喜歡埔里，依人口比，「埔里的日本人口應是台北市之外最多的鄉鎮」。因此之故，日據時代埔里的基礎設施也較佳，諸如水電、醫療，甚至教育、交通——有小飛機場，雖然公路尚未開通，得乘台糖小火車，到台中得花上八、九個小時。即使現在，從埔里到台中，因爲多山路彎，開車也得耗上一個半小時；到台北三個半至四小時，仍被稱爲全台灣交通最不便的偏遠地區。但因海拔稍高，多山，涼快，多雲霧。且近日月潭，日本人仍極喜愛。最近更有大規模的退休旅遊考察團到訪，也許不乏返鄉的異鄉人，算算年歲（日本戰敗迄今六十一年），也許幼年時住過這裡。巫氏也寫到一九一七年一月埔里發生大地震，「埔里大部分簡陋古早厝都倒壞致有死傷」。一九九九年九月二十一日的九二一大地震情況相仿，許多人瞬間結束了人生，什麼都來不及做，看不到明日的太陽。倖存者皆無眠，不管站在哪裡，都可以清楚感覺終夜地在抽動，彷彿餘怒未消。這大概就是古書中說的「天」的力量了。不少學校同事地震後不久就離職了（這一點都不稀奇，邊疆學校原就是驛站，年輕學者的跳板，和地震沒有絕對的關係），於我，恰似度過另一次的成年禮。在生病的疲憊裡，最難受的是決策者愚蠢的遷校；斷垣殘壁的謊言，都市人膽小自私的嘴臉，知識工廠廠長率作業員及半成品等集體倉皇逃命的惡劣形象。

但不免被問及地域是否影響了後續的寫作。直白的說，應是這樣的問題：有沒有可能本土化？我從來就不是一個寫實主義者，更不是個風土作家，不會刻意以居處的風土來展示認同的刻度。而且近年更明顯意識到文學畢竟是純粹的符號空間，真正的力量來源於想像力（人類心靈最大的力量之一）對不同資源的調度調和，調節思辨與激情。而居處及環境，不過是諸資源之一而已。當然這並不是說那是不重要的，但往往是極爲隱蔽的，甚至私有的。我想我同意俄國流亡作家納博可夫（Vladimir Nabokov），爲其飽受誤解的暢銷書《洛麗塔》（Lolita）（一般被認爲是寫中年男人誘姦、囚禁小女生的情色小說）後記中的解說，小說中角色演出諸情節的場所，對作者而言往往有特殊意涵，譬如是酷愛蝴蝶的他昔日捕捉到蝴蝶稀有種的山間小道，某次與親人遊憩的小山丘，「這些是小說的神經，神祕的節點和閥下協調器，小說情節由此得以連綴——雖然我非常清楚地意識到這或別的一些場景會被某些讀者一帶而過，或未被注意，甚至沒有被碰過」（〈談談一本名叫《洛麗塔》的書〉，

《洛麗塔》，南京：譯林，二〇〇〇，頁三二五）。風土必然依著情感的邏輯進入符號空間，但也許對一般讀者並無意義。那些符號，作爲隱祕的記號，只會召喚擁有共同記憶的人。

補寫半年前七百字舊文　二〇〇六年二月十三日

原載《自由時報・自由副刊》（簡本），二〇〇五年七月二十六日、二〇〇六年五月二十二日

原載《星洲日報・隨感錄》，二〇〇六年二月二十六日、三月十二日

【離散文學】

離散，指離開家鄉，散居他處。臺灣文學中的離散，包括如：老兵／眷村文學、留學生文學、移民文學、馬華文學等。作家用文字寫出對家鄉的眷念以及與他者共存的經驗，乃至於對自我認同的追尋及其中糾結複雜的情緒。離散也不專指空間的遷徙，還涉及到諸多離散經驗的重要議題，例如：種族歧視、刻板印象、身分認同。

【延伸閱讀】

1. 黃錦樹：《馬華文學批評大系：黃錦樹》（桃園：元智大學中國語文學系，2019年）。
2. 黃錦樹：《雨》（臺北：寶瓶文化，2016年）。
3. 李有成：《離散》（臺北：允晨文化，2013年）。

中央山脈的多重奏

王文進

三十幾年前上中學的地理課時，總會不斷地被提醒：台灣的土地十分之六、七都是高山、丘陵。因此，真正可耕的面積很少，是屬於地狹人稠型的地區。

也許是當時台灣社會的文化自信心還沒有樹立，也許是當時的地理課本還是黑白黯淡的色彩，因此「高山」、「丘陵」的名詞對我們那時懵懂的思維而言，居然成了沉重的負擔。有些同學們不禁還會有些納悶，擔心起將來長大後愈來愈膨脹的人口，自己會被擠到海裡去。

就連童年歲月在美麗山城「埔里」度過的我，似乎也還不懂得如何替台灣連綿的山脈辯護。何況埔里雖然是一個全年四季空氣中摻和著花葉香味的山城，是生命中永恆甜美的故鄉，但是記憶中那時出一趟台中，往往要繞過千重山、萬重水，整整折騰三小時的車程，沿途還有隨車顛簸漫天揚起的沙塵。「高山」和「丘陵」畢竟還是給人許多的不便。

第一次對台灣的山脈地形萌芽出朦朧的敬意，是因爲在《世說新語》中看到一段這樣的文字：

王武子、孫子荊各言其土地人物之美。王云：「其地坦而平，其水淡而清，其人廉且貞。」孫云：「其山嶵巍以嵯峨，其水泙渫而揚波，其人磊砢而英多。」

《世說新語》是一本記載魏晉時期士人風範與智慧的語錄。王武子和孫子荊的家鄉人物究竟如何，我並沒有考證，但是當時確實被二人對自己故鄉的執著之愛所撼動。土地平坦，江水平靜，王武子沒有想到她的單調，反而堅信就是這種單純坦闊的地形塑造出廉潔貞定的品格；高聳的山峰，奔騰的水勢，孫子荊也絲毫未嫌懼其險峻，卻信心十足地斷言就是如此艱阨的地勢當必琢磨出豪邁英挺的氣魄來。故鄉的美，原來是要用愛去挖掘去發現，然後再用信仰去創造。

那時我已經在師範大學唸國文研究所，但是因爲一直迷戀著大學歲月的淡水，結果是在淡水河出海處的沙崙租了一間農舍寫畢業論文。七〇年代的淡水沙崙，四周都是沿河翠綠的稻田。窗外可以沒有任何一座高樓的遮擋而能夠遙遙看著大屯山脈在平疇中冉冉浮起。我養成了在窗口認真凝視山脈的習慣。

再一次和台灣山脈締結「海誓山盟」的因緣則是在台大修完博士學位，正式回淡江大學任教而來。因爲在研究所開授「台灣山水文學」的需求，遂逐步蒐集相關資料，除了地誌、方志和作家的台灣山水文字之外還兼及圖繪照片。有一位自己就是登山社的研究生幫我借來一本已經絕版的《台灣百岳全集》，使我對台灣山脈的造型有了遼闊而具體的印象。原來單就海拔三千公尺以上的山峰，這個島嶼就矗立了兩百多座：如此堅挺、如此肅穆。從高空拍攝下來的遙測圖：中央山脈、雪山山脈、玉山山脈虎背一般的脊樑貫串著全島南北。學生們也終於讀懂了鄭愁予那句：「眾溪是海洋的手指，索水源於群山之間」的鏡頭是如何取景的。

讀《世說新語》時對台灣山脈的愛還是「知性」的、「道德性」的、「使命性的」，現在則是純感性的、純藝術性的。是真正的癡迷了。

我開始告訴學生們：「每個人心中都要有一座山」。在人生奔馳多變的旅程中，心中的那座山將沉甸甸地給你依靠著，在困頓消沉的逆境時，心中的那座山將高聳地屹立著給你鼓舞的指標。「不是嗎？」我時常指著教室窗口外的大屯山說：「儘管這個小鎮正逐漸被無情的現代建築包圍，但是大屯山不是一如往昔，篤定地站在那裡，堅持地要成爲淡水歷史的座標嗎？」

是的，整個世界都在匆忙地趕路，惟有大屯山毅然挺身而出，不隨波逐流，不輕易更改容顏。

我當時真的想一輩子就在淡水，除了因爲那裡有我的母校之外，更因爲那裡有一座不輕易更改容顏的大屯山。

但是我終究還是依依不捨地離開了淡水到了花蓮。因爲詩人楊牧說：「這裡有中央山脈。」既然是台灣地形指標所在的中央山脈，那還有什麼可以抗拒的呢？

每次當北迴鐵路的火車穿越平溪大橋的時候，我除了讓心胸如扇形的沖積平原般舒展外，更會在河源深處尋覓那海拔三千七百公尺的南湖大山。因爲南湖大山就是中央山脈的前導山峰。而後依序就是中央尖山、合歡山、奇萊山、能高山、丹大山、秀姑巒山這些一概海拔三千以上的名門大山，最後可以延展到卑南主山、北大武山而收攏全台。那虎背一般脊樑的美感總會不時在列車奔馳的隆隆聲中撲窗而來。

但我總是隱約覺得這道中央山脈應該還有什麼奧祕在裡面吧！和台灣子民的成長如此纏綿交錯、血氣相通的山脈，總不會只是遠遠讓我們遙望的風景線座標而已吧！

果然。

到了花蓮東華大學的第五個月，應該是一次漫長雨季後的秋晨。陽光依然像往日一般照進我學人宿舍三樓的落地窗前。也許是陽光幾日未露臉，日出點竟已悄悄移向海岸山脈南邊的高峰，所以陽光的高度大概是先被山勢阻隔，待其透窗而入，竟然一改昔日的驕烈而柔軟得像棉花一般。那種陽光灑下來有著鵝毛般觸感的記憶，我總覺似曾相識，但又一時抓不到頭緒。天色愈來愈亮，空氣中飄來一陣陣摻和著花葉的氣味，我再次肯定這是一種遙遠但確實在生命中擁有過的某種質素。但是追究起來，頓時又是白茫茫一片。失魂落魄中下樓推開大門，天空中絲絨一般的天藍布幕當頭撒下來。我終於從失憶的恍惚中醒過來。這種空氣的濕度，這種陽光的觸感豈不就是童年故鄉埔里的重現嗎？衝向書房，攤開地圖一看：果然花蓮的同一緯度就是埔里。原來花蓮的陽光只要稍稍濾隔一些太平洋初昇的驕烈，就是埔里了。

輾轉飄泊，在台灣的西岸沿著中央山脈一路由新竹而桃園而台北而淡水，繞過東北角，沒想到跋涉了半個北台灣，居然是在東海岸和童年往事打了一個如此撲朔迷離的照面。台灣很小，卻又在轉折中變得如此遼闊。

因著中央山脈的屹立，因著中央山脈的堅持，每年的颱風終究無法如入無人之境般地傷害台灣，使得我們在驚險中有著二千五百公厘的年雨量，孕育無限的生機。更動人的是因著中央山脈阻隔，因著中央山脈對地形的重塑，我們才能藉著繁複變化的自然地理，演繹出無限寬廣與深邃的心靈。

原來十分之六、七的丘陵與山地並不是我們的負擔。她絲毫沒有侵占我們寸土寸金的面積，她反而是以結構性的神祕，使我們在有形無形之中揮灑出多重旋律的空間。

——原載八十六年九月《中央綜合月刊》

【延伸閱讀】

1. 陳列：《永遠的山》（臺北：玉山社，1998年）。
2. 李潼：《尋找中央山脈的弟兄》（臺北：圓神，1999年）。
3. 黃魏慶：《一個人的中央山脈》（高雄：河畔，2016年）。

噶哈巫族起源傳說（Song 3. 祭祖歌 ayan 1[1]
Ritual Song for Ancestors 1 —— Our Origin）

潘郡乃作詞　李壬癸記音、翻譯

The words of both ritual songs of *ayan* in Kaxabu were written by Pan Jun-nai (male, 83), sung by Pan Hsiu-mei on Jan.21, 1988 and by Pan Ying-jiau on June 3, 2001, and transcribed and tanslated by Paul Li.

以下這兩首祭祖歌都是潘郡乃（男，83歲）作詞，潘秀梅（1988.1.21）、潘英嬌（2001.6.3）主唱，李壬癸記音、翻譯。

起首 The beginning：

ʔayan[2] nu ʔayan, ʔayan nu laitaʔ.

根源　　　根源　根源　咱們

we

咱們唱根源的歌。

Let's sing the ritual song of our origin.

ta-tuduʔ-i[3] ʔapu[4] a nuki[5] ʔuhuzaʔ.

1 除了曲首的序段和曲尾的尾聲外，有五段。

2 ʔayan 或作ʔaiyan「根源，起源」是曲名。

3 ta-duduʔ-i「咱們說吧！」< dudu-，d-a-uduʔ-ay「將要說」。

4 ʔapu「祖母，老（人）」。

5 nuki可能是nu與ki的組合。

let's-talk-lmp ancestor Lig ancient time
談 祖先 連 古時
談起從前的祖先。
Let's talk about ancient ancestors.

ʔabuk sən ki laŋat.
name is said Nom name
人名 據說 主 名字
他的名字叫做阿木。
It is said he was named Abuk.

ʔisiaʔ ki p<in>ialay.[6]
he Nom Prf-start
他 起首
起首的是他。
He was the beginner.

1. "ʔinai, ʔabai, mausay na yakuʔ."
mother father leave I
媽 爸 離去 我
「爸爸，媽媽，我要走了。」
"*Dad, Mom, I'm leaving,*" *he said.*

m-asuʔ lawin ʔiu buzux.
AF-bring bow and arrow
帶 弓 和 箭
（他）帶著弓箭。
He took a bow and arrows with him.

mausay dəəhən binayuʔ.
go dark mountain
去 黑暗 山

6 p-in-ialay < pialay「起首」。

去　　陰暗　山

到深山去。

He was going to the dark (interior) mountains.

2. pikadun kaxu kawazawat daan.

set out arrive half road

起程 到 半 路

走到半路。

He set out and went half of his way.

m-idahin lia[7] ki ʔabuk.

AF-afraid Asp name

怕 了 人名

阿木害怕了。

Abuk was afraid.

ma-ŋəsən humhum mu-ŋazip.

Sta-afraid animal AF-bite

怕 猛獸 咬

怕被猛獸咬。

He was afraid of being bitten by wild animals.

ma-izux m-ukusa bayuʔ ʔawas.

AF-go down AF-go side sea

下山 去 邊 海

下山到海邊。

So he went to the beach.

3. yayi-yayix lia ʔisiaʔ.

check Asp he

查看 了 他

7 lia 完成貌。

他仔細查看了。

He looked around carefully.

mi-kita ʔapu laulu? m<a>aru-batuʔ.[8]

AF-see old turtle Prg-lay-egg

看 老 龜 在生蛋

看見一隻大龜正在生蛋。

He saw a mother turtle laying eggs.

ma-hata-hatan lia ki ʔabuk.

Sta-Red-happy Asp name

很高興 了 人名

阿木很高興。

Abuk was very happy.

mə-dəkən batuʔ laulu?.

AF-pick egg turtle

揀 蛋 龜

（他）揀龜蛋。

He was picking up turtle eggs.

4. mayaw maru-batuʔ ya[9] ʔazang.

not yet lay-egg one

還沒 生蛋 一個

有一個蛋還沒生下來。

One egg was not laid yet.

8 m<a>alu-batuʔ「正在生蛋」＜batuʔ「蛋」。

9 a. ya, wa「連結詞」，（描寫菲律賓語通稱為 ligature），這三種形式出現的語境不同，因此它們是同位語。此句ya似當「主語標記」而非「連結詞」。

mu-haday ima? mu-zuzu? lia.
AF-reach out hand AF-take out
伸 手 掏
（他）伸手去掏。
He raised his hand to take out the egg.

hapit lia laulu?, mə-kəmət[10] ?aaləp.
frightened Asp turtle AF-shrink door
嚇 了 龜 收縮 門
海龜嚇了一跳，閉起陰戶。
The turtle was frightened and shrank its vagina.

mu-baza? dali[11] lia ki ?abuk.
AF-know day Asp name
知 天 了 人名
阿木醒了過來。
Abuk came back to himself.

5. kai-bayu? ?awas, kuang saw-saw.[12]
at shore sea none person
在 邊 海 沒有 人
在海邊，四下無人。
There was nobody at the seashore.

10 mə-kəmət「收縮（主事焦點）」，kəməd-ən「（受事焦點）」。這段敘述阿木的手被挾住在大龜的陰戶裡，人隨著大龜飄洋過海。

11 m(a)-baza dali「知道一天」，意思是指「清醒過來」的時候。

12 saw-saw「眾多的人」< saw「人」。

mi-kitaʔ kai-bayuʔ lə ət hapuy.
AF-see at shore half-burnt firewood fire
看 在海邊 餘燼 火
在海邊（他）看見火的餘燼。
He saw a half-burned firewood fire at the beach.

piitun mu-lamut[13] iax saw.
go upstream AF-search carefully look for person
溯溪而上 細查 找 人
溯溪而上仔細找人。
He traced back the stream to look for people.

mi-kita busubus, mu-tukah hinis.
AF-look smoke AF-happy mind
看 煙 開 心
看見炊煙，（他）心就開朗了。
When he saw smoke, his mind opened (he felt greatly relieved).

尾聲 The end：

ʔayan laita, saysay lailaʔ?
we everything in that way
根源 咱們 每件
咱們唱根源的歌，到此全部結束。
This is the ritual song of our origin. Everything was like that.

——選自《巴宰族傳說歌謠集》之頁203～207

13 mu-lamut「仔細察看，學到，像（主事焦點）」，lamud-ən（受事焦點）。

【噶哈巫族】

噶哈巫族為臺灣原住民族之一，分布於南投縣埔里鎮合稱「四庄」的守城、蜈蚣崙、大湳、牛眠山，尚未成為官方認定的原住民族。噶哈巫語言文化與分布於埔里鎮愛蘭的巴宰族相近，語言瀕危，聯合國教科文組織認定為全世界瀕臨絕種的十八種語言之一。噶哈巫族起源傳說除了海龜傳說，還有洪水傳說，描述洪水降臨，兄妹躲在竹子上，唸咒語使水退去，兩人睡在一起，過不久妹妹懷孕。但他們並沒有任何關係，因此後人就解釋說這是天意，為了不絕人種，等到孩子生下來後，兄妹兩人把孩子切碎，分成為各個族群的人。噶哈巫族傳統過年在農曆十一月十五日，主要活動有祭祖、牽田、走鏢等，族人圍繞著營火唱ayan（傳統歌謠）。走鏢為賽跑比賽，第一名可以得到走鏢旗並得到族人的讚賞。噶哈巫「番婆鬼」相當聞名，其會施展不好的巫術，至今仍有諸多口傳，如：會插芭蕉葉飛、換貓眼睛、變成三腳母豬捉弄人、吃小孩心肝等。

【延伸閱讀】

1. 衛惠林：《埔里巴宰七社志》（臺北：中央研究院民族學研究所，1981年）。
2. 潘德興口述、全麥麵圖文：《azem pasaken lia! yaku tumala kaidi miadua apu ohoza muazaw azem》（年到了！聽阿公說以前的過年）（南投：一條全麥麵，2018年）。
3. 王瑞媛：《巴則海族神話傳說的研究》（臺北：臺灣大學考古人類學系碩士論文，1972年）。

埔里華采

王灝

獻給故鄉的歌詩

每到春天
我們便可以聽到花開的聲音
從眉溪岸
一路傳誦
從晚冬的時節
從梅花素白的心蕊深處
飄送而出的一句句
花的呼聲
飽含著喜悅
滿溢著燦麗
站在一莖莖蒼古的枝幹上
迎向埔里晚冬的山野
一聲接著一聲錯落有致
唱出歲月的華采
唱向慢慢燦爛起來的春天
而在山谿的深處
水依舊瀅瀅流著
雖然遠處合歡山的皚皚白雪
依舊堅持著晚冬的雪白
雖然山上谷澗的水
依舊堅持做一個深山裡行遊的人
但山城的水依舊匯注而下
從眉溪一路蜿蜒

從耶馬溪一路潺湲
然後在埔里的土地上交會
交會成大地的花采與斑斕
流過埔里　水
曾經是千年不變的清澄
曾經是百代不變的深澈
它更曾經是萬世不移的深情
帶給山城土地不盡的豐美

故鄉的景緻
確實是無限的優美
故鄉的水確實是十分甘甜
故鄉的花朵更加是日日開
每到故鄉花開的時
阮攏忍不住想要來唸歌詩
唸出春天鳥隻的叫啼
唸出秋夜月色的柔綿
鳥隻的叫啼和月色的柔綿
攏是阮要向你表達的心意
手抱月琴一支
輕輕來彈落去
無論是廟埕邊
或者是古厝的簷墘
阮想要來向你訴心語
不管是先民開發的悲或喜
不管是歷史的意義
攏是尙好的故鄉的歌詩
給阮時常來唸起
給阮時常來夢見
阮夢見南烘溪邊
愛蘭台地的崁墘
大馬璘的先民

佇遐在掠魚
昨夜的夢中
阮又擱來夢起二、三千年前的埔里
穿越歷史的煙塵
愛蘭台地猶然佇立
看盡山城的日升日落
看遍每一季繁花的開落
醒靈寺的晨鐘或者暮鼓
也依然日日傳誦著鏗鏘而清明的聲韻
那飛簷的廟脊依然古樸典麗
那牌樓前的石獅子
也依然古樸而沉靜
曾經是吳光亮府衙前的守護者
這對石獅子
見証過埔里的開發
見証過山城歲月的流轉
一如愛蘭台地
曾經面對著兩岸的人來人往
而來來往往的不只是人
來來往往的還有歷史的足跡
這台地歷史曾經走過
遠古的先民曾經住過
他們曾經在這裡耕墾漁獵
巴宰族人曾經在這裡生息
那阿煙的祖靈歌
曾經是很多人傳唱的鄉韻
曾經是這部落最美的聲音
每到平埔族的過年時節
走標者如飛的雙腳
更曾伴隨著標旗的飄揚
跑過每一庄每一戶

今日
那老教堂的聖歌
依舊翻飛如蝶
而長老們曾經告訴過我們
這個村落曾經有過的遠古風采
曾經有過的歌韻
而這一切都已經成爲了歷史的煙塵

每到下晡的時
公園的樹仔邊
攏有人在行棋
有人行兵有人抽車
有人開講談古早的代誌
古早古早鹿港擔埔里
有人擔鹽有人擔魚
千里迢迢入埔里
草鞋墩破草鞋墩到滿滿是
現此時
西門的土地公廟仔邊
有人在搬布袋戲
佃搬的也是古早的一齣戲
戲班的鑼鼓聲響起
戲棚頂的戲齣真正趣味
廟前有人在賣烘甘藷
有人削甘蔗在做生意

攤仔邊
甘蔗一枝擱一枝
一枝比一枝卡甜
這是故鄉的神明生
香火旺盛鬧熱無比
八德路口燈火也漸漸在閃爍
夜市仔馬上要開市

山鄉的野味
紹興的酒味
擱有埔里的人情給你食水也會甜

眉溪的水依舊流日夜
澆灌著埔里的繁花
順著河岸一路開放
每一塊花圃
都是山鄉人們織編成的一塊塊錦繡
每一朵花的奼紫或嫣紅
更都是盆地最燦爛的心情
而護守在四週的山
看不盡歲月的更迭
它依舊用那不變的青鮮
開展在土地上
開展成埔里最美麗的屏風

歲歲年年朝暉或者夕陰
在它身上幻化著萬種風姿
在它身上蘊生著千般麗采
更幻化蘊生著盆地的山清水秀
以及景物豐華

若是欲走揣真正的鄉土味
你就要來阮埔里
若是要來阮埔里
你就要揀花開的時
田園山景好景緻
飛過山邊
飛過溪仔墘
你會當看到一陣一陣的白鴒鷥
素白的形影飛過藍色的天
若是要讀詩

你就要來阮埔里
赤崁頂苦楝仔花開佇結籽
牛睏山的北管鑼鼓聲聲響起
這攏是一首詩
一首阮故鄉的詩
埔里人的詩
親像甘蔗的甜
親像花開的氣味
水蛙窪先民的遺址
鳥踏坑蝴蝶的彩衣
這也攏是埔里人一首一首的詩

【水沙連及埔里的族群】

水沙連，是南投縣的地理區域名詞，廣義上包括沙連堡的濁水溪流域、五城堡、埔里社堡的廣大臺灣原住民居住區域，涵蓋今南投縣大部分之鄉鎮。埔里的族群相當多元，被學術界譽為「臺灣民族的基因庫」。埔里最先為埔社與眉社，在道光年間，中部平埔族群包括道卡斯、巴宰、噶哈巫、拍瀑拉、巴布薩與洪安雅等族，由西部遷徙至埔里。後續，閩南人與客家人亦遷徙至此。南投境內本身有泰雅、賽德克、布農、邵族等原住民族，亦有族人居住於埔里，近年來還有來自越南等國家之新住民。埔里戶政事務所統計埔里鎮民之姓氏量高達三百，亦可見其多元。

【延伸閱讀】

1. 渡也：〈到埔里看一棵樹〉，《自由時報副刊》2017年7月17日。
2. 蜚聲爾劇團演出、王灝編劇、金三角傳播有限公司錄影監製：《番婆鬼來了》（南投：南投縣政府文化局，2001年）。（兒童劇）
3. 陳俊傑：《埔里開發的故事：平埔族現況調查報導》（南投：南投縣立文化基金會，1999年）。

主題四　倫理的注視

他者背後的故事

灰樹鵲

【他者】

他者是自我倫理的意願與能力，能意識到他者與我都擁有肉身的情感與脆弱，如此感同身受的能力擴大遷移到社會群體的交往時，即能尊重彼此是一樣有追求目標的權利、經歷喜樂痛苦的存在主體。然而，社會學家齊格蒙特．鮑曼（Zygmunt Bauman）指出，在群體中，人我的差異以「我們」之名被強制同質化，導致對「他者」特質與需求的忽略與歧視，其中在階級、性別、族群都可見相關創傷歷史。另外，在群體間外群「他們」的差異則被虛擬負面化，透過操作對立形塑種族偏見，以獲得我群利益的維護。日本當代思想家柄谷行人《倫理21》提醒我們需要以「世界公民」自許，以個體的高倫理標準來超越習俗與國家道德的停滯，要與有著不同「共同感覺」的他者取得共識，個體才有可能擁有真正的自由（自主）。

我在博愛特區的這一天

迪洋・馬督雷樣

he-za das-a ka-lu-a an-sa-kang be-nu
有一隻螞蟻背著大樹豆
ni-du mak-du an-sa-kang
扛不動了
mus-ka ding-ke-ding
只見牠的頭歪了一邊
（我們都是小螞蟻，即使明白現實會壓垮了身體，但我們總還是堅強地扛著。）

——布農族兒謠・卡社

天空藍得很純粹，甚至連一絲白雲都沒有。

那一片騷動著綿延而去的蟬聲就這樣鬧開了整個夏季，祖先曾討伐過的太陽，此刻以復仇的姿態在炙烤著人類世界。即便是站在樹蔭下，我身上的反光背心及重逾十公斤的槍帶裝備也輕易就使我連底褲都汗濕了。

這是一個平凡帶點悲情的日子，在博愛特區寬廣平整的道路旁，我值勤，偶爾一恍惚就會不自覺地看起行道樹上的枝杈裡是不是祕密地藏有白頭翁的窩巢。盆地的氣候一入夏總是悶熱得很，四處都在蒸騰著蜃景，眼前的車道在高溫下望去就像被潑了整片的水，顯得格外地平整明亮。前方不遠處，有人群在喧騰嘶吼著要求所謂正義，穿戴了傳統服飾的部落耆老們在豔陽下沉默地陣列著，他們與我同樣承襲有原住民的名。這也是我之所以站立於此的原因，一直以來，在上位者總是實行著一種以漢治漢，以番制番的策略。然我此刻其實只想站在這角落裡權充一不顯眼的存在，如果可以，我寧願透明。凱道上那些宛如詩歌的族服紋飾在日光裡跳躍著美麗的色澤，它們跳進了我的瞳孔衝撞了我，以至於我的眼角突然間就漫出了一股酸澀。

抬頭仰望，行道樹的枝梢在這時突然出奇的安靜，看不見鳥雀在吱喳跳動，只有數不清的葉面在掙扎折射著潑辣的日光。老家的山林卻是從不寂靜的，站在獵徑上閉著眼用心聆聽，腦海裡就能展開一整個森林疆域。恍惚裡，我想起了幼時在部落山林裡捉野鳥的情景。

小時候，我們若找到一窩初孵化的雛鳥，並不會急著要將牠們帶回圈養，孩子們會辛勤地前往探看，待成鳥將幼雛們哺育至人類手養也能存活的階段時，我們就會悄悄地披著夜色攀上樹去將鳥窩一舉攻下，抓回的鳥們便能或養或賣。當時我們最常抓的鳥類大約就是綠繡眼、白頭翁及十姊妹，因爲牠們結巢的樹種一般都不高，對孩子來說取得容易，若幸運遇有遊客將幼鳥買回，獲得的零用錢還能去雜貨店奢侈地玩一次抽抽樂或吃一枝百吉橘子冰。我想著一定要記得告訴女兒這段往事，因爲最近她老是吵嚷著要去鳥店裡買一隻羽色豔麗且價格昂貴的折衷鸚鵡。這種花錢買寵物的想法，在我們那個年代裡真是件匪夷所思的事，正如我曾經無法理解，爲何在我們抗爭成功以前，部落裡的族人們要踏上前進中央山脈la fu lan的返鄉祭祖路時，竟然必須接受層層阻擋與盤查？日子表面上是以進化的姿態在前行，然而許多本該存有的卻以光速離我們遠去。

我工作所屬的轄區性質特殊，轄內大小政府

機關林立，一直以來也都是各種陳抗組織的兵家必爭之地，我們一向都被要求不應該帶有任何立場與感情。然而，當我看見部落裡的族人們竟成爲我必須前往管制與整肅的對象時，除非我能化身成爲石頭，否則我周身流動著的屬於Bunun的血液與靈魂如何能被隔離呢？那場來自家鄉的抗爭，我記得很清楚，也是在這樣的盛夏。

那一天，爲了管制原住民的抗議活動，身爲原住民的我照例被編派騎著警用重機出勤了，才剛臨近徐州路上的政府要地，遠遠地就看見表哥及住在老家隔壁的堂叔在烈日下流淌著汗。灰髮堂叔自鼻孔噴發而出的鼻毛們還是一樣生氣蓬勃，他並不勤於修剪。堂叔總是說，祖先給我們這樣的樣貌，是爲了要我們在高山裡能更容易地生存下去。堂叔看見我到來，絲毫無視於我身上的制服與裝備，伸手就將我自警用哈雷重機上拉下。我有些緊張，以爲堂叔會要求我褪下執法者的身分，加入他們捍衛部落權益的陣列。然堂叔卻只是苦惱萬分地說：「A Lung，你們這裡怎麼都買不到檳榔跟保力達du！我們找了好～久都找不到餒！」聽見這似乎完全放錯重點的抱怨，我啞然失笑了，此時才終於感覺情緒不那麼緊繃。曾經，在阿公所說的古老記事裡，高山布農族爲了生存，於崇山峻嶺裡滋養出了剽悍善戰的性格，我們的男人可以毫不畏懼地砍下侵入我們獵場的敵人的首級，在森林裡和最凶猛的熊豹與山豬生死搏鬥；我們的女人可以在最險峻的山林之地開墾農耕，將我們的孩子哺育成天地之間最強的勇者。所以我知道，布農族人其實可以很強悍，也因此我戒慎恐懼著，深怕這場陳抗的衝突會一觸即發。

所幸這一場來自家鄉部落的抗爭是溫和歡樂甚至帶有美感的，即便面臨著世代居住的家園可能將要被納入國家公園領地且從此生活起居都得遭受管制，部落裡的族人們還是深怕給別人帶來麻煩似地，只是自己規矩地席地而坐，唱著我們的歌。一起執勤的漢人同事見了這宛如露天音樂會的場面，戲謔地對我說：「阿幸，你還不趕快加入！去報一下戰功啊！」我很想，真的。眼前我親愛的布農族人們，浸潤著汗水的黝黑肌膚在烈日下透著寶石一樣的光，團結而平和地唱著世代傳承的古調，這古調聲聲深深重擊著我。我禁不住要想，若是這場抗爭爆發了衝突的場面，我究竟是要掏出警棍去壓制動亂中的我的族人們，還是轉過身來與他們一起抵抗手銬束帶與噴射而來的強力水柱？一直以來，我都以我的工作爲榮，但總是在這樣的瞬間，我無法抗拒地就陷入了被撕裂的痛楚裡。

這場陳抗勤務幸運地在和平裡落幕了，回分隊前我特地先繞去轄區裡一熟識的檳榔小攤，請老闆幫忙送些保力達跟檳榔去陳抗現場。當晚，我就跟我的親人朋友們會合，一行人以母語談笑打鬧著，相偕來到位在林森北路巷弄裡的原住民卡拉OK店去歡飲歌唱。那一刻，我們不再需要站在對立的彼岸，驚懼著是否下一秒彼此就會變成敵對的陣營，因爲在那一刻裡，脫下制服的我所面對的，只是久別後愉快相擁的一家人。

對向車道變燈了，我不得不從回憶的深潭裡急泳而上。都市裡的車陣在這時候總會急躁如沙丁魚群般地蜂擁而出，陣仗驚人。喜歡在部落裡順著山徑無動力滑行而下，愉快地享受撲面微風的我，一度無法適應這步調。有輛車大概是沒有注意到我的存在，違規闖了紅燈，於是我示意讓他靠邊停下。這名駕駛的氣焰一點也不亞於此刻的頂上烈日，一下車就表示認識某某要員並且作勢要打電話求援了。我只能低頭點擊著警用掌上電腦，順帶條理分明地陳述駕駛人的違規事項及其權益，因爲我一點也不想看他出油、冒著汗，以及盛怒中夾帶輕蔑的臉孔。我感到濕透的內衣黏膩地吸附著我的脊背，汗珠在警帽裡順著髮絲滾落，突然間，十分懷念起裸身躍入雙龍瀑布時，渾身皆被水流溫柔裹覆的那陣冰涼與無拘束。一直到最後，該名駕駛人始終在咒罵警察只是有牌的黑道以及警察搶錢，而我只能禮貌地遞上罰單並且善意地告知：如果不服取締是可以去申訴的。

送走違規人，我又再度回到了人行道上的樹蔭裡，這時候我發現有隻褐灰色的松鼠從樹上輕巧地溜下，一轉眼卻又竄到公園的圍牆上了。剛到都市時我曾經訝異，這裡的松鼠竟然不怕人。在都市裡，經常可見帶著孩子的媽媽們看到松鼠落到地面吃食時，就興奮地指著讓孩子快看快看！而這些生活在都市中的松鼠也早已習慣並且期待人類的存在了，某些個體甚至還會刻意靠近人類以獲取足夠的食物。但是在我們的山林裡，松鼠其實是種警覺性極高的獸類，每當我們進入獵場，遠遠地便可聽見松鼠自濃密樹梢裡傳來一陣連續、短促且極具節奏的警示聲。有些較爲聰敏狡獪的松鼠，甚至會利用警示聲響引誘獵人遠離牠們的巢穴，以守護窩裡尚未長成的幼獸。山林裡的松鼠多以植物的種子及果實爲食，部落的獵人會在牠們行走的路徑上設置陷阱並擺放食物來誘捕，歷代祖先傳承下來的經驗告訴我們，部落獵人常用來布置陷阱的果實中，尤以玉米及百香果最爲松鼠們所喜愛。

一直以來，松鼠對部落裡的人們而言就是一種皮肉堅韌且味道獨特的可食動物罷了，我們將松鼠去皮之後烤乾收藏，松鼠皮及蓬鬆的尾部可加工成爲裝飾品，而烘烤後的肉乾則隨時可以用蒜末與辣椒拌炒之後下酒。我們曾經是獵人與獵物的關係，可是在這個沒有一點微風的炎熱的下午，我突然悽惻地了解到，我們跟松鼠其實都是走在同一條道路上的——親近人類與敵視人類的松鼠；順從於體制及反抗著體制的人們，我們皆是無可避免地被大環境分裂了的群體。即便我們都明白，松鼠只有在山野裡才能保有牠原該有的樣貌；而獵人一旦失去了獵場即無法被稱爲是名獵者，但在現實與生活的難關前，究竟我們該選擇輕易可以舒適溫飽的道路，還是應該勇於挺起胸膛去反抗一切加諸於我們身上的不道義？又或者，其實，我們根本就沒有選擇的權利。

這隻褐灰色的松鼠始終在圍牆上來回不停地奔走，我記得曾經在某個報導裡讀到，松鼠若是食用過多的人類食物，便會長時間呈現亢奮反應，其狀態就如同人類所患的躁鬱症。這或許可以解釋爲何我眼前的這隻松鼠會顯得如此躁動不安了。

在我還來不及意會的時候，這隻褐灰色的松鼠突然一骨碌地竄下並往滾燙的柏油路上奔去，牠怵然靜止於筆直寬廣的車道上，一動也不動。爲了投射於其上的某部分的自己，我覺得我應該走向前去將牠趕回行道樹上，然在我還未能跨步而出以前，一輛疾駛而來的高級跑車瞬間就將牠輾成一地碎片了。不遠處，有綠繡眼傳來嘲笑一般的啁啾，且樹梢裡的蟬噪也倏忽就炸開成磅礴一片，於是前方那些要求正義實現的吶喊與松鼠迷惘的身影，最終還是在這陣巨大的唧唧然裡被蒼白地淹沒了。松鼠和正義皆已壯烈犧牲，而我這才悲傷地體認到，制服下的我依然只能怔怔地站立在原地，任憑這城市的車潮與已然遠去的我們的自由，毫不留情地自我眼前奔流而往而逝去……

【臺灣原住民族群認同】

臺灣原住民族群認同與權益的爭取，從一九八〇年以降有一系列爭取正名、土地、傳統文化、社會處境等等的抗爭，有相關具體成果。然而，如同學者吳豪人指出「微觀暴力」仍無所不在，意即主流社會對原住民的歧視、壓迫雖被禁止，卻以隱形的方式加強了深層的否定。甚至，原住民族群的個體會自我內化這份否定，導致加速向體制同化，主動放棄對自己文化的認同。原住民族群認同問題的解決方案，在近期的原住民運動中聚焦在「傳統領域土地」的爭取。早期政府開放資本進入山地，一方面帶來了經濟掠奪，也開啟了原住民流浪到城市與各地的悲歌。這使得原住民深刻意識到傳統領域土地與自身族群文化與認同的連結性，亦指出國家機器在土地政策上向資方傾斜的弊病。

【延伸閱讀】

1. 齊格蒙特・鮑曼著，朱道凱譯：〈我們與他們〉《社會學動動腦》（臺北：群學，2002年），頁44-60。
2. 關曉榮：《再現百分之二的希望與奮鬥》（臺北：南方家園文化，2013年）。
3. 孫大川：《夾縫中的族群建構：臺灣原住民的語言、文化與政治》（臺北：聯合文學，2010年）。
4. 吳豪人：《「野蠻」的復權：臺灣原住民族的轉型正義與現代法秩序的自我救贖》（臺北：春山，2019年）。
5. 孫大川：《臺灣原住民族漢語文學選集：散文卷》（臺北：印刻文學，2003年）。

一點六米寬的樓梯

顧玉玲

【非虛構寫作】

在西方文體的分類裡，非虛構寫作Nonfiction具有傳記、報導文學、紀實小說、散文、遊記等等幾種寫作形式。美國普林斯頓大學教授兼作家約翰·麥克菲（John McPhee）更進一步概要定義為「事實寫作」，意即從事實性的素材中進行創作，其所涵蓋的內容範圍可以猶如百科全書式的廣泛。再者，仍講求寫作的技藝，要求寫作者深度研究、事實檢核的功夫，嚴禁對事實成分的任何捏造。在臺灣的討論中，另有脈絡反思（虛構）散文的生產，或是產生為文造情的失真問題，或是變相壓縮現實世界的可探索性。綜論此概念是寫作者根據各自的關懷母題，乃至從專業領域（人文、自然、社會科學等等）或跨領域整合視野下的事實性寫作。

鐵扶梯陳舊而克難，僅容一人攀爬，腳踏處略有懸晃，扶住邊欄不時摸到一手鏽漬，會扎人。

從三樓轉進頂樓加蓋的鐵皮屋，我們一行八人沿著扶梯魚貫而上仍顯震盪，可想見平日上下班時分，趕著打卡的擠身急促、震動至岌岌可危。鐵皮屋住了三十多名菲律賓女工，這個時間她們都在二、三樓的生產線前勞動，僅有代表大家出席勞資爭議會議的蘿絲、艾琳和瑪莉安緊捱著我走。她們跟著我的目光快速掃描用餐處與住宿區，露出不可置信的表情，像是第一次發現屋牆的簡陋，每一步都像浩劫餘生，熟悉的日常生活一夕間被揭露出殘破的真相。

水泥地板上，以兩人並肩寬的間距，沿著牆排列一個又一個雙層鐵架木板床，行李箱全蒙了塵塞在床板下，與拖鞋、臉盆及漱口杯挨擠著。正對面的牆也有一排床，和這一排不甚齊整地兩兩相對，很多下鋪位吊掛大毛巾或花布、長裙垂晾，遮掩出半坪床面的隱私空間。第三面牆的窗戶被一整排塑膠衣櫥擋住了。那些色彩鮮豔的塑料布面，多是花朵、森林、海洋與卡通圖案，由細管不鏽鋼接合的脆弱骨架撐著，經年累月或爆口、或緊繃、或鬆垮地包裹衣物。一個挨著一個的塑膠衣櫥歪歪斜斜站著，背對陽光。

髮色灰白的大老闆態度殷勤，四樓沒有冷氣，他一身剪裁合宜的深色西裝看來有幾分燥熱了，但步伐依舊不疾不徐。穿過被雙層床位占滿的住宿區，大老闆微微側身讓勞工局官員跟上與他同行，適度拉出與後面的人事經理及其他人的距離，一逕保持帶領的穩當姿態。

蘿絲她們其實才是住在這裡的主人，但她們認分地尾隨在後，踩著老闆與官員踩過的路徑，經過只有垂簾沒有門的廁所時，面露尷尬且困窘倒像是她們犯了錯。

往前走，再走，再走，直至鐵皮屋的盡頭，沒路了。

「逃生門在那裡？」我把蘿絲拉過來：「失火了你要從哪裡逃走？」

人事經理站在牆的另一端向大家招手：「有啦有啦，宿舍怎麼可能沒有逃生門？這樣消防安檢無法通過啦。」

我們沿著堆滿廢棄物的牆邊，神奇地來到一扇陳舊的木門前，被棄置的石綿瓦遮住，看來積塵已久。但確實是一道門。

「這就是逃生門。」人事經理臉不紅氣不喘地說：「每個外勞剛住進來時，都會告訴她們。」

「打開看看。」我說。

勞檢員掏出紙巾擦拭門把，喇叭鎖試了三次都聽到卡鏽的磨損聲了，咔啦咔啦……咔咔咔……總算在鑰匙折斷前開啟。門後，緊貼著還有一道鐵門。鐵門上有一圈鐵鍊纏繞著，是鎖住的。

身後有人噗哧笑出聲來。唉，一定是調皮的瑪莉安。

大老闆鐵青了臉忙囑人下樓拿鑰匙，壓低聲音還是清晰可辨：「保險櫃的第三層抽屜。」

埋藏在木門後的鐵門嘎嗚嘎嗚拉開時，像是堆了一百年的蛛網灰塵紛紛彈落，門後若真飛出尖牙蝙蝠、跳出一隊殭屍或綠眼吸血鬼也不叫人意外。

勞檢員搶身上前，推開一角，再四十五度，推到門背頂住牆面，壁燈點亮，眼前一覽無遺。

「哇……」蘿絲、艾琳、瑪莉安和我都驚呼出聲。

一道寬敞華麗的赭紅色織毯順階而下，蜿蜒的弧度在門後神祕莫測，只見兩側的牆燈閃著瑩光，像鑲著碎鑽的一條紅河。

夏天才過了一半，三十四名菲律賓女工就已經連續三個月沒領到足額薪水了。我們利用假日在火車站討論多次，小心地累積打卡紀錄、薪資單、扣款簽據等證明文件，以及淡季時被轉賣至其他工廠的現場照片。經過漫長的資料收集及證據取得，蘿絲帶著移工們申訴的連署書，正式向官方舉發工廠違反勞動基準法，申請勞動檢查，同時在工廠一樓進行勞資爭議協調會。

現在，我們攤開厚厚一疊薪資單，這是三十四名移工的破損心聲，每個人都蓋了手印，斑斑紅印宛如血跡。

資方是個頭髮花白的老紳士，受過日式教育，整個人有一種老派而古典的禮貌舉止。我作爲勞方陪同代理人的身分入座時，他微微欠身頷首，完全是長期教養下自然流露的致意，風度翩翩。當然我也注意到移工入座時，他並沒有回以同質等量的示意，而是後靠著椅背，冷靜盯視著她們一一低頭坐上臨時加添的塑膠椅凳。老紳士客氣遞來的名片上，頭銜不少，他是董事長，也是宗親會長，更是地方文史協會的榮譽顧問。

果然是見過世面的人。老紳士一開口，字句斟酌得體，不慍不火。

但我們申訴的內容，倒是血淋淋的毫不留情。電子廠的訂單不穩定，旺季趕工時，所有移工都連續工作十二小時以上，有時睡到半夜還被領班直接進入宿舍搖醒立即上工，但加班費計算卻嚴重違法；淡季時，生產線上物料不足，工資不全額給付，有的移工甚至被轉賣到其他工廠工作。蘿絲她們偷偷拍下的相片裡，足以辨識廠址的就有淡水、新竹、新店，都是電子廠，但都不是相關企業，她們的薪水單還是來自原有的工廠，至於老闆拿走多少差額，就沒有人知道了。

面對所有的指控，老紳士一逕從容以對，說是誤會，說要調查，說打卡紀錄的工時不準，說那些相片是外包廠商，移工只是陪同送貨並未被派去工作。他的態度客氣，措詞有禮，掃向蘿絲她們的眼神又慈愛又有威嚴，像是很抱歉管教無方，這些女孩子們真不懂事啊就別再添亂了。

移工宿舍就在工廠兼倉庫的頂樓，鐵皮加蓋，夏天的悶熱可想而知。但移工們最抱怨的還是門禁出入問題：每天下工後，最後一個臺灣工人離開廠房，一樓的電動鐵門就拉下，住在頂樓的菲律賓女工就宛如被軟禁。

這部分，老紳士倒是坦承不諱：「下班很累了，就在宿舍好好休息。工業區這麼亂，年輕女孩子下了班還出去趴趴走，被強暴怎麼辦？」

「可是下班後肚子餓，也不能出去買東西……」瑪莉安才二十出頭，來臺灣工作才半年就瘦了五公斤。

「有的人晚上不加班跑到外面抱男朋友，這像話嗎？」他的眼睛透過金邊眼鏡盯視著艾琳，再一一掃視在場女工們：「來臺灣就是要賺錢，不該貪玩。說真的，你們讓我很失望！」

艾琳瞪大了眼。我知道她和男友一同赴臺工作，男友在高雄，好不容易和同事調班連休二天才上臺北來會面，她因此拒絕過一次加班，當月考績就被倒扣一千元。沒料到大老闆連這個都知道。

「我沒有愛玩……」艾琳無效地抗辯。

「你問問她們，」老紳士轉頭對著我，商量似地娓娓道來：「我對待她們就像是我自己的女兒一樣，平常都很照顧。晚上不給出門是爲了保護她們。」

「你會把自己女兒關起來嗎？失火了怎麼辦？四樓連逃生門都沒有！」

「我們真的很怕會出事！我的朋友在別的工廠被火災燒死了。」

「下班不能出去好像一直沒下班，都快生病了。」

勞檢員總算說話了：「一樓鐵門上鎖，沒辦法從裡面打開嗎？如果沒有足夠的消防及逃生安全設施，四樓不能當作員工宿舍。」

老紳士這才改口：「一樓門鎖了，頂樓還有別的逃生門，外勞住進來前都會教他們使用消防設備。」

任誰都聽得出來，老闆以保護之名，隱藏的是聘僱成本下降的利益，下班後宿舍直接關門就可以省掉聘舍監管理的費用了。但宿舍門禁不在法令規範內，此時我們只能捉緊消防設備，要求立即到移工宿舍進行勞動檢查。

顫顫巍巍上了四樓，從牆上機器被遷移的痕跡看來，頂樓本來也是生產線，但幾年前開始引進移工以來，就拆了機器，改裝成宿舍。說是改裝，其實也不過是把原有的長形空間從中下掛一道米黃色塑膠折疊簾，分隔餐廳與住宿區。

餐廳裡散放十餘張陳舊的長型會議桌、數十只塑膠折疊椅，一臺二十吋的舊電視放在碗櫃上，平日三餐都吃便當。轉入宿舍區，舉目盡是排排站的雙層床，以及挨挨碰碰的塑膠衣櫃。這正是我所熟悉的移工宿舍，不髒不亂但就是擠，人不在場還是有一種滿溢出來的擁擠。隨身傢私全都塞在床上、衣櫥裡，床下還有拖鞋及出外鞋，再多就溢出來了。

空間侷促，生活就更顯得急就章。洗淨的內衣褲懸在一線鐵絲吊在床與床間隔的半空中，潮氣沉沉。連空氣都很擠，不夠用。整個人生壓縮成一只行李箱，彈開來又壓回去，無處從容安置。

通往衛浴，三十四名女工只有三間廁所、四個蓮蓬頭，有的廁所門已經壞了許久，浴室前一律只有塑膠簾子，牆角有霉。勞檢員皺著眉：「這樣子不符規定哦，浴廁這樣怎麼夠用？」

「還有這二間廁所啦，正在修。」人事經理忙指向另兩個沉沉上鎖的門。

「我來一年多了都沒有修好過。」蘿絲冷靜地插話。

檢查宿舍不在預定的行程，官資雙方都有點手忙腳亂。走道上有一臺飲水機，我翻開濾水檢查紀錄給勞檢員看，一整年都是空白的。

「逃生門在哪裡？」勞檢員問。

我們都一樣好奇。在哪裡？

宿舍盡頭，打開埋在石綿板後的木門，再打開積塵多年的鐵門，一道華麗的赭紅色地毯鋪在寬敞樓梯上。

這是愛麗絲夢遊仙境的入口，一定不只我一個人這樣想；空氣中有隱隱的騷動，好奇心膨脹摩擦宛若電光火石。順著樓梯往下走，兩旁的牆面鋪著一層燙金藕色的高雅壁紙，懸掛一幅又一幅風格迥異的油畫與水墨，看來是用心收藏的名家之作，畫框的材質毫不含糊，且配備照燈打光恍如置身藝廊。樓梯轉角放著半人高的唐三彩，還有高聳銀花從深口的描青花瓶探身四放。

逃生門竟是一步就跨入奢華祕境，天地之別。

我們才剛走過擁擠狹隘的移工宿舍，三十四名女工共用三個沒門的廁所，淋浴間的熱水器壞了個把月也沒修好。才一牆之隔，就在水泥鐵皮屋的樓下，竟是美輪美奐的高級會客室，優雅、高尚、品味非凡。空間轉換宛如穿越劇，幽冥兩隔又任意相通。我一時恍惚，不知要笑要氣，太魔幻寫實了。一千隻血色蝙蝠迷離倒掛在我們腳下的厚地毯，站不穩，搖搖欲墜。

我借了勞檢員的鐵尺彎腰測量，一點六米寬！三人並肩而行也沒問題。

好美麗啊，蘿絲喃喃自語。

好像故宮哦！我聽見瑪莉安興奮地誇口。我知道她們都在旅遊快訊上看過故宮的介紹，但至今沒有人去過。

抵達樓梯口，轉彎就是老闆接待貴賓的私人會客室，足足有十五坪大。全套仿明代古董木家具，氣派非凡，玻璃櫃內是大老闆出國旅遊時帶回來的各國紀念品，東西夾陳，特別偏好手作的精緻質感，展示主人的品味與財力。

我嘖嘖稱奇：「這些收藏，很花心力吧？」

「我就是喜歡藝術品，」老紳士客氣地說：「有時在這裡一整天思考、看看書，可以想得更遠。開工廠的人也是要有文化啦。」

他頗爲自豪多年的收藏，竟是完全忘記方才的衝突，大方地引介這個人偶是泰國皇室製作的可不是贗品；那個水晶美人魚是丹麥哥本哈根的港口買的，還有序號哦；你看掛在那裡的手織絲毯不要以爲不起眼，是當年從西域帶回來經典絲綢複製款，限量的唷。他侃侃而談，每件精品都有來歷，要價不便宜，重點是桌椅玻璃櫃都窗明几淨，塵埃不沾，猜想每天都有專人清掃、維護。

老紳士談笑風生，毫無牽強地暢言一旦頂樓火災或出事了，外勞隨時可以使用紅地毯安全撤離，這個會客室有很好的防震防火處理，是絕對安全的逃生口。

勞檢員踱步到樓梯口，重新丈量並記錄逃生門的長度與寬度。

蘿絲、艾琳、瑪莉安回過神來，火速重返一點六米的樓梯通道，掏出手機拍照。誤闖禁地，機不可失。蘿絲攬著我在唐三彩前自拍留影，艾琳和瑪莉安也立即搶站古畫、古董等絕佳視框，笑容燦爛入鏡，一張又一張的永恆定格，到此一遊。到此一遊正因爲深知未來不會重來，等官員走後，這一條寬敞的紅毯樓梯再也不會爲她們開啟。

當勞檢員彎腰計算「逃生口」，當大老闆和官員坐在古董椅上大言不慚工廠的消防無死角，隔著一道牆，蘿絲、艾琳、瑪莉安在一點六米寬的樓梯間合影留念。她們大搖大擺地拾階而上，回首、展臂、擺姿態，兩人單手拱出心形，奢豪的宮廷背景襯托得笑容多麼美麗；她們踩在厚重的紅地毯上，華貴優雅，像是伸展臺上閃亮自信的天王巨星。

每一步都好似踩在夢裡，她們輕盈旋身，沿著樓梯翩然跳起舞來了。

【外籍移工】

臺灣自一九八九年引進外籍移工，東南亞外籍移工在二〇一八年底，人數已突破七十萬。移工多數在製造產業與社福看護，從事基層工作，前者有3D產業之名（Dirty骯髒、Dangerous危險、Difficult辛苦），後者勞心勞力，工作十分吃重。據臺灣國際勞工協會長期觀察，移工至今仍面臨眾多剝削狀況，諸如：政府向資方傾斜的政策立場，導致不得自由轉換雇主；負擔高額仲介費；缺乏對等法律資訊；生活權益缺乏基本安全需求的保障等。乃至，媒體環境與大眾對移工帶有負面刻板印象，讓移工成為臺灣社會中的陌生人。目前，外籍移工人權與基本權益的改善，多從民間組織產生回響，如社會運動組織（臺灣國際勞工協會）、宗教團體（大多是天主教組織）、媒體工作者（廖雲章、張正舉辦移民工文學獎）為移工爭取政策倡議、組織串聯、個案協助、提供發聲平臺等等。

【延伸閱讀】

1. 顧玉玲：《我們：移動與勞動的生命記事》（臺北：印刻文學，2008年）。
2. 顧玉玲：《回家》（臺北：印刻文學，2014年）。
3. 卡洛斯・卜婁杉著，陳夏民譯：《老爸的笑聲》（桃園：逗點文創，2017年）。
4. 逃跑外勞：《逃／我們的寶島，他們的牢》（臺北：時報文化，2012年）。
5. 藍佩嘉：《跨國灰姑娘：當東南亞幫傭遇上台灣新富家庭》（臺北：行人，2008年）。

人間・失格——高樹少年之死

陳俊志

【報導文學】

報導文學一方面源於新聞傳播學的概念，意在揭示真實發生的事情，將發現的問題或觀察帶入公共領域的視野；另一方面，透過文學刻畫事件中的人物心理、場景與細節，賦予主題意象等等的敘事作用，突破新聞寫作的相關限制，使議題背後的問題意識可以更立體的被感知與思考。臺灣報導文學的發展，除日治時期的推動，常會追溯自一九七〇年代。一九七五年，高信疆主事的《中國時報・人間副刊》，推出「現實的邊緣」專欄，又在一九七八年催生時報文學獎，下設報導文學獎。一九八五年陳映真創辦《人間》雜誌，更融合了報導文學與報導攝影，影響無數。在兩人推動之下，臺灣報導文學有著關懷現實的傾向，以文字介入不公不義的現實，與社會行動相互呼應聯繫。隨著臺灣政治環境走向民主，整體社會結構的改變，以報導寫作作為偵測現實的眼睛，透過觀點的分享為公眾帶來思考空間的延伸，召喚更多願意關注公共領域事務的閱讀者，仍是現代成熟公民社會的重要指標。

葉永鋕的悲劇發生在二〇〇〇年初夏的早上，屏東高樹國三學生葉永鋕，在音樂課上舉手告訴老師他要去尿尿，那時距離下課還有五分鐘。這個男孩從來不敢在正常下課時間上廁所，他總要找不同的機會去。葉永鋕再也沒有回來過。

尋找葉永鋕

室友阿哲激動地告訴我屏東有一個國中生在廁所離奇死亡，死因不明，但他因舉止女性化在學校常被欺負。這是報紙一角社會版新聞透露的微弱的訊息。我擔心遺體火化後，任何可能的線索從此消失。深夜搭上統聯，出發前往陌生的高樹。

我在風沙飛塵的省道上徬徨地問路，沒有任何線索，只能相信手上的攝影機會帶給我力量。

葉媽媽回憶兒子出事的那天早上，葉永鋕喝了兩瓶優酪乳，精神抖擻地在音樂課上唱歌唱得好大聲。上課中，他向老師請求去上廁所，一邊還快樂地嚼著口香糖。葉永鋕在廁所被發現倒臥在地，只能發出微弱的聲息，掙扎著試圖爬行，鼻子嘴巴流血，外褲拉鍊沒有拉上。

葉媽媽憤怒極了，「他們都說他娘娘腔，在廁所脫他褲子檢查看他是不是查甫子。我跟他爸爸都告訴他，要看就讓他們看……。」、「他小學時，我和他爸爸就帶他去高雄醫學院檢查，結果醫生告訴我們孩子沒有病，有病的是我們。」

從此，葉爸爸葉媽媽帶著讀小學的兒子，每個禮拜三搭乘顛簸的屏東客運，一家三口到高醫進行家族治療。不是要矯正葉永鋕的娘娘腔，而是試著讓全家人接受這個不同的男孩。禮拜三的家族治療，進行長達半年，成爲務農的葉家記憶中難得悠閒的旅行。

廁所

高樹國中在悲劇發生當下，立刻清洗廁所。甚至到命案發生第二天，法醫到廁所勘驗時，校方都沒有封鎖現場，刑事案件最重要的直接證據，已被校方破壞殆盡。

從一年級開始，葉永鋕因爲聲音尖細，愛比蘭花指，喜歡打毛線、烹飪，常和女同學在一起，就被一些同學強行脫褲以「驗明正身」。葉永鋕害怕上廁所再被欺負，不是趁上課時去，就是偷偷用教職員廁所，或要同學陪他去。

葉永鋕國二一整年沒睡過午覺，每天中午被汽修班的中輟生強迫代寫國文作業。葉永鋕留紙條給媽媽，說有人在放學途中要打他，要媽媽保護他。有同學說，葉永鋕因為怕被打，要他陪他繞遠路回家……。

高樹派出所和里港分局刑事組，一接到報案電話，第一個反應都是，「高樹國中又發生打架，欺負事件了……」

葉永鋕死後，更多的謎團浮現。

解剖

……最後，請您要做就做得徹徹底底！邊跪著，邊打字以示對您的支持！搞噱頭的話，可別怪我啐你一口！

——二〇〇〇年六月同志網站上轉來給我的留言

BBS上轉來一封又一封的信。我讀到蒼老的同性戀者一代又一代繼承著，縈繞著一個又一個被欺負娘娘腔男孩的縮影，過去，現在與未來，不斷放大收縮，如瞳孔遭遇強光。

我撐著眼睛逆光看去，恍惚中想起端午節那天悶熱的細節。

這天葉家人引頸期盼，終於盼到台權會的顧立雄律師來到高樹國中的廁所現場勘查。我試著保持客觀，冷靜拍攝，攝影機實在無能承載現場的殘酷。我沒有想到，顧律師會詳細問到解剖屍體時的種種細節。永鋕的舅舅一樣一樣講著法醫如何將永鋕的心肝切下，在法碼秤上看是否有病變跡象……我知道另一頭的葉爸爸葉媽媽眼淚撲簌落下，我鏡頭不敢移動，我一動也不敢動。我沒有權利干擾這一刻。

在高樹鄉拍攝完的客運夜班車上，我心思凌亂地越來越覺得我也是劊子手，我手上沾滿了鮮血。在殘忍的永鋕死亡的真相背後，我手上和每個潛意識裡歧視娘娘腔的台灣人一樣，我手裡也淌著永鋕身上汩汩流出的血。我從小到大也總是被嘲笑娘娘腔，總是被欺負，爲什麼我做得不夠多？！

葉爸爸從永鋕死去那天開始耳朵聽不清楚了。葉爸爸罹患身心轉化症，失去兒子的悲痛讓他選擇性暫時失去聽覺。法醫鑑定孩子的遺體，解剖過程中殘忍的細節，葉爸爸完全聽不見法醫告訴他的任何話。

永鋕在學校死去的巨大悲傷，時時侵襲葉媽媽。「我生他的時候，揹斷了兩條背帶，下田也揹著他，做家事也揹著他，永鋕就好像是在我的背上長大的。如果知道送他到學校會讓他死掉，我要一輩子把他揹在我的背上。」

家的毀損

「他在殯儀館的時候，我每天都去看他，換新的花。我公公和村裡一些人，一直罵我，『小孩子都那麼絕情，不要我們了，妳還整天這樣失魂落魄。』火化以後他的骨灰放在高樹的廣修禪寺，我在田裡工作，想到他，就跑去那裡哭一哭，跟他說說話，再回田裡做事。」

「我一到黃昏心就痛，很像有一把刀在戳，來來回回不曉得戳多少次。高樹的診所開藥給我吃，都是安眠藥，醫生說我這是心病，什麼藥都沒用。晚上睡不著，我很想一口氣吞下所有藥丸，再也不要讓自己那麼痛苦。是想到我先生跟小兒子，我才沒有跟他走了。」

永鋕剛過世的第一年，葉媽媽強烈希望想要再生一個小孩，她希望是女孩。她希望永鋕投胎變成女孩，有緣份再來當她的小孩，讓她永遠照顧保護，不必像這輩子因爲娘娘腔受苦。

只是，每天黃昏一到，葉媽媽還是不由自主地整個心揪痛起來。那是以前每天永鋕差不多該放學回家的時候。葉家門口種了一棵很大的芒果樹，枝葉繁茂，永鋕很黏媽媽，老遠老遠就會大叫：「媽媽，我回來了！」

這一天的黃昏，下完田的歐巴桑們，三三兩兩騎腳踏車從葉家門口的芒果樹經過。婦人們不約而同來給葉媽媽洗燙頭髮。

「我們那時候每日都來陪她，安慰她。小孩子要走，不跟我們了，也沒辦法。」建興村的歐巴桑們一邊吹燙頭髮一邊安慰葉媽媽。「他真的很乖，也會幫我洗頭，也會幫他媽媽做家事，又高大又英俊。」

胖胖的歐巴桑一邊做頭髮一邊熱鬧地唱起山歌，逗葉媽媽開心。坐在客廳板凳等待的歐巴桑也唱起台語老歌「思念的情歌」——「啊，雖然有伊相片安慰我……」

稻埕

葉永鋕事件剛發生時，頗受媒體注意，校方採取封鎖消息政策，訓導主任在朝會上宣布不准談論此事。當時同學之間頗有白色恐怖氣氛。

如今，這些同學都已退伍或就業。可他們總記得，從前從前，有個三八愛鬧的同學葉永鋕，在國三那年死去，沒有機會和他們一起長大，體會人生的苦樂滋味。

葉永鋕最好的同班同學叫許耀政，沉默寡言，有一雙哀傷的眼睛。他是木訥的農家子弟。與許耀政進行訪談時，黑夜的稻埕院子，他全家人有著跟他一樣沉默木訥的臉。許耀政說不出話來。

在攝影機背後的我一樣沉默著。我知道的，我一直知道生命裡的那種痛。經過了好多年，傍晚下起雷雨，鄉村青年騎著野狼125呼嘯而過。陰暗的高樹客運車站，進站的破落公車閃耀著晦澀的光。許耀政終於打破沉默。他告訴我，永鋕死去的這些年，他持續地鍛鍊身體，他已經永遠永遠懂得，世界不可能改變的，強霸勢必欺凌弱小，他只有讓自己變強，他才不會死去。

第二天白天，我在許耀政家裡貧窮侷促的客廳，破落的牆上仍然掛著他和永鋕的幼稚園畢業照，那麼幼小的他們眼睛彷彿發著光，興致勃勃看著前方。

小鎮

我曾經帶著攝影機陪著葉家人回到出事的廁所好幾次。有一次拍攝讓我難忘。我走到葉永鋕最愛上的音樂課教室，他覺得最安全的地方。那天下雨，天色猶昏。音樂教室隔壁就是拳擊教室。音樂教室又破又小，鋼琴破爛極了。相反地，拳擊教室寬敞舒服，沙包又大又重。我突然不寒而慄。

在一次又一次的訪談中，我知道葉永鋕國中三年來，是被哪些陽剛的男孩歧視欺負。我知道這些陽剛男孩的青春就在無所事事地練八家將，打拳擊中度過。而他們在國中畢業前，早已被高樹地方的角頭網羅。小鎮裡隱隱然有一張細密的黑金暴力網絡交織著。

我一直思考著，如果葉永鋕能夠活下來，他在台灣的每一個角落，他的生命將長成如何？

（原文刊載於二〇〇八年十月二十五日，《中國時報．人間副刊》）

◎第三十一屆時報文學獎報導文學首獎作品／得獎感言：

在淚水中永恆

早逝的永銡無言的靈魂附身在我攝影機底無數母帶，成為我的血，我的魂，凝視我如盲眼詩人，沙沙下筆追索他逝去八年逐漸浮出的線索。跨越幽冥之界，逝者往往比生者更通曉語言的祕密啊！他終究穿越高樹菸葉田畦，風般拂過闇夜廣曠糾葛的葉脈，那些島嶼隱晦的不義與暴力的蛛網。他擋住時間，頻頻回首，在義者與母者的淚水中永恆。我沙沙寫下。（陳俊志）

【延伸閱讀】

1. 臺灣性別平等教育協會成員：《擁抱玫瑰少年》（臺北：女書文化，2006年）。
2. 向陽、須文蔚主編：《臺灣現代文學教程：報導文學讀本》（臺北：二魚文化，2002年）。
3. 白先勇：《孽子》（臺北：允晨文化，1992年）。
4. 茱迪斯・巴特勒：《性別麻煩：女性主義與身份的顛覆》（上海：三聯書店，2009年）。
5. 張娟芬：《姊妹戲牆》（臺北：時報文化，2011年）。

黨籍碑[1]

李贄

「安石誤國[2]之罪，本不容誅；而安石無誤國之心，天地可鑒。主意於誤國而誤國者，殘賊之小人也，不待誅也；主意利國而誤國者，執拗之君子也，尚可憐也。」卓吾曰：「公但知小人之能誤國，不知君子之尤能誤國也。小人誤國猶可解救，若君子而誤國，則末之何矣。何也？彼蓋自以爲君子而本心無愧也。故其膽益壯而志益決，孰能止之？如朱夫子亦猶是矣。故余每云貪官之害小，而清官之害大；貪官之害但及於百姓，清官之害並及於兒孫。余每每細查之，百不失一也。」

1 黨籍碑：本文大約寫於明萬曆二十四年（1596）。黨籍碑又稱黨人碑。宋哲宗元祐元年，司馬光為相，盡廢神宗熙寧、元豐年間王安石新法。紹聖元年，章惇為相，恢復熙、豐之制，將司馬光、蘇軾等貶逐出朝。徽宗時，蔡京拜相專權，將司馬光、蘇軾等人追列為元祐奸黨，刻其罪名於碑。

2 安石誤國：《宋史》裡指出：王安石有議論高能，且有矯世變俗之志。早期，屢辭朝廷美官。熙寧二年，拜參知政事，在神宗的大力支持下推行青苗、保甲等多項「新法」，結果卻是天下皆為賦斂沉重而騷動。然而，即使朝野皆出現彈劾聲浪，王安石卻多次讓神宗繼續支持他推行新政。過程中，原與王安石友好的司馬光、歐陽修也漸行陌路到互斥。直到鄭俠上疏，繪所見流民扶老攜幼困苦之狀，王安石才遭罷。

【延伸閱讀】

1. 莊子：〈胠篋第十〉，郭慶藩編：《莊子集釋》（臺北：萬卷樓，1993年），頁342-363。
2. 林立青：〈賊頭大人〉，《做工的人》（臺北：寶瓶文化，2017年），頁91-103。
3. 強納森・海德特，姚怡平譯：《好人總是自以為是：政治與宗教如何將我們四分五裂》（臺北：大塊文化，2015年）。

主題五　生活在何方

旅行、飲食、音樂與文學

日月潭

續篇　獨遊之辨法及經驗

呂碧城

【旅行／文學】

旅行文學一詞，在臺灣於一九九〇年代出現，一方面是學者的論述創造，另一方面也反映著社會結構、產業結構的轉變。「休閒」觀念日漸被重視，二〇〇一年，臺灣正式實施週休二日，亦是象徵事件之一。「旅行」非現代專屬，古代的「遊」是一重要觀念，司馬遷之壯遊，覽畫者之臥遊，甚或文人的貶謫、遷徙、行旅經驗，都創造了不少經典作品，明清時期商業勃興，甚至已有套裝旅遊行程，再至日治時期的臺日行旅、異國遊歷，當代的背包旅行，一波波的行旅／移動經驗及描繪，勾連著交通網發展，也帶來了本地與異域兩端，各種認知視域的衝擊。

歐美漫遊錄（又名鴻雪因緣）

予此行隻身重洋，儵然遐往，自亞而美而歐，計時週歲，繞地球一匝，見聞所及，爰爲此記。自誌鴻雪之因緣，兼爲國人之向導，不僅茶餘酒後消遣已也。

予既草《歐美漫遊錄》，寫新大陸風景，迨抵巴黎，遂擱筆而無所記。蓋不諳法語，幾如聾聵，雖諸事得英美友人（渡大西洋時同舟所識者）襄助，僅及大端，難隨跬步，故第一計畫即專治法語。詎習未匝月，愈進愈艱，臨渴掘井，時不我與，乃慨然拋棄，爲啞旅行之嘗試，或轉得奇趣。以經歷所得，爲隻身遠遊且不諳方言者之向導（但英語或法語必通其一方可），則此篇較美洲遊記尤裨實用。其法先取歐洲

【晚清與民初的世界圖景】

晚清，誠如李鴻章所言，是「三千年未有之變局」，中國不能再自居於世界中心，而是全球版圖中的一員，自身的立場重新被他人界定，傳統的「天下」觀，則漸往「萬國」、「世界」等觀念移動。觀看此時期人們的行徑與作品，亦不妨思考個人與群體之關係，概念之碰撞與轉型；彼時人們又是如何發掘過往，想望未來，面對當今。在這樣的視野下，當時的翻譯、貿易、行旅等交流行為，與異文化之遭遇，伴隨著新知識、技術的傳入，與世界圖景相互重整、形塑，因而別具意義。

地圖測覽，查各國所在，定行程之先後。歐美各都會皆有經理旅行之公司，如柯克（Thos. Cook & Son）及美國轉運公司（American Express）其最著者也。彼等代售輪船及鐵路等券，凡不解方言之遊客可向之購買。因歐洲輪軌各局員，大抵只能作其本國言語，非如旅館之職員能通數種方言也。此等公司又承辦游覽各事，備有大汽車可載客數十，派專員演說向導，名曰Guide。其辦法固與游客以便利，但欠從容，蓋向導人領眾如牧羣羊，游者須跬步相隨，不能如意。有時率眾下車步行，備極疲勞，所至之點或非客所欲。前遊巴黎凡塞爾（Versailles）皇宮，歸途下車步行數里，予著新購革履堅硬，歸寓後足趾已破，血濡絲襪，所得見者舊輦數輛而已。若獨自往遊，車費既廉（可附電車前往），且得盡興而免奔波。若約友向導，尤較安適，但此僅爲時日寬裕久住之客而論。若遊客時間匆促，所至之處僅小住一二日者，自以加入公司之游覽隊爲便耳。至於旅費，除匯票外有旅客支票（Traveler's Check）及信票（Letter of Credit）。若只往一處者用匯票；若往多處而費稍巨者用旅客支票；若漫游各國而無定，所費用浩大者用信票。以上各票只能取於銀行，若晨暮及星期假日等則無處可取，應備現幣少許，以美金為各處所歡迎，無論何時何地皆可兌現。

除食宿外，尚有稅捐等雜費。正賑之外復加小賬，名曰使役費，大抵十分或十五分，甚至有二十分者。此等情形，與美國完全不同：其取小帳者，游客即不另賞僕役，惟於特別服役之事酌給賞資耳。

護照須隨身攜帶，凡欲經行之各國，皆須預往其使領署簽印，且須親往，勿託旅館，因旅館既索取代往之費，而所辦之事又多不確，此為予經驗所知也。

予定計取由法至義之路線，此路甚長而饒風景，須先經瑞士，乃往柯克公司預購車票，並詢明沿途名勝地點。票限十日，可隨處小住游覽。後予查知尚有限用兩月之票，蓋國內及國外各一月，予後即購用之，價亦相同也。四月二十日晨，由巴黎請一能法語之美國友人伴往車站為通譯，寄運行李，計僅一箱，即付費掛號。上海出版之《游歐須知》等書，謂歐洲無代寄行李制度，須自雇人搬運登車者，誤也（或當年如此，而今非矣）。友人送予入車後，略談即去。車已開行，予獨坐。同室已先有四客，皆操英語，予聞之竊喜，然此為予初次由歐旅行耳，其後雖同車無能英語之人，予亦無畏。將抵法之邊界，有登車查驗護照者，有查詢攜帶現幣若干出境者（大抵不許多數現幣出境）。他客告予所運箱筒，須於此處自往行李房（在車站內）開鎖請驗，否則被擱於此，予即遵辦。此節甚關重要，其後予每將旅行於購路券之時，即預詢明何處為邊界及應查驗行李之地點，蓋入境出境皆須檢驗也。

薄暮抵瑞士之芒特儒（Mountreux），[1]為諸名

1 〔芒特儒Mountreux〕今譯蒙特勒，在日內瓦湖東岸。瑞士西部城市，旅遊業發達。

勝之一，予行程中所預計必遊者。乃匆匆下車，然不自知將投宿何所，姑查看情形，手提小皮篋步出站門，於羣眾熙攘中，見一人冠上標「美國轉運公司」等字，知其必解英語，乃詢以有何旅館，彼示以車站之右，果一巍大旅館，乃投止焉。

瑞士旅館精潔勝於巴黎，而價則較廉，房金約每日美幣二元（瑞士幣稱佛郎，美金一元換五佛郎），膳食另計。註冊時索閱護照，並註明原籍住址，然於故國，予本無家，乃註以「無」（又如存款於銀行，除故國住址、父母、夫或妻外，並須註明兄弟姊妹，予皆註以「無」）。予旋以行李票授旅館，囑爲代取。

侍者導予入寢室，日暮體倦，不克理妝，入餐堂乃囑女傭爲進薄膳，予操不完全之法語，竟能達意，可知習一言即有一用。歐洲各旅館男職員，大抵皆略能英語，女僕則否。瑞士通用法語，凡局面較優之所，如旅館、輪船等，晚餐多御禮服，不可草率貽羞公眾場所間。有不修邊幅、不慎儀表者，應鑑戒而弗效尤，不惟須合本人之身份，亦以保持大國之風度。

【延伸閱讀】

1. 龔鵬程：《遊的精神文化史論》（石家莊：河北教育，2001年）。
2. 巫仁恕、狄雅斯（Imma Di Biase）著：《遊道：明清旅遊文化》（臺北：三民書局，2010年）。
3. 賴香吟：〈環島旅行〉，《天亮之前的戀愛：日治台灣小說風景》（新北：INK印刻文學，2019年），頁119-122。
4. 郝譽翔：《一瞬之夢：我的中國紀行》（臺北：高寶國際，2007年）。
5. 郝譽翔：〈「旅行」？或是「文學」？一當代旅行文學的書寫困境〉，《大虛構時代：當代臺灣文學光譜》（臺北：聯合文學，2008年），頁130-155。

慟的文化差異

劉紹華

【觀看／凝視】

約翰．伯格（John Berger）於《觀看的方式》提出：「我們從不單單注視一件東西，我們總是在審度物我之間的關係。」觀看並非是一種自然而然的行為。約翰．厄里（John Urry）在《觀光客的凝視》也認為：「觀看的能力要靠後天學習，而所謂純潔、無瑕的眼睛根本不存在。」他並且倡議，觀光行為涉及「偏離常軌」（departure）此一觀念，而研究觀光行為，恰恰是理解「正常社會」運作的方式之一。在當代，觀看／視覺文化已成為論題，人們是如何觀看事物的？觀看方式是如何被決定？建立了怎樣的自我與他者的關係？在繪畫、攝影、電影、媒體，乃至是觀光旅遊等領域，人們都可以思考相關的問題。

我從來沒有如此恐懼過，從腳底竄到頭皮的恐懼，逃跑的勇氣都沒有，甚至連移動腳步引起的空氣流動，都帶來更多的恐懼感，黏附在我已毛髮直豎的皮膚上。這充滿怪異氣味的空間裡，只有我一個活人。密密麻麻的黑白大頭照片貼滿牆壁，那些受盡折磨的亡者垂死前無助的眼神盯著我，從他們身上剝下的沾滿血跡的衣服堆在玻璃櫥窗裡，牆上是用骷髏頭和四肢骨拼湊而成的巨大柬埔寨地圖。我虛弱無力，害怕得想哭。終於，一名白人男子走進來，我們對望了一眼，在彼此的眼裡看到了驚嚇與支持。突然，華裔柬人阿英姐跑進來大叫我的名字，嚇得我膽都要吐了出來，我跑上前緊抓著阿英姐的手臂像找到浮木似的，沒料到她一個突兀動作，讓我全然崩潰。她，居然用右手食指頭，伸進牆上骷髏頭的眼窩中，然後又敲敲骷髏頭的牙齒，嘴裡還發出嘖嘖的聲響，說：「好可怕呀！」

金邊市中心的波布罪惡博物館「堆屍陵」（Tuol Sleng），集人類恐怖血腥於一處。本是一所三層樓校舍爲主的中學，而今，整幢樓的教室堆滿了當年受虐者的人骨。一間間陰晦的刑房擺著當年的刑床，床頭上方，是當時躺在床上令人不忍卒睹的受虐者照片，床前地板上的血跡斑斑仍在。原來該是操場的空間變成墳場。這裡沒有一丁點不可怕的東西。不過，最令我頭皮發麻的，並非那些人骨血跡，而是人的意念與精明，全表現在爲虐殺而發展出來的種種匪夷所思的刑具上，令我驚駭至極。離金邊二十分鐘車程遠的郊區外，還有一處「殺戮戰場」（Killing Field），那裡的一座高塔，遠遠就可見到玻璃窗內人骨擁塞，黃土堆下更是埋葬了無數冤魂。經歷赤柬四年的恐怖統治，柬埔寨保留這些罪惡之地警惕世人。

一九七五年四月十七日柬新年期間，也是北越共黨在南越取得勝利前兩週，年齡多在十五歲以下的共黨游擊隊，步行湧入金邊取得政權，推翻美國支持的腐敗無效率的「高棉共和國」（Khmer Republic），改爲「民主柬埔寨」（Democratic Kampuchea），柬埔寨歷史上最慘痛的一頁，一翻就是四年。

一九七五年四月至一九七九年一月柬共黨統治期間，波布宣稱要終結柬埔寨兩千年的歷史，廢除家庭等所有阻撓革命的「封建」制度，在柬埔寨展開激進共產主義實驗，將整個國家翻轉成一座巨大的勞動營。柬埔寨變成了人間煉獄，不到一千萬人口的國家，兩百萬人死於屠殺、過度勞役、饑荒與

【民主柬埔寨】

通稱紅色高棉、赤柬，為一九七五至一九七八年間，由崇尚毛澤東左派思想的柬埔寨共產黨總書記波布（Pol Pot）掌權建立的極左政權。統治期間，引發饑荒，建立集中營。在一九七七－一九七九年間的「紅色高棉大屠殺」高峰中，至少有二百萬人因此死亡。從一九二〇年代開始，在共產黨國際革命浪潮下，印共、越共、馬共、菲共、緬共、泰共、柬共、寮國人民黨，八個共產黨於東南亞紛紛成立。庫尼亞文（Eka Kurniawan）小說《美傷》涉及印共；晚近，華人創作中，黃錦樹的系列馬共小說（如《南洋人民共和國備忘錄》等），以文學照映歷史，備受文學界注意。

疾病，絕大多數都是知識分子。數十萬人逃離柬埔寨。此一時期的饑荒，與中國六〇年代大躍進時期的饑荒程度可堪比擬。

光是「堆屍陵」一地，四年間就有兩萬人在此遭受拷問、折磨與處刑。魂魄杳冥，唯倖存近四千份受虐者自白檔案，成爲史學家見證虐殺的血淚文獻。

我是硬著頭皮走進罪惡博物館的，只爲了瞭解柬埔寨的過去。出來時，我覺得這輩子都不可能再有勇氣走進那裡了。我以爲，不再靠近那時空凍結的人間煉獄，就能把那恐懼悲慟丟到腦後。我錯了！這個國家，歷史的幽靈無所不在。

一九九九年風和日麗的某天上午，我到巴薩河中央的一座小島上拜訪日本義工友人，那裡被稱爲「寡婦島」，據說居民都是被安排遷居至此的寡婦及幼兒。島上盡是破敗的茅頂木屋，生活貧瘠。抵達的時候，朋友不在她暫居的荒廢校舍裡，村裡的小孩興致高昂地領著我去找她。一群衣不蔽體的小孩簇擁著我走在田埂上，陽光煦煦，很美麗的一天。

走著走著，看到田中央有一間破破爛爛的迷你木屋，我指著它問小朋友是什麼，小孩們七嘴八舌地叫了起來。我沒聽懂。他們拉扯著我的手，把我拖下了田埂向田間走去。到了小屋前，看清了，其實只是一間約兩公尺高的四面木牆搭起的棚子，屋頂漏空，建在黃土堆上。小孩們示意要我走上土堆往裡看，我太矮了，看不到。他們又用肢體語言要我爬牆，我照做。結果，驚嚇得差點跌了下來。棚裡是堆疊滿滿的白森森人骨。見我驚恐得說不出話來，小孩們一個個在陽光下笑得燦爛得不得了。那些人骨也是赤柬屠殺的犧牲者。我後來在許多鄉村田間也見到類似的棚子。

我開車下鄉時，常見畫著黑色骷髏頭及「X」的標誌，矮矮地倒立田邊路旁，那是警告地雷的標誌。清除地雷的組織多屬加拿大和英國，他們就像軍團一般，執行任務時著軍裝、住營帳。我的日本好友Higashi加入英國掃雷組織，我去吳哥窟所在的暹粒市（Siem Reap）找他時，他帶我參觀了地雷工作站及宿舍，像個兵工廠，雄性極了，我很不適應。

鄰近金邊的省分，地雷多已清除乾淨，而與泰國和越南交

【東方主義】

《東方主義》為美籍巴勒斯坦裔學者薩依德（Edward W. Said）於一九七八年出版的著作，被視為後殖民論述的經典作品。繼承傅柯（Michel Foucault）開啟的「知識—權力」論述，批評歐美以其帶有偏見的視野，去陳述與想像伊斯蘭與中東的形象。而這一切，都發現是為了鞏固西方的文化霸權。此處的「東方」與「西方」乃是一相對概念。人們可從好萊塢電影中發見對於蘇俄、伊斯蘭世界，乃至是中國（如傅滿洲、滿大人）的歧視與想像。旅行中的人們，也不無觀看他人的「東方主義」之虞。

界的邊區地帶，仍是地雷密布。內戰期間埋下的地雷，多到沒人清楚。即使在金邊所在的甘丹省（Kandal），部分地區地雷埋布情形仍不明瞭，所以我下鄉時偶爾也會見到地雷標誌。只是，我常看到當地小孩視若無睹地進入警戒區放牛。

這些小孩和阿英姐一樣，他們不是不知苦痛。只是，生活在這樣有著如此悲慘過去與艱苦現況的國家，他們對悲痛恐懼的感受和我不同。

慟，是一種文化差異。在柬埔寨，日復一日，我漸漸克服了這種文化衝擊與差異。

第一次去乃良（Neak Leoung）拜訪後來成爲鄰居的「小水滴」（Goutte d' Eau）孤兒院，瑞士組織辦的，瑞籍工作人員法比歐（Fabio）說這裡收容了二、三十名來自柬埔寨各地不同年紀的流浪幼童。保母和老師都是當地人，看到外人來訪，一名婦女抱著個小嬰兒走上前來打招呼，還有其他小孩也團團圍著我們。原本興高采烈的我，沒料到看到的是一名缺手缺腳的小女嬰，長得是人見人愛，但我驚懼於那小小的殘缺人形景象，卻見其他小孩搶著擁抱這小嬰兒，又親又摟的，對於小嬰兒的殘缺似乎無人引以爲意。我爲自己感到汗顏，但無法掩飾視覺上的驚懼帶給我的心理震撼。

突然間，泰緬邊境甲良人（Karen）難民營裡「短短」的影像閃過，那是一個天生殘缺的小男孩，出生時就缺少膝蓋以下。我見到他時約八歲左右，穿著一雙大雨鞋，身形看起來短一截，在難民營工作的服務團人員說他因而得名「短短」。雖然少了一雙正常的腿，見到「短短」時，他正在山坡上的營區裡奔跑，嘴巴笑得大開。「短短」的快樂讓我覺得異常溫暖。想起「短短」，我終於克服了心理障礙，伸手擁抱了這只有小小軀幹的嬰兒。我還是會顫抖，只是願意更靠近一些。

在柬埔寨生活久了以後，和當地人一樣，我的耐痛度愈來愈高。甚至，練就了漠然的本事。雖然，最漠然的常常是當地人。長居柬埔寨的外國人大多瞭解，有時，漠然是一種繼續留在這個國家的生存之道。太多的情緒反應，很難待下去。漠然，像是一種必要之惡。

只是，人常是先走過螳臂當車的荒謬階段，重新度丈自己的能耐後，才逐漸走向漠然。

剛到柬埔寨時，我幾乎天天在捐錢，雖然每次都只是臺幣三、五元左右。老小乞丐、被地雷炸掉一條腿的年輕人、病人、遊民存在所有我經過的空間。我開始學會一切看在眼裡但不讓自己情緒激動。漸漸地，看到斷肢殘臂的乞丐和流浪的小孩，也不再給錢。我發展了一套自我邏輯，給食物，不給錢。看到村民修道路，給錢。只是，後來發現，很多時候，給的其實是村民勒索的過路費。最後，我得到結論：不解決結構性的暴力，個人的施捨無法救這樣一個國家。我以為自己認清了天經地義的殘酷事實。

我只對了一半。錯的那一半，差點讓我忘卻了慟是珍稀的人性感受。不止是我，我也看著朋友在掙扎，在消滅痛的文化差異與慈悲之間掙扎。

那天晚上，印度好友邁克（Mack）開著他的無門吉普車送我回家時，在轉角巷子口，見到一個小女孩坐在路旁啜泣，手上拿著一個洗臉盆。已是晚上十點了，金邊入夜後的治安很差，我們絕少夜間還在路上行走，遑論停留，小女孩獨自一人在那哭泣，情況不尋常。邁克有著見不得人哭的好心腸，他問我怎麼辦。我明白他的意思，他是要我也下車去和小女孩說話，因為他不會說柬語。邁克和眾多他的聯合國同僚一樣，從來不學柬語。

小女孩說她乞討了一天的錢被強盜搶走了，沒有收入她不敢回家，會被打。又哭得稀里嘩啦。問她乞討了多少錢，她說的數字超過五美元。邁克雖伸手掏腰包，但還是問我覺得如何。我開始理性分析，以柬埔寨人的收入，一天乞討所得五美元，太多了。在乞丐充斥的金邊市，我想像，這樣一個小女孩，不太可能有如此斬獲。

邁克也有些懷疑，但他無法掉頭就走，他說只有五元，就給個心安吧！好心的邁克並招來一輛摩托計程車（Motordok），付了車資，要騎士送小女孩回家。望著小女孩離去的背影，邁克還擔心摩托騎士會搶了小女孩的錢。我們也各有所思地回家了。

金邊的某些外國人，尤其是歐美人喜歡搞藝文活動，像是戲劇、吟詩朗讀會等。蘇格蘭友人珍（Jane）尤其活躍，專長戲劇導演。一天，珍辦了個吟詩朗誦會，她知道我偶爾寫詩，邀我參加。我不好意思拿自己的囈語獻醜，選了一首隱地的詩〈寂寞方程式〉，和曾在天津留學的美國友人海蒂（Heidi）一起翻譯成英文。一位英國友人幫忙唸英譯文，我讀中文原作。隱地的詩成爲當天唯一的非英、法語詩文作品，最受歡迎。下臺時，很多人問，「ji mo（寂寞）是什麼意思？」

活動結束後，我們一群人繼續在這間花園餐廳裡喝酒吃飯。週末仍然工作的邁克遲到了，沒聽到我念詩，我正向他解釋詩的意思。突然間，我們同時抬頭望著一名美國女人，口沫橫飛地說著一個小女孩的故事，邁克高喊，「我也遇過那個小女孩！」並激動地搖著我的手臂。在場許多人都遇過這個演技令人驚異的小女孩，聽過同樣的故事，每個人都有自己的心路歷程與處理方式。當邁克對我大叫「我應該聽你的」時，那名美國女子手持盛著紅酒的高腳杯，開玩笑地對他說，「你應該聽女人的話。」

聽見那美國女人說這話時，我心涼了起來。雖然結果證實我的懷疑與分析是正確的，我對邁克說，還好你沒聽我的。像邁克這樣出生印度、拿到美國經濟學博士、長年在國際奔走、看盡第三世界落後、但也享有聯合國官員優渥禮遇的人，卻沒有放棄那人性中最基本的同情。我但願自己和他一樣被騙，而不是被自以爲是的理性囚禁了。

失去痛感，理性寂寞。我沒能克服痛的文化差異，悲慟始終存在。

週末晚餐，我和同事艾瑪（Emma）常開著辦公室的Pickup卡車去金邊一間中國東北人開的餃子館，我們最喜歡芹菜葉做餡的水餃和豆沙包。去那吃晚餐是週末一大享受，我們總是多點些食物，吃不完便打包回府。尋常地，吃飯時總會看見乞丐遊民的臉貼著玻璃門往裡看。在金邊待久了，我們已練就眼不見爲淨的本事，專注於盤中飧。餐館老闆循例出去趕人，免得客人受干擾。

用完餐，提著食物包，走出餐館。一名年輕女子扶著一名盲眼老婦，迎上來卑微地向我們討錢，衣衫襤褸，蓬首垢面，看起來是從鄉下到金邊討生活的農民。兩名瘦弱的農婦流浪金邊，我想不出她們有何機會。猶豫了一下，我們遞出食物，照例沒給錢。我繼續爬上卡車的駕駛座，車子開動。準備轉彎時，瞧見兩位女遊民幾乎沒移動地就在路口蹲坐吃起來了。餐盒內的食物暴露出來，看見兩人開心地吃著我們剛用剩的食物，又聽到艾瑪在一旁說，「她們一定很久沒吃這麼好吃的東西了」，我像遭電擊似的，突然哭了出來，一時淚眼模糊，無法開車。

我爲她們感到傷痛，也爲自己感到悲哀。是什麼樣的世界，讓人活得如此沒有尊嚴，也讓人活得不再勇於感受。

我的痛感回來了。我終究無法漠然以對。柬埔寨走一遭，看盡饑餓與疾病。所幸，我也深受感動。儘管歷史的悲哀繼續發酵，柬埔寨人的微笑依舊迷人，從古至今。那神祕的微笑，四度吸引我進入吳哥古城。那神祕的微笑，讓我在巴陽廟（Bayon Temple），決定給自己至少十年的時間，去瞭解愛滋病這令窮困已極的國家更滿目瘡痍的政治經濟疾病。那神祕的微笑，掛在我周圍每個柬埔寨友人的黝黑臉上。你見過那神祕的微笑嗎？如果你去過柬埔寨，你一定看過；至少，我的法國攝影師友人蒂埃希・迪弗（Thierry Diwo），也被那神祕的微笑吸引，出了一系列黑白攝影的明信片，就叫「柬埔寨的微笑」（Smiles from Cambodia），很受西方旅客歡迎，你也許看過。蒂埃希幫我和那巴陽廟國王的微笑拍了合照。長年獨自旅行的我，很少有自己的照片，真要謝謝他替我留下這難得的紀念。

——出自《人類學活在我的眼睛與血管裡：從柬埔寨到中國，從「這裡」到「那裡」，一位人類學者的生命移動紀事》（春山出版有限公司，二〇一九）

【延伸閱讀】

1. John Urry著，葉浩譯：《觀光客的凝視》（臺北：書林，2007年）。
2. Joel Brinkley著，楊芩雯譯：《柬埔寨：被詛咒的國度》（臺北：聯經，2014年）。
3. 船橋彰：《兩倍半島：中南半島移動事件集》（臺北：時報文化，2014年）。
4. 陳佳利：《被展示的傷口：記憶與創傷的博物館筆記》（臺北：典藏藝術家庭，2007年）。
5. 潘禮德（Rithy Pan）紀錄片：《S21紅色高棉殺人事件》（2003年）、《遺失的映像》（2013年）。

二十四張祕密菜單

蔡珠兒

【飲食／文學】

同於旅行文學，飲食文學的被討論、被矚目，框定範疇，仍舊是學者後來所為之舉。書寫飲食未必就是文學，但文學不離人生，又往往涉及飲食，這個類型或概念的建構，本身就是有趣的議題。一般常提到創作過飲食題材作品的創作者，明清如袁宏道、袁枚；現當代如梁實秋、逯耀東、唐魯孫、琦君、林文月、焦桐、舒國治、蔡珠兒、韓良露、徐國能、宇文正等。晚近，「臺菜」亦成研究焦點。在不同的時間點，不同的作家筆下，徘徊於食物、鄉愁、認同與記憶，知識、技藝、情意乃至慾望間，飲食文學讓不同階級、位置的人們，他們的喜好、偏執，及其生活、地域與時代文化的處境，得以為之顯影。

秋分過後，莧菜蕹菜開始粗韌，豇豆鬆垮「走仁」，苦瓜不苦，絲瓜不甜，嚼來已有筋絡。等到寒露和霜降後，所有夏季瓜菜都已僨老多渣，是時候揮別清甜多汁的記憶，迎接軟熟深黃的秋季滋味。水果攤是最早覺察的，嬌紅的柿子、米白的雪梨、脂黃的沙田柚，還有一種鬱青色的小圓橙，專用來剝皮曬陳皮，果販掛起一串串翻白的果皮，街市彌漫著柑橘的精油香氣。

果攤還兼賣青橄欖、菱角、熟花生和栗子，這時節的栗子最好，又香又甜柔糯可口，用來做栗子燒肉濃郁肥美，燜栗子白菜則清鮮有味，或者用菜飯的做法煮成栗子飯，當然還可以做甜點，栗子派、栗子椰汁黑糯米，豐腴濃厚的口感和熱量，最宜療治東北風初起的季節憂鬱。菱角也是抗鬱良方，雖然剝殼費工夫，可是滑口粉嫩，除了當零嘴吃，拿來燉排骨或炒鹹菜，葷素皆美。

闊別多時的茼蒿、豆苗和西洋菜又露面了，今晚炒哪樣嚐鮮呢？轉眼看到深翠肥壯的菠菜，更加三心二意。還有各種菇菌呢，暑熱時削薄無滋味，秋涼之後才變得肥美多肉，蠔菇、香菇、杏鮑菇、秀珍菇、茶樹菇（台灣叫柳松菇），都是這時的季節佳味，隨便煮煮就美味天成。可是有好食材怎捨得隨便煮，總要想方設法好好利用，有年秋天在京都吃到「松茸飯」，回來就用本菇（又名靈芝菇）和杏鮑菇做，雜以栗子和銀杏，雖然稍遜松茸的香氣與質感，滋味卻更豐富鮮甜，吃來滿口深秋氣息。

管他二十一世紀，我還是用漢朝的二十四節氣在過日子，因爲只有這樣，才能掌握食物的「時效」，這張節氣表是農業時代流傳下來的祕密菜單。得時當令的魚鮮瓜菜，不僅味道最好，肥料農藥最少，而且帶來推移流轉的時間感，在例行單調的餐食章節間，加上姿彩各異的眉批夾注，飲食才不只是療飢維生的功能，是和自然呼應，攸關的生命活動。

表面看起來，我們很有季節感，秋天吃大閘蟹，冬天吃羊肉爐和薑母鴨，廣東人秋來吃五蛇羹和羊腩煲，冬初吃禾花雀和煲仔飯；然而，這都是換季應景的特別節目，興來偶一爲之，並非平日的家常飯菜。我們日常的飲食生活，並沒有強烈的季節痕跡，一年到頭都有鯧魚、白菜、洋蔥、豬肝和草蝦，春夏秋冬吃的菜色並沒有很大差異。

古人對於食物的時令感，就比我們靈敏多了，時令感源起於農穫的收成節序，例如《詩經》的「七月食瓜，八月斷壺（摘葫蘆瓜），九月菽苴（收芝麻）」，後來進一步形成天人合一的養生觀，被賦予文化意義，因而孔子明言「不時不食」，晉朝的張翰有秋風蓴鱸之思，元人賈銘寫的《飲食須知》更說，「一年二十四節氣，水之氣味隨之變遷，天地氣候相感。」連水都有時令性，立春清明打來的「神水」久留不壞，但芒種白露取得的水則有毒，釀酒醋必敗。美食家袁枚就更重視時節了：「……蘿蔔過時則心空，山筍過時則味苦，刀鱭過時則骨硬，所謂四時之序，成功者退，精華已竭，褰裳去之也。」

比起古人受限於自然條件而衍生的時間感，我們當然幸福自由多了，在高度資本化的年代，農產早就是規格化的量產商品，農業改良和生物科技又新異精進，不斷改變果菜的品種、產季甚或特性，打破四季節令的限制。再加上全球化日趨深密，貿易與人際的交流滲透，使地理畛域的區隔漸形模糊，連帶也將食物的時間性變得薄弱，南北半球季節互補，溫帶熱帶互通有無，草莓不再是春天特有，黑珍珠蓮霧也不僅見於台灣，食物從自然與時空的囿限中解放出來。

所以我們予取予求，不虞匱乏充滿選擇，處處是流奶與蜜的迦南之地，聽來似乎美好，其實暗藏詭異。這幾年台灣的農產雖已受到大陸貨的衝擊，但畢竟有豐富多樣的本土物產，不像香港主要來自進口，且是高度的商品市場，不必等WTO入境掃蕩，早已是全球化的食物集中營，規格齊整品類統一，然而了無生機意趣。

香港的超市，終年有香蕉、鳳梨、草莓、粵人叫提子的葡萄、青紅各色蘋果，以及滿坑滿谷我們叫香吉士的加州橙等，悉數是舶來品。香蕉、鳳梨來自中南美的香蕉共和國，被冰冷的長途貨櫃凍得

【品味（taste）】

品味並非不證自明，也非單純審美。社會學家布迪厄（Pierre Bourdieu）以為，要討論藝術作品，並非只需要關照作品自身，還同時要思考，是在怎樣的場域（field）、怎樣的價值體系中獲得肯定。亦即，品味是靠後天的教育而來的。是具備權力的教導者，透過各種鑑賞、考核、評審制度，區別其高低，並且傳達給接受者。隨後，形成某種程度的結構複製（再生產）。藝術史上，知名的案例，如杜象（Marcel Duchamp）的《泉》（一九一七），以具體的物件，揶揄了「藝術如何判定」這件事情。擺在飲食的討論中，「品味是如何被建構的？」飲食的階級與文化，是可討論的問題。

奄奄一息，毫無熱帶水果的暖香；草莓春夏來自美國，入秋轉爲澳洲或紐西蘭貨，冬天則是老遠來的埃及貨；青葡萄就更可觀了，由夏而春，依次由美國、西班牙、墨西哥、智利、南非等地輪流遞換，永不斷貨，然而也從無驚喜，只有甜一點酸一些的分別。經過大規模的商業種植、提早採收裝箱運輸，在低溫中經歷漫長旅程，水果的姿色雖仍鮮麗，香味質地卻已大爲失色，滋味有如冷凍肉般呆板無生命。

蔬菜的情況稍好，但被經銷商和大超市壟斷控制，幾乎全是大陸貨，菜種只有主流，少見另類，終年都是菜心、小棠菜（青江菜）、白菜仔、生菜（捲葉萵苣）、西蘭花（青花菜）等等，市場餐館，來來去去全是這幾種，叫人膩得發慌。奇怪的是香港人渾然不覺，每天吃蠔油菜心也不嫌煩。

我可忍受不了，寧可搭船坐車，老遠跑到各地街市（傳統菜市場），尋找既當令又特別的蔬果，諸如夏天的鮮荷葉和夜香花，秋天的各色菇菌，初春的薺菜、苜蓿和鮮筍。香港街市裡，例必有一兩家菜攤專賣「新界菜」，價錢比大陸菜貴，較爲鮮嫩安全但種類並無二致，要找多樣另類的食材，還得到不同地區的街市跑腿巡訪，煞費工夫不僅爲了買一把菜，還爲了感受市場裡濃烈的季節感。可惜香港畢竟是商業城市，不像法國南部和義大利小鎮，有本地的農產趕集，日本的山區村鎮也有「山市」，村民定期售賣或交換自種蔬果，既有滋味又有情味。

在倫敦和香港買了這些年菜，我越發懷念台灣香味撲鼻的水果攤，以及品種繁多、新鮮有味的菜市場，不管是市郊菜或「下港菜」，都未被冷凍運輸斲傷味道質地，四季流轉節令感豐富多姿，各地鄉鎮更有各具特色的土產食物。然而隨著WTO的實施開放，全球大量生產的廉價作物湧來，對岸又是蔬果大國，本地土產不知命運如何？台灣菜市的風貌，會不會很快就變得像香港呢？四時如一，價位供需操控分配，那時豈只時令性蕩然無存，食物的品味質感，恐怕也將日漸風乾了。

【全球化】

全球化的起源時間，學者仍有不同看法；且因地域關係，各地遭遇狀況不同，然大抵而言，其涉及世界觀、產品、概念、資源的交流與重分配。今日人們能方便在本土購買到異域的商品，並親眼見識到跨國資本公司的興起，都與全球化脫不了關係。網際網路的資訊傳播，亦重整了人們想像世界的風景。阿帕度萊（Arjun Appadurai）在《消失的現代性：全球化的文化向度》（一九九六）曾經以為，全球化涉及族群、媒體、科技、財金、與意識形態五種景觀之間，「文化同質化與異質化」的張力。面對全球情境，全球化改變了什麼？在地如何回應？地方性「如何」與「為何」生產？都是值得關注的課題。

【延伸閱讀】

1. Katarzyna J. Cwiertka著，陳玉箴譯：《飲食、權力與國族認同：當代日本料理的形成》（臺北：韋伯，2009年）。
2. 也斯：《蔬菜的政治》（香港：牛津大學，2014年）。
3. 焦桐：《味道福爾摩沙》（臺北：二魚文化，2017年）。
4. 吳秀雀：《舂辣椒的滋味：清境義民人群之認同內涵與變遷》（臺北：開學文化，2015年）。
5. 伊丹十三電影：《蒲公英》（1985年）。

華麗的冒險

楊莉敏

初入大學時，與M同寢，聽音樂成了每天例行之事。

大學宿舍四人一寢的形式，使從未離家居住的我，第一次有了與人同宿的經驗。一開始不太習慣，與人居，尷尬得不知道該說什麼，又沒有電腦，下課後在宿舍裡唯一的娛樂就是看書，因此M的音樂於我而言，算是日常裡逸出常軌的一件事。

通常是這樣，率先第一個抵達宿舍的我，於書桌前閒散地打開從圖書館借來的小說，以慢速讀至一兩頁時，M就回來了，並說：「我開音樂喔」地扭開廣播，或是用電腦放音樂，用這種儀式開啟課後的時光。之後，我們會交換個一兩句話，或許關於課業的，或許生活的，反正都不是太重要，M會邊說邊進行一些洗淨事項如衣服杯碗等，若晚餐有約，她會重新洗把臉、換個髮型，然後出門赴約。印象中，就算M待在宿舍，我們也甚少一起出門吃晚餐，我似乎經常以麵包或紅豆湯當一頓，晚上就不再出門，洗完澡準備睡覺時，另外兩個外文系室友有時甚至還沒回來。那個小大一的年代，外面的世界我幾乎沒有參與，也沒興趣，鎮日裡讀小說、做作業，我只想握有我可以控制的事物，日子簡單，唯一有味的是來自M的音樂。

與其他朋友相較之下，即使M與我擁有較多的共同的興趣，但就友誼而論，並沒有發展成一見鍾情或一拍即合的關係。M是個已建立一套自我價值觀與審美品味的早熟女生，自主性強，與人應對落落大方，既是系羽隊也會扛著相機大包包登山拍照，非常具有行動力，而這些特質剛好都很外顯，當時，我想她會需要尋找同類當朋友。與那不同，書不離手的我顯然很書呆，言行舉止也都正常乖巧，而這一切都指向我是個平凡又無聊的人，自然引不起M的興趣。

回到音樂。M聽的音樂當然不是古典樂，大多是一些英文流行歌或是廣播，少少的國語流行歌，如此，也便足以支撐大學生涯頭一年的青春煩悶了。當時的蘇打綠還是地下樂團，M已相當著迷，屢屢於無事的夜晚放著蘇打綠的歌，視為珍品地向我推薦，無奈我聽不慣，始終沒有成為其歌迷過。後來蘇打綠果然大紅，M的大學四年幾乎都跟著蘇打綠的場子跑，每每呼朋引伴，一起去聽蘇打綠唱歌，這樣的習慣與熱情，一直持續到出社會工作後亦是如此。那幾年，陳綺貞、蘇打綠、張懸，這幾個名字在中文系的學生裡是非常響亮的，那是某種價值觀的追尋與認同，混合了無畏、夢想與自我的探索，標榜獨特性，要做自己，對於正處青春的大學時代，這樣的音樂無疑是具有吸引力的，多少個對於未來感到焦慮及茫然的日子，都靠著這些歌曲紓解過去而不至絕望。

所以，我以為我會聽陳綺貞一輩子，就像蘇打綠之於M那樣，是種永恆的信仰。

系上有個例行的劇展比賽，每年訂一主題，讓學生們自編自導自演，大一與大二都被規定必須參加，對於排斥群體通力合作的人來說，無疑是場惡夢。大一時演的什麼已經忘了，只記得我是負責燈光控制，非常輕鬆的工作，當時擔任導演的L人不錯，會演戲又有責任感，但那次比賽成績不好，排

【文化工業】

德國法蘭克福學派提出的概念，首次出現於阿多諾（Theodor W. Adorno）與霍克海默（M. Horkheimer）合著的《啟蒙的辯證》（一九四四）一書，用以批評資本主義下，連文化也被商品化、價格化，因而被工業系統給擄獲。換言之，在這詞語的討論範疇中，在當代，文化被以生產、經濟的角度看待，被資本主義給收編。他們用此一詞彙，取代原先常用的「大眾文化」，針對媚俗的文化生產系統提出批評。擺在當代，這詞語可與時下風行的「文創產業」參差對照、區別同異。層出不窮的行旅、飲食以及勵志書籍，也不無落入文化工業的掌控之虞。

演的過程中又有過些不太愉快的經驗，因此到了大二當劇展又來臨時，便沒有人想再參與這種被強迫又沒任何好處的事務。況且大二，正值打工與戀愛的全盛時期，班上的人都沒什麼多餘的時間再弄劇展，所以這等差事，便落在有想法、有擔當，看起來又肯吃下這沒人要的任務的M身上了。與M，就是因著這齣戲而相熟起來，當時我們已不是室友，M獨自在校外租屋。

我擔任編劇的工作，還有配樂、道具、攝影等雜事，因爲人少，免不了一人多職，約莫此時，多事之秋，我開始聽陳綺貞的歌。當然，並不是說我在此前從未聽聞陳綺貞之名之歌，早就聽過，在電視在廣播，早就知道有這名歌手，不覺有什麼，重新相遇之時，也未必驚爲天人，只是等到有天當我意識到時，已是每天起床所做的第一件事即是播放陳綺貞，已是這種境況。

M倒是沒有特別喜歡陳綺貞，應該說，我鍾愛的於她未必，而她所信仰的我也倦於投入，但是對待彼此的品味又都能欣賞及理解，於是我們日後便形成一種於孤獨的藝文消費這條路上相互扶持的夥伴關係。由於劇展的配樂需要，我展開了尋找音樂的旅程，從實體唱片行到出租店的電影、電視劇，那段日子在回憶裡之所以顯現出迷人的光澤，我想是由於「尋找」這個實際過程中的動作，開啟了對自身品味乃至品格的好奇，哪些，是更能吸引我且更能被我所理解的呢？簡言之，找配樂這件事啟蒙了我，想要開始思考，我是由什麼所構成。自我的堆疊與確認，最簡單的就是從好惡品味處開始著手，藉助於偉大藝術工作者們訴諸於作品的世界觀，找出與自身相近的來標榜認同自己，然後跟自己說我是會思考、有品味且不屑世俗能洞悉真理的，一個不平凡的人類物種。

陳綺貞唱了，我要多一點時間讓我想一想，畢竟每天都是一種練習，希望如此，可以成為更好的人。太多太多，陳綺貞的歌詞因此成了人生的座右銘，貧乏的大學生活經過活躍的想像力之妝點，也成了華麗的冒險，包括大二的劇展。

回想起來，那是一齣相當彆扭的戲劇，喜愛的陳綺貞與英倫搖滾沒派上用場，唯一可取的就是用

【《鱷魚手記》】

臺灣女同志作家邱妙津於一九九四年出版的長篇小說。以女同志主人公為主角，並穿插一卡通化、擬人化的「鱷魚」生活紀事，相互支援對照，作為同志處境的縮影。至今人們常用以形容女同志的「拉子」一詞，便是出自此書，為一九九〇年代同志文學的重要作品。邱妙津於一九九五年二十六歲時自殺身亡，小說家駱以軍有長篇《遣悲懷》（二〇〇一）、賴香吟有《其後それから》（二〇一二）追念邱妙津。七年級一輩作家，陳又津曾改編邱妙津的《鱷魚手記》，神小風、楊莉敏、李屏瑤、李琴峰等，恐怕都一定程度受邱妙津影響。

了《鱷魚手記》當引言以及《孽子》的配樂襯底，大概也是因著這些，這齣彆腳戲最終得了第一名，我將它視爲人生的里程碑，象徵一個昨日庸碌自我之死與今日文青之誕生。最荒謬的是我還另外得了個劇本獎，領完獎下台後，觀看完整場比賽的L特地來跟我說：「你們好棒！尤其最後一幕播著Tears in Heaven真是太美了！」無疑，她知道這首歌是我選的，所以才會跑來與我說了她的感動。被人肯定品味及眼光的感覺真好，心裡感激L的認同與無私地讚美，即使彼此缺少交集，審美的共感仍會在一瞬間將人聚集於同一條線上，無須多言，便可領會相似的情感與經驗。感觸最深的當然是身爲導演的M，比完賽後她還特地將演出的錄影燒成光碟，自製外殼包裝穩妥後，分給劇組每人一張收藏。我感到那是高峰，密集地與人溝通、衝突、協調，然後做更多更多妥協的團隊合作，過程紛擾，結果甜美，如此完好的經驗是不會再有的了。

L在升上大三的那個暑假，轉學到台北讀戲劇相關的科系，原本就不相熟，所以L此去後幾乎不曾再聽見她的消息，僅有的兩次，是M有一年跟幾個朋友去到南投聽蘇打綠，在那個晚上她碰見L也去聽歌，L是一個人去的，因此演唱會結束後便與M他們同車回來。另一次則是S在某次的心靈成長工作坊中碰到的，L依然隻身前來，同樣也是沒能多聊什麼，但在短暫的寒暄之中L隱隱透露出她在北部並不快樂，不過也僅止於此，上完課後L又一個人坐車回台北。其實在多年後，我曾試圖想像過當時L坐車回到台北時，內心是怎樣的風景，但我想不出來。

也想不出來，後來的我們，是怎麼從那場劇展裡脫身，奔向各自定位的人生軌道，走上了面目模糊的道路。

約莫三十歲時，有次與M吃飯閒談，突然聊到那片劇展光碟，M卻說她早就丟掉了。那個時候，L已經死了。

應該也是同一場談話吧，我們還是待在某個有大片落地窗的午茶店喝咖啡，M說到前陣子去小巨蛋看了蘇打綠的演唱會，在小巨蛋裡聽著蘇打綠時，她就覺得這應該是最後一次了，「以後除非是從小就很熱愛的國外樂團，不然應該是不會再去聽演唱會了」。對於爲何會有這種感覺，M並沒有多解釋，我雖然感到震撼，但也沒問。那個時候，我已很久沒有聽陳綺貞了，就連別的音樂也很少，我甚至曾經一、兩個月都未曾播放過任何一首搖滾樂，也怠於搜尋新團新歌，因此對於M的轉變，我多少有點共謀的罪惡感。

L死訊傳來的那個季節，M爲了體貼我，刻意等到我考完試時才跟我說起L選擇離世的事情，真正的死期是在我生日那幾天，所以得知消息時已經過了兩個月。S也知道，只是她沉迷在心靈成長的世界裡，對於M的體貼顯得不太能理解，但也尊重，一起守了祕密。L之事於我在心裡起了怎樣的波瀾，我不清楚，只知道與我同齡者，有人開始脫隊了，這件事情真的發生了。實實在在的死亡。這之間，陳綺貞發了新專輯，整張專輯很有哲學味，也出了書，有個很文學的書名，她的品牌與代表的抵抗世俗或流行之意義已鮮明得不可動搖了，此時我卻失去興趣，再也不聽陳綺貞。

我已經老得沒有辦法聽陳綺貞了。一聽就覺得敗北，幾近憤怒起來。

L之後，家裡的老貓不久也離世，S的精力全都放在心靈成長的課程領域裡，青翠色澤的大學時代曾有過的人與事，都已各自散佚而去。我與M順利長成了一個懂得占據某種經濟位置、出社會工作賺錢的大人，對於不能理解的事物就不理解，只理解能夠理解的，我們開始很懂得割捨，不再惑於叛逆或夢想等字詞的神祕力量。因爲那些璀璨刺激的冒險旅程其實不會發生，我們的追尋總是伴隨著更多的妥協及權衡，不再幻想自己可以讓世界變得更好，只求晚上能睡一場好覺。

世界不會變好，而自己也不會變成更好的人，這是可能的，而且是很大的可能。我很清楚我背叛了在讀研究所時，每天騎著車哼唱〈每天都是一種練習〉而趕赴學校上課的自己，純粹，爲了終於讀懂理論書籍中的概念而滿心雀躍、因爲吸取未知的知識而好奇且快樂著的，那個自己。正向的人生也沒有轉到負向，我只是長大，聽著陳綺貞、看著書寫著字然後滿懷希望地長大，結果我沒有長成像陳綺貞那樣擁有自我面貌的大人，意料之外的，一副平庸無味的面孔從此跟著我，處處問心有愧，躲開以往自己曾經誓言相守的所有事物，繼續被日常營生所圍困。華麗終究沒有到來，人生的冒險變相爲一場拉鋸，依違於年少初心與現實的明滅之間，只能眼睜睜地看著自我長成溢出想像之外的模樣，然後再偷偷一點一點抗拒，試圖以此告訴自己，其實我沒變。

錯的是這個世界。錯的是陳綺貞。他們讓我以爲人生是可以奢望的。

父親經過半年的化療，於動手術前的一個禮拜，回到醫院做身體檢查。有幾項必須得空腹做，因此一早便驅車前往，在頭兩項檢查做完後，等待其他檢驗的空檔，我們趁空到前棟有附設餐廳的醫療大樓買東西吃。父親吃了一碗麵後，說要到外面走走，便走出去想抽菸，從玻璃門看出去，有幾個人在樹下陰涼處獨自吞雲吐霧，無視全區禁菸的標誌，父親頂著稀疏的髮，也去加入他們。四月的天氣冷熱不定，早晨的寒意已隨著春陽驅散，外頭的人便將外套脫下、拎在手裡行走，但是陽光無法照射進來，被一只屏風擋住了。我屈坐於被遮蔽光線的陰暗裡，突然很想聽歌，什麼都好，有錚錚吉他聲的那種。拿出手機想找首英文歌來聽，但手機裡唯一有的曲子是陳綺貞的〈失敗者的飛翔〉，許是剛買手機時爲測試功能而存放的，也不知過了多久，竟一次都沒播放過。

我按下播放鍵，戴起耳機，吉他聲響起，是單曲的版本。聽歌的欲望依然沒有回魂，但我設定了循環播放，因此一遍兩遍，陳綺貞又開始在我的日子裡唱歌，細細的歌聲仍舊刺痛著，但我很清楚，刺痛著的已沒有想望，冒險於是褪去了魔魅，成了淡然的陪伴，陪伴著躲在暗裡的我，等待父親抽完那根該死的菸，然後心滿意足地回來，繼續著下一項的檢驗。

【延伸閱讀】

1. John Storey著，張君玫譯：《文化消費與日常生活》（新北：巨流圖書，2005年）。
2. Simon Firth, Will Straw, John Street著，蔡佩君、張志宇譯：《劍橋大學搖滾與流行樂讀本》（臺北：商周出版，2005年）。
3. 何東洪、鄭慧華、羅悅全等著：《造音翻土：戰後臺灣聲響文化的探索》（新北市：遠足文化，2015年）。
4. 馬世芳：《地下鄉愁藍調》（臺北：時報文化，2006年）。
5. 邱妙津：《鱷魚手記》（臺北：時報文化，1994年）。

漂流的KTV包廂

陳栢青

來賓請鼓掌。燈號亮起。遊覽車車廂從後頭嘩嘩嘩翻骨牌似，響起響亮的拍手聲。高速公路上遊覽車窗簾拉起，密實實擋住日頭卻攔不住滿廂歌聲。什麼時候開始，遊覽車在載運乘客的同時也負責運送聲音，有那麼一點託運的性質，只是聲音沒有指定的目的地，也不需要卸貨或丟包，遊覽車上的歌唱行爲是自給自足不住循環的封閉系統。過程便是完成。仰頭看半空懸吊電視機裡一顆藍色小圓球兒好有韻律感跳著蹦著，隨著車體的晃動其實是跟隨音律的行進，一忽兒滴溜溜一行字滑過去，彷佛也在追著窗外景色跑，於是外頭拔山掠樹風景齊窗切去，車廂裡歌聲一個八拍升降起伏唱過副歌又重來，遊覽車成爲流動的KTV包廂，窗外車頭燈大樓挑燈閃閃滅滅，七彩霓虹，來賓進場的同時也正進行出場的動作，不額外收費不算人頭，公路標誌里程便是歌唱鐘點數，彷佛很小時候背過的課文句子（多像是後來KTV歌曲流行的經典老歌重唱或變奏版）：「風乎舞雩，詠而歸。」只是不知老夫子會不會按下包廂遙控器上「來賓請拍手」或鑵頭掌聲代替課文後半句：「吾與點也。」

或者老夫子口中的「點」會由學生親暱的稱謂，變而爲貨真價實螢幕上那躍動的藍點兒。

也許是因爲遊覽車限速太低，或者種種我們所不知的理由，遊覽車上的歌曲更新速度總跟不上那些穩穩駐紮地面上的ＫＴＶ，我們會在時速百二十的高速公路上重溫七八〇年代老歌，思想起意難忘思念總在分手後，明明遊覽車是往前跑的，歌曲卻總是向後回溯，根據質能原理，時間在中間驚人的被抵銷，相互拉扯的歌聲與車速中，只剩下遊覽車上的我們，瞻前顧後卻只能實實在在的唱著。

被留在時間線的路旁，除了音樂，還有遊覽車上的音樂錄影帶影像。小時候搭遊覽車，且驚疑無論歌詞爲何，爲何那字幕後頭總是沙灘涼亭，女的梳半屏山頭男的墨鏡大衣一臉阿飛相，這樣長亭外海岸邊停停走走，靠著牆點菸一呼一吸便老半天，歌曲都要到盡頭了也不知道那裡頭究竟有些什麼故事，或者遊覽車車速再快，始終趕不上車外頭世界變遷速度，這時想起包廂裡播放的ＭＶ演化多迅速，重視情節畫面，有一個故事的起承轉合，有時候劇情演得比歌曲還要長，時間過去車子過去卻只有遊覽車上頭一曲反覆的音樂沒有變過，什麼樣的歌曲都是那麼幾種影像切過來變過去交相替換，男男女女停停走走行止不定，從過往年代徘徊至今，一如遊魂。成就了一種高速流動中的不動，變中的不變。

什麼終究都過去了。

來賓請鼓掌。來賓上車下車。多年後，也許我們會再唱起當年的歌。那時候的ＫＴＶ不知道變得怎麼樣了？不知道還會不會有遊覽車上頭掛著部笨重電視兩三支麥克風輪著傳依然歌聲滿行囊？或者我們會在那些陌生忽忽乍臨的情境裡——第一次離開故鄉，久別偶逢、某段無可挽回的感情乃至某個對你那麼重要的誰誰某次意味深長的回頭——那時你會發現自己正下意識的，舌抵上顎自然而然哼起某段熟悉的曲調，露齒啟唇不成聲的蹦出幾個詞來，字字若千斤，壓得舌沉齒酸，動作也不免輕柔緩慢了起來，這才發覺，自己不正像是多年前曾經取笑過的，MV裡那些彷若紙糊人形的男女主角。而世界是一部巨大的遊覽車，或者說，一首手風琴、銅號吹角、口琴銀笛打點小鼓響板之類拼裝而成的進行曲，時間帶著我們像MV歌曲裡的小藍點那樣被節拍趕著跳著前進，往復低旋，燈號暗下，來賓請鼓掌。多少人傳唱了，卻獨獨，那最核心的，只有我們一人知。

【延伸閱讀】

1. 陳栢青：〈KTV暢遊指南〉，《Mr. Adult 大人先生》（臺北：寶瓶文化，2016年），頁163-169。
2. 王智群、李明璁等十一人：〈常民歌唱記憶／技藝：卡拉OK與KTV〉，《時代迴音──記憶中的臺灣流行音樂》（臺北：大塊文化，2015年），頁49-53。
3. 馬世芳：《耳朵借我》（臺北：新經典圖文傳播，2014年）。
4. 王建元主編：《當代流行音樂理論視野》（南京：東南大學，2017年）。
5. 高宣揚：《流行文化社會學》（臺北：揚智文化，2002年）。

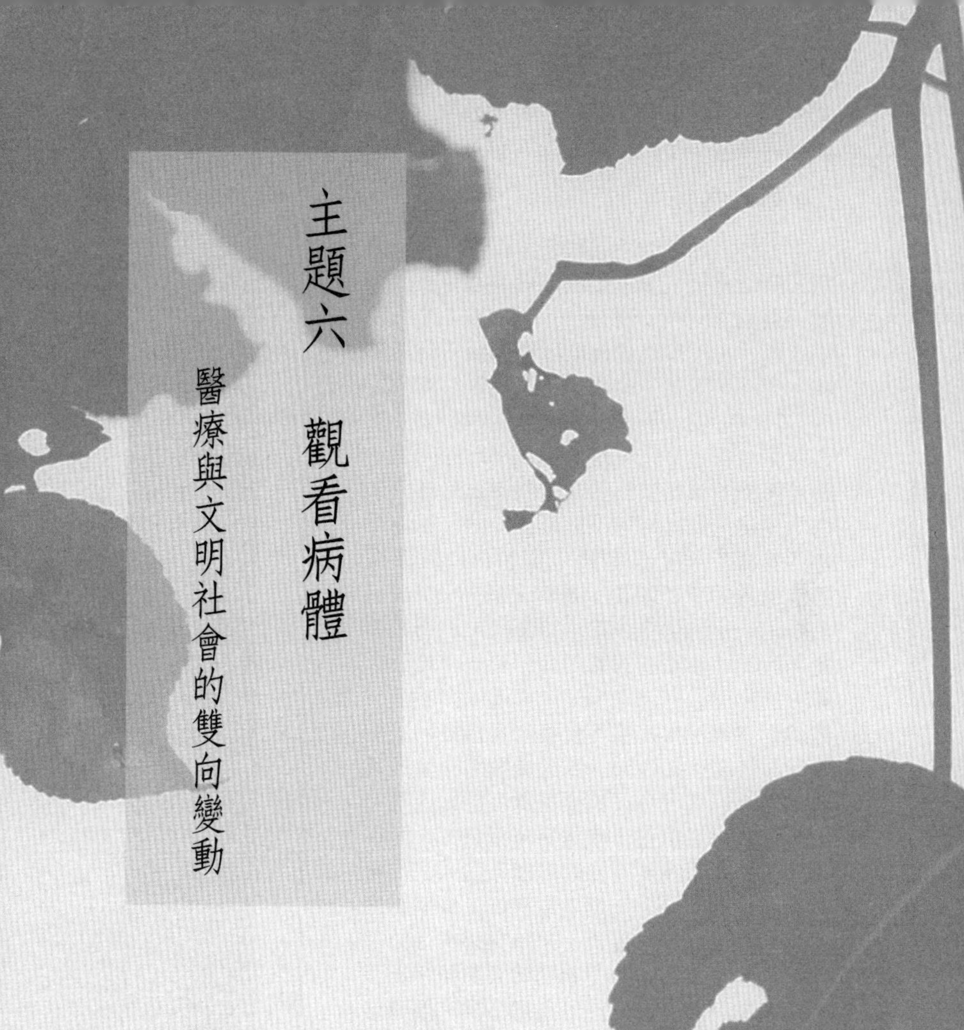

主題六　觀看病體

醫療與文明社會的雙向變動

茄苳

時差

黃信恩

【疾病與醫療】

疾病、死亡的突如其來，霸道佔領身體使人無法抵抗，令人恐懼無措的還有部分肢體或器官切除後的缺失感、異於常人的體態或樣子，困於病體機能與行動無法自我掌控、久居病床喪失時間意義、隔離於常態生活之外——顯示病體「不只是生理病徵」，還關乎社會、文化，是個相當複雜的問題。西方醫學的機械論將身體當成機器的歷史久遠，人體透過維修可不斷延長年限，保養得宜的機器方能長久運轉，器官移植就像是更換機器損壞的零件，羅傑．庫特（Roger Cooter）感到器官移植讓生命與死亡的界線模糊，因為「活著的人體內有一部分來自已經死去的身體」。二十世紀的遺傳學與基因研究面對遺傳性疾病或不良基因可預先以篩檢剔除，甚至透過生殖、基因複製增強治療或專門製造以提取所需組織與器官。現代罹病人口增加與醫療進步確診率精確有關，而藥廠將日常普通現象視為需以醫療介入的障礙「製造疾病」，疾病定義越寬廣，藥品銷售市場越大。而追求健康，維持身心的活力，避免病體成為負累，更是商業大餅所在。我們身邊充斥著五花八門的病體術語、康健之道，由是偏方、科學、迷信、醫療，其實並非是如此涇渭分明。

我一直認爲，長年臥床的人，在室內燈光的明滅中，過著專屬的日夜交替，身上一定存在時差。

時序已進入第三年仲夏，我仍時常在夜裡，聽見阿嬤數聲的喊叫，接著是爸醒來，搖晃走過樓梯後的一陣驚動，那力道使我下意識張了眼翻了身，隱約感到阿嬤房裡燈源被開啟，一片明亮。

那年夏季，因爲一場跌墜，阿嬤從此無法行走，陷入臥床之途。那時，爸人在加拿大，第一次面臨照顧臥床老人，我與媽慌了手腳，僅知趕緊攤開涼蓆，驅走盛夏熱氣。只是氣溫高燒不退，我們過於在意清涼，忽略竹蓆堅硬質地，第三天便開始面對褥瘡難題。第一個被發現的褥瘡位於背部薦椎處，那病灶帶著一種藍紫與玫瑰紅交錯的色澤，枯瘦的皮下正流出透明的體液。隔天，又發現第二處褥瘡，位於踝關節外側。

臥床以後的褥瘡，總是如此，以一種無節制的姿態擴展著。它提醒我們定時翻身、注意通風、更換軟式床墊。當然，關於那些家常生活，譬如飲食、沐浴與排泄，阿嬤現在一項都不能。每次欲如廁，她會喊我的名字，然後我趕到，將雙手伸入她的腋下，托起，扶往一旁的流動馬桶。接著右手維持支撐，左手則脫下她的褲子，準備坐上馬桶。

只是更大的難題是，我們開始要處理「時差」的問題。日夜週期對一位臥床病患而言，不是簡易的概念或計算。時光過於抽象，流速過於安靜，阿嬤總是躺在床上昏睡，然後醒來，啖食，排泄，進行一些碎裂無章的對話，便又睡去。她開始日夜顛倒，頹廢的清晨，亢進的深夜，因此我們會在睡夢中聽見她欲就廁的呼叫。

一週後爸迅速返國，來不及調整時差，厚重行李尚未整頓歸列，他便開始購置通氣臥墊、罐頭食糜等，同時帶著阿嬤就醫，並循著指示，練習褥瘡傷口塗擦與包紮。不過，這十多小時的時差恰是一個精準微妙的巧合，使得爸與阿嬤有了極大的作息交集。

起初，夜間狀況爸會處理，但他終究還是要調整時差的。日日夜夜，夜夜日日，爸與阿嬤開始在混亂時序裡，對抗時差。我漸漸發現，時差只是一個矇騙現狀的用語，更多時候，它的本質是失眠，一場蠢動的老化工程——粉碎生理作息，毀壞記憶修復。

阿嬤的記憶也開始出現了「時差」。

那天，阿嬤坐在輪椅上被爸推來神經內科就診。醫師出了幾道題問她，類型有是非判斷、人時地指認、長短程記憶、摘要歸納與簡易計算等。我才赫然知道，跌跤以後的近程記憶，阿嬤全都忘了，有些新舊記憶甚至交錯，時空對位。醫師說，她開始有痴呆，「人時地」中，因爲「時」始終維持變動，因此失智老人將先失去時光相聯的記憶，接著是「地」，然後才是「人」。

此後，爸開始在阿嬤耳旁教導記憶，也溫習記憶。你幾歲？幾個孩子？叫什麼名？住哪？午餐吃了嗎？早餐吃什麼？我是誰？誰來看你了？你快樂嗎？這些簡易而退化的問句，爸會模仿孩童的語調，慢慢地說，憨憨地問，口氣中有一點詼諧，也有一點遊戲況味，卻又讓人感到笑與不笑都不是的窘境。

不久，爸突發奇想，他拿起兩部對講機，阿嬤與他各執一機，然後爸會躲在近處，刻意提高音質，假裝是旅美孫子越洋來電。爸的目的在於給予阿嬤一些臥床生命的驚喜，因爲他知道，阿嬤獲知孫兒來電會遺忘疼痛，獲取復甦的力道。而爸也樂於這樣的飾演，縱使那些孫孩早已步進青春，嗓音理應轉而低沉，阿嬤從不思索時序關係，也無法分辨電話與對講機，信任機子內爸滿是破綻的假童聲，加上重聽，她只知貼著話筒盡責講著：「你有想阿嬤無？」

那是他們母子間的新對話。穿越時空，爸成爲孫，孫則滯留在永恆的童年，未有發育，在扮演中練習固守時差。

那陣子，我家的甦醒時刻也存在時差，總是比整座城市快了一小時。每天，我醒在一片飄逸花生醬的空氣中，烤箱內已是塗滿各式口味的土司；聽覺不再是以往送報機車的引擎聲，而是阿嬤房裡傳來的電視嘈嚷；廚房總是一臉躁動過後的模樣，爸已將那組裝早晨的生活零件，一一備齊。

常常在盥洗中，我聽見房裡傳來的對話：「你幾歲？幾個孩子？今天星期幾？」在爸的想法裡，記憶的底限必須在一日之始便予防禦，他相信，唯有如此反覆的演練，阿嬤的記憶才得以堅妥，足以與老去抗衡。

那樣生動的清晨，我會繞去阿嬤的房裡，她被爸扶坐在流動馬桶上，惺忪的眼神隨時準備睡去，顯然仍是處於晝夜倒置的時光。爸見我來會央我一同攙抱阿嬤，將她側臥於床上，例行一日的褥瘡塗藥。好幾次，順著爸的棉棒推移方向，我發現他的專注與條理；有時我還會看見，阿嬤皺萎的下肢在爸的牽動下，被動伸縮，遵循復健指示，在簡易的節奏中，索求奇蹟。之後，爸開始擰毛巾，準備接下來的擦澡。而我，出門了，在交通號誌最囉唆的時刻，卻感到戶外空氣的輕省。

其實我也不確定，這種走出家門的感覺是否叫「輕省」？有好幾次，我對這樣輕易的出門舉動，感到罪惡、了無責任感。最近幾次回家時，我撞見爸躬著身，穿上束腰帶，背著阿嬤。阿嬤擔心摔落，一手繞過爸的頸項，一手碰觸牆壁，試圖抓住牢靠之物。上樓，下樓，爸的頸上浮出暴漲的血管青筋，汗滴滾滾，臉色脹紅。後來我才知道，爸計畫讓阿嬤接觸外界，他將她背至一樓，然後乘坐輪椅，推往附近公園。爸會隨身攜帶數位相機，將阿嬤的圖像留在繁花麗景中；有時心血來潮，沿著步道一路推往市場外環的水果攤，讓阿嬤練習購買；週末時，他還會將阿嬤抱上休旅車，開上高架道，直驅山區，讓她享有假日的輕盈與光亮。

爸都不曾感到疲累嗎？他會厭倦如此日日不懈的負載嗎？我不知道，只知道爸似乎懂得如何與阿嬤在另一個時空裡，安適生活。

有次回家，浴室裡一片嘩噪。原來是爸將阿嬤連同流動馬桶一起搬到浴室，拆下坐墊底部盛裝穢泄的容器，讓她光著屁股，再以水柱沖洗糞口。阿嬤會感到清涼，一種愉悅熱鬧的溫度。我才明白，阿嬤解便後不習慣使用衛生紙，糞便的擦拭是以水洗去。後來，我陸續發現，阿嬤退化的記憶裡，那些關乎時代與風俗的未曾衰變。譬如飯食，她慣於吃粥、番薯簽或地瓜葉；譬如語言，她無法遺忘台日語，時而吟唱日本小調；譬如炎夏，她樂於蒲扇的搖動，不安於電扇的快轉。她將時光安心地停擺在一個恪守儉約的朝代，抗戰、日據或光復，我不清楚。

那是一道她專屬的時差，隔著歲月與世代，看見飢餓與遷徙。

「爸，需要幫忙嗎？」當我再次目擊爸背著阿嬤下樓，我說。但爸連忙搖頭，「你好好唸書，你不會做的，這些事你不用管。」他說得乾脆、直接。

那陣子父母外出，我得一人在家監視阿嬤的動靜，聽候叫喚隨時待命。這寂寞時空裡，總會使我想起身邊朋友，他們或許此刻在餐館品嚐美食，紀念青春滋味，漫談情愛美好；他們或許在球場，激烈的動作中，展現線條；他們更或許已在遙遠旅途上、異色街道裡，對焦按快門。我開始學會拒絕朋友的邀約，理由是「家裡有事」。起初他們熱心追問，展現關懷，但答覆過於頻繁，我漸漸厭倦解釋，生活圈也安靜起來。

一人照顧阿嬤，其實也只不過反覆一些基本的生活技能。照著三餐飲食，她最愛魚粥、不能太燙、不要多量，飯前記得圍上兜巾，飯後記得服藥，然後清理掉落食屑；晚睡前，記得卸除活動式假牙，然後舀一壺水，端一臉盆，供其漱口；偶爾幫她修剪指甲、陪她看電視、滴眼藥水。只是，我最不善於處理腹瀉情境。

有次我聽見阿嬤尖銳的呼叫，去到房裡才發現是一褲子的癱軟糞便。至今我仍記得那氣味，它是那樣霸氣、無法消滅，於是我憋氣，扶起阿嬤準備更換衣褲，然而糞便滑落，沾的被單滿是。我對異味相當敏感，將阿嬤擺回躺臥姿勢，衝回客廳翻找口罩，伸手之際，才赫然發現，自己身上也沾染糞便。接下來的時光慢了下來，我與阿嬤相覷，陷入一種微妙的安靜，之後她竟微笑說：「毋要緊，等爸爸返來再處理。」

而爸總比預定時間提早返家。他會立即進房將我驅逐，臉色有些冷淡，然後接手照護阿嬤，我的責任界線似乎至此爲止。

十多個月過去了，阿嬤還是時常處在一個時光錯亂的狀態中。有時她意識清醒，有時卻又胡言亂語；有時整夜安眠，有時卻又突然喊餓。甚至，她開始出現無意義的呼叫，常常喊了幾聲，我們趕到，卻什麼事都沒發生。

阿嬤還有時差嗎？她明白晝夜交替的原理嗎？她找到對抗時間的策略嗎？

有回，我坐在她身旁，那一刻她相當清醒，言語充滿條理，眼神盡是專注。她說了一些婚姻的道理後，向我感嘆無法行走的餘生，生活孤單，日子恣意荒廢，愧對爸與家人的勞碌。我趕緊告訴阿嬤不要這麼想，說完，她又回歸迷糊的對話，顛三倒四的作息。然而我知道，一定有什麼東西，位於記憶底層，永遠清醒，恆久戍守，那裡是時差無法侵略，歲月無法風化的。阿嬤一定仍能感覺晝與夜，白與黑，而且牢記記憶底層，那些我未曾懂過的生命資產。

至今，我依舊看見爸不發一語地背負阿嬤，彎腰，緩緩站立，上樓，下樓。他開始在背膀貼起辣椒膏，治療痠痛。我想，五十多歲的中年男人，關節該是漸漸退化的時候，而我的二十初歲，也該是上場背負阿嬤的年齡。但爸始終不放心，擔心摔墜意外，嫌我的經驗缺乏、惡我的好管閒事。

許多時候，我覺得那真正有時差的不是阿嬤，而是爸自己。他一直認爲，他還年輕，是阿嬤力壯的兒子，而他的兒子仍處於幼稚、不懂事的年少，無權也無能負荷阿嬤的體重。但他確實已開始裸露衰老的痕跡——鬆弛的皮紋，間雜的白髮，消退的視力。時差於他而言，只是一條模糊的界線、蒼白的鐘面。它模糊了晝與夜，勞動與安眠，旺盛與衰退，卻永遠模糊不了母與子的關係。

但也或許，那更巨大的時差存於我身上。我還是停留在十多歲的青春裡，性喜遊逛，富於幻想，一個隨時準備抽身而退的旁觀者，學不會精準的傷口包紮、忍受不了糞便惡臭、堪不起長期無歇的犧牲照護。更多時候，我是追不上成人世界裡的那段時差。

【延伸閱讀】

1. 黃信恩：《游牧醫師》（臺北：寶瓶文化，2008年）。
2. 西西：《哀悼乳房》（臺北：洪範書店，1994年）。
3. 白先勇：《樹猶如此》（臺北：聯合文學，2002年）。
4. 吳妮民：《私房藥》（臺北：聯合文學，2012年）。
5. 洪伯豪：《老大人》（臺北：威視電影，2019年）。（電影）

退回洞穴

楊佳嫻

【憂鬱（Melancholy）與書寫】

憂鬱在文化理論與文學中始終據有一席之地。憂鬱「melancholia」由「melas」（黑）和「khole」（膽液）組成，亞里斯多德（Aristotle）由此提出「黑色膽汁」分泌過多引發憂鬱的氣質與性情。中世紀認為憂鬱者思辨與智能卓越，甚至具有預言能力，在文藝復興時代，憂鬱者的天才特質再次受到關注。精神分析對憂鬱的研究頗多，以佛洛伊德（Sigmund Freud）為例，憂鬱肇因於某次痛失，類似哀悼過程，憂鬱者難以承認痛失心愛對象的事實，將其潛抑在無意識中，造成對自我的譴責貶抑與否認，與之伴隨的是深刻的鬱悶與專注力缺乏、喪失對事物的興趣。克莉絲蒂娃（Julia Kristeva）延續佛洛伊德、拉崗（Jacques Lacan）與克萊恩（Melanie Klein）的研究，探討憂鬱與文學、藝術創作的關係。憂鬱者情感情緒起伏不定，缺乏穩定連結，但在面臨創傷時，憂傷症狀卻成為抵擋疾病的防禦遮罩。在文學上，書寫苦難與憂鬱具有淨化與宣洩效果，對作者與讀者有重塑潛意識、重述生命的轉換作用，但另一方面，憂鬱者突兀沉鬱的語言風格卻也像致命吸引力，引領自己與讀者面向死亡的驅力。

至今我仍記得妹妹房間的氣息。

汗味，體味，食物，菸味，滲進牆壁和一切家具。當初搬家時，妹妹自己選了這個沒窗戶但較大的房間。我不太願意進去，那氣味有拒人千里的意思，彷彿突然闖進以爲封存多年其實一直有人祕密使用的防空洞。她在躲避誰發動的空襲？

情況沒什麼起色，洞穴的門天長地久地緊閉著。母親找了素有口碑的算命仙商量。半仙鐵口直斷：這孩子的房間是不是很潮濕？母親很驚訝：對啊，剛好就在浴室旁邊，又沒什麼陽光。半仙說，最好能換房間，不然就是買個除濕機，讓房間乾燥一點，應該會有點幫助。我不懂命理，不知道是怎樣的連結，竟可以隔空命中，看出房間乾或濕。也許是真的罷——房間裡的濕氣，聞起來那麼不快樂，那麼有重量，像隔著牆就是海底。

母親說，除濕機已經買了。

買得太晚了嗎？

妹妹出生時，相差五歲的我已經擁有自己的小世界。我一直想要弟弟。生出來是妹妹真令人失望。母親喜歡跟親戚講笑話：「阿嫻說生出來是妹妹的話，要拿菜刀剁一剁丟掉！」當時社會新聞不像今天這麼刀光血影，母親理所當然認爲童言無忌。

出生時妹妹額頭凸得不得了，皮膚又黑，醜死了。愛美的母親直說：「怎麼會長這樣！」大概感應到這分遺憾，長大了，額頭慢慢弭平，妹妹細緻五官才逐漸浮出，母親喜形於色，又當著我的面跟鄰居說：「粗看是阿嫻好看，其實阿馨生得比阿嫻幼秀，較耐看。」我一旁聽了生氣得不得了。

似乎感情很差，其實也不完全是這樣。我記得妹妹如何擺動雙腿駕駛學步車，記得她第一次從嬰兒車欄杆旁走了幾步撲跌進母親懷裡的模樣。記得我曾幫她洗過尿布——那時候紙尿布那麼貴，不少人還是把家裡不要的布料裁裁好，層層包疊，反覆洗滌使用。家裡置下的動植物童書，我和她都喜歡讀那本《蛇》，手汗讓銅版紙都變得灰黃，也脫頁了，印有美麗翠蝻圖片的那面終於不知道散落到哪裡去。等到妹妹再長大一些，她和我共享夜市書攤買來《瀛寰搜奇》，反覆閱讀殺人魔傑克與旅店奇案，還有遠流出版社整套《中國民間故事》，我們都喜歡新疆卷裡阿凡提作弄老爺的機智故事。

讀大學時離家北上，快樂得根本不想回家。妹妹正值青春期，該有的叛逆、陰沉，一點都沒少，就和我當年一樣，整天穿一身黑，有意地抵抗母親認定的女孩氣質。那個年紀，鄙視蕾絲、粉紅色和蝴蝶結，信賴陰影勝過陽光，受一點點傷就覺得此生已矣。見面稀少，但是我不覺得妹妹有什麼問題。她讀我讀過的小學、中學，教過我的老師也教她，她的不快樂我似曾相識，總以爲不過是必經路程。

妹妹曾經非常喜歡畫畫。母親也覺得，兩個女兒，一個喜歡文學，一個喜歡美術，挺不錯的。也許是女孩子，比起非得讀致用科系不可的男孩子，多了一點游移空間。也許那是一個小康家庭對於何謂高文化水平的想像的一部份。

然而有一天，妹妹突然宣布，不想畫了，也不上美術班了。忽然她變成了一個尋常的孩子。有一天，她又宣布，喜歡做菜，大學要去讀餐飲管理。這一點可能受到父親影響，父親年輕時是酒保，會調好喝的酒，也會做漂亮水果雕花，妹妹曾真的自己雕過一盤，水果橫七豎八，父親大笑說才不是這樣，但是顯然非常高興。考上了餐飲管理，讀到第二年，有一天她忽然打包回家，說辦了休學了，她討厭唸書，系上都在教管理沒教做菜。有一天——

總之，妹妹考驗母親的方式和我不一樣。我老是在戀愛，妹妹老是不確定要做什麼，換言之，就是不知道要以何種身份變成社會網絡一分子。母親習慣了第一個孩子從小立志寫作，多年來從未變心，第二個孩子朝令夕改反而令她無措。休學後，妹妹做過無數工作。一開始先去高檔餐廳端盤子，被要求畫淡妝，她皮膚敏感，兩個禮拜下來吃不消，只好辭職。做過夜店外場，會計，7-11店員，美髮沙龍學徒，可能還有許多零碎是我所不知道。有次母親不在，她告訴我：「以前在夜店啊，有黑道喔！那是黑道開的喔。」語氣像是遇到明星。而她最後一個工作是這幾年流行的百元理髮店剪髮師。

不知道從什麼時候開始，曾經完全沒辦法上妝的妹妹，變成一個整天圈著煙燻妝，看不到真正眼神的女孩。長年在臺北讀書，我錯過了妹妹從青春期到成人的全部過程。父母親分居後，她也偷偷跟父親聯繫，心情好時她會告訴我。她會問候我的戀愛狀況，加上幾句評論，嘻嘻哈哈的。妹妹說她都告訴朋友：我跟我姊一年見不到幾次面，很少說話，但是我們感情很好，我姊姊講話超好笑的。她有次和朋友到臺北來，打電話約我在臺大側門對面麥當勞，剛好隔天聯副刊出新世代作家十人對談，我也在內，還附上照片，妹妹又打電話來：「昨天那個男生啊，早上打開報紙剛好翻到，說這不是昨天看到的那個人嗎！這不是妳姊嗎！印在報紙上耶！好好玩喔哈哈！」好多年前的事情了。啊那樣無拘束的笑聲。

這樣的妹妹，也反叛過，也開朗過，也煩惱過，可是——有一天，竟然無法再工作，無法與人好好互動，躲起來了。是的，妹妹變成了憂鬱症患者，待在房間的時間越來越長，像一個被文明所驚嚇、時空旅行中跑錯棚的原始人，一步步退回洞穴。遭遇過一場失戀打擊後，妹妹在工作上的人際關係出了狀況，加上工時長，三餐不定，私人時間少——這些只是能夠指認得出的部份。迅速失去電力的內心，是什麼樣的紋理什麼樣的風景？語言能表述的，不過千分之一。

也許我太高估了人的自我復原能力。她曾經對於不再感興趣的事物如此當機立斷，爲什麼卻陷入了自我否定的情緒迴圈裡呢？她覺得不被愛嗎？還是對於愛的感受力下降乃至消逝了呢？曾經，在我們不大見面的幾年間，一旦見到了面，說起話來，姊妹的親密感立刻將我們包圍。是什麼時候，黑夜來過以後就不走了？

那些鹽粒，爐渣，廢金屬，一撮一撮塞滿了縫隙，所有長出來的東西都是壞的，毒的。妹妹的心像一幢海砂屋，外表稍有剝蝕，看上去還完整。忽然就無聲無息垮掉了。

最後幾年時光，是母親陪伴著妹妹。憂鬱症病人家屬，尤其是貼身照顧的那個，也彷彿是封存在另一個結界裡，怕自己幫得不夠多，不能成為助力，又怕幫得太多，給人壓力。施展不開手腳，審慎考量每句話的重量，不知道該不該讓親戚朋友知道。妹妹謝絕了大部份原來的朋友，不願意和家人一起出門，卻又泡在網路上，半夜和網友約見面。也許陌生人更可以輕鬆相處，這種心情我也不是不能體會。母親非常擔心，但是醫生說，至少她還想跟人接觸。醫生說，給她一點自由，別管，重點是盯著藥是不是都吃了。

母親時常偷偷檢查妹妹藥盒，果然，一格一格，按時消失。

該說這是某種體恤嗎？按時吃藥，確實讓母親放心了一些。直到出殯那天，妹妹長久保持聯繫的朋友才吐露，其實，她把藥都丟掉了，是因爲沒吃藥，所以死意才如此便捷地累積，還是死意甚堅，鐵打不動，讓妹妹覺得吃藥也沒用？不吃藥有多嚴重，吃了藥又可以在什麼層面幫助康復，沒有任何家人、朋友，真能夠拿捏。在洞穴裡，堅硬與崩解並存，也叫喊過，可是有回應也聽不到，只能聽到自己的回聲。

警局打來電話，言簡意賅。妹妹沒有選擇在她的洞穴裡做完最後一件事。不，那是因爲，洞穴就在她身體裡，她可以在任何時間任何地方，躲進那處往內長的暗房。

那家汽車旅館就在警局對面。進到現場前，警察發了口罩給我，順從地戴上，然後才想起爲什麼需要口罩。已經超過十二個小時，該腐敗的都已經開始腐敗。我手腳有點麻痺，胸口略爲滯悶，也許是旅館冷氣開得太強。兩天前還說說笑笑的妹妹，挑了母親和我都略爲放心、也都剛好離家不在的時刻，挑了買炭不使人起疑心的中秋節。

房間裡的房間，乾濕分離的小浴室，洞穴一般。所有縫隙都以打溼毛巾塞住了。是趺坐姿態，昏迷時往前側傾斜，彷彿在向什麼痛苦頂禮，就凍結在那虔誠瞬間。隔著玻璃只看了一眼背影，或者好幾眼，也許只有兩秒鐘，可是我覺得已經看到太多。不能再更多了。立刻向警員點了一下頭，退了出來。警員追問：「妳沒看到正面，妳確定嗎？」

指認遺體，聯繫葬儀人員，喪禮有表姊妹幫忙，整個過程我奇異地只感覺到乾燥。像有什麼人住在我身體裡，讓我能夠看見來憑弔的人時知道要致謝，記得要請假，要調課。卻一切都沒有切身感。喪期間某日抵達靈堂，忽然從散落桌上的葬儀社廣告單上，迎著光，看到一行字。是多年不見的父親留下：「來看過了。」還有潦草簽名。我只能單純認識到：他來過了。沒有其他感想了。

一個也曾以同樣方式失去兄弟的朋友說：「妳

不要太壓抑了。」我堅持沒有。死亡總伴隨著許多世間要求的儀式，再商品化爲各式各樣可供選擇的配套。儀式使我疏離，我沒辦法立刻和自己對談至親之人的死亡。

直到李渝去世消息傳來。

李渝的憂鬱症始終不曾真正復原。從來沒想過，我和心愛的作家，竟然會在這個層面上，電光石火般突然加深了聯繫。知道消息那日，一個人在網路上閒逛到深夜，某個畫面忽然竄出來。博士剛畢業那年，我和李渝一次長達五個小時的聚聊，她回臺大客座，學期將結束，快回美國了；順帶陪著去新生南路眼鏡行拿新眼鏡，她偏過頭朝著我一笑，午後陽光正好鍍過新鏡片一角，她的眼神借了光，讓我以爲傷痛再大，也可痊癒——

眼淚毫無防備地湧出來。心也會繞路，但是命運將指引它回到原地。也許它繞路是爲了給我餘裕，才能真正打開掩埋的暗房，讓痛苦曝光。

幾日前，和另一位朋友聊到報稅。聽到我繳的稅額，他說，大概因爲妳只要扶養一個人，沒辦法節稅太多。突然針刺了一下。一條細絲穿過心尖。血緣帶來重壓，那叫做家庭的物事，本來就是我的寫作裡最初的破裂根源；現在，這根源縮小了體積嗎？剩下兩個人，沒有誰跟誰相依爲命，不過是各自變得再堅硬些。

妹妹離開已三年。母親性格堅強，喪事結束後，很快打包一切，丟掉許多妹妹的東西，搬了家。這是她繞路的方式。衣櫃裡還有一件雪花般起了毛毬的黑色舊大衣，我曾穿過，又再轉手給妹妹；除濕機覆蓋著塑膠套，靜立在新家儲藏室角落。這些都不曾真正幫她抵擋從內裡湧出的寒氣與濕氣，卻是洞穴遺物，帶著遺跡必然的重量，鎮住我們剩餘的歲月。

【延伸閱讀】

1. 柯裕棻：〈午安憂鬱〉，《甜美的剎那》（臺北：大塊文化，2007年），頁197-212。
2. 施叔青：〈倒放的天梯〉，《那些不毛的日子》（臺北：洪範書店，1994年），頁87-115。
3. 陳雪：《惡魔的女兒》（臺北：聯合文學，1999年）。
4. 周芬伶：《汝色》（臺北：二魚文化，2002年）。
5. 克里斯德瓦（Julia Kristeva）著，林惠玲譯：《黑太陽：抑鬱症與憂鬱》（臺北：遠流，2008年）。

謀殺爸爸

陳若曦

她正埋首校對一頁圖書目錄，忽然電話鈴響。

「梅麗華太太嗎？」接線生問她：「你願不願接受柯達明給你打電話的電話費？」

一聽說是二哥的電話，她連忙接受。二哥昨晚從德州飛去洛杉磯看爸爸，自己今晚也準備和他通話，協商怎麼輪班去看望老人家的，沒想到白天就打來了。他打這種電話，肯定是人在醫院，爲的讓爸爸也和她說兩句話，高興高興。她想著，雙唇不禁期待地展開兩瓣。

「麗華，你聽著，馬上搭最快的一班飛機來洛杉磯！」

印象裏溫文厚道的達明，竟然一出口就是命令。語調還激動到沙啞地步，把聽筒刮得起毛般，爆出許多雜音。

「怎麼了，二哥……你在那裏？」

「我在藥店……就是達理家旁邊的購物中心嘛……等不及回旅館了。」

「出了什麼事？」握聽筒的手壓在胸口，她頓覺沉重起來。「爸爸怎麼樣了？」

「爸爸……哼，你一定做夢也想不到，達理在謀殺爸爸！你趕快來，要是來晚就見不著了……趕快訂飛機吧，我來接你！」

他匆匆留下旅館和房間號碼後，就擅自掛斷。喀嚓一聲，二哥的怒氣鐵釘般扎進耳膜，刺得她又疼又委屈，無端成了幫凶似的。

事情一定很嚴重，她趕緊給丈夫打電話，讓他代訂機票。接著向主任請了兩天假，然後匆匆步行回去安排家事。自從一週前傳來父親再度中風癱瘓的消息，她已開始做遠行的準備。冰櫃儲存了一百只餃子，一鍋牛肉和一鍋油飯，果然派上了用場。

兩個孩子放學回家不久，丈夫也提前趕回。訂了五點半的航班，汽車來不及熄火，他掉個頭又把她載去機場了。

「你爸爸這次……要是不行了，你就留下來陪他。家中我張羅，你放心吧。」

丈夫很體貼，預先做了最壞的打算。

「我看看，至遲明天一早給你打電話。我請了兩天假，還是準時回來好。」

她這麼說，其實毫無把握，心裏又沉重又茫然。一年多前，父親中風住院，在床上癱瘓了整整六個月。她在西雅圖和洛杉磯之間來回跑了幾次，最後三個月，她乾脆請假住在三哥家，每天去醫院陪病人做復健治療。等到老人能倚杖而行，出院住回三哥家時，她自己也精疲力盡了。回來發現兩個孩子又髒又瘦，成績大幅退步。家中更是一團糟，好像遭人洗劫過，著實理了一段日子才恢復正常。

上了年紀的人，每病一次，恢復慢一次，這是常識。即使這回中風，也和上回一樣，只住院六個月，對她將是很大的負擔。剛剛向主任請兩天假時，主任先是神色木然，忽而又皮笑肉不笑地說：「有什麼不可以的？梅太太，隨你請假多久都行嘛。」

他這是什麼意思，話中有話？但願是自己過敏。近年來州政府經費日絀，圖書館緊縮編制，已裁去好幾名短工了。真有什麼變卦，自己上那兒找這種離家咫尺的近便工作呢？

她克制自己，不要想入非非，也不向丈夫重複那句「謀殺爸爸」的氣話。二哥三哥年歲相差一打，不是一母所生，以前避不往來，原就沒什麼手足之情。這十年爸爸住到美國來，好不容易大家才捐棄前嫌，彼此互通音問。這次可能是話不投機而吵起來，說不定自己趕到時，雙方已和好如初了。

然而事情並非這麼簡單。達明開著租來的汽車到機場接她，一臉的陰霾，和乾爽溫暖的南加州氣候極不調和。一年不見，他更加發福了，雙下巴把長臉拉成一只圓敦敦的橄欖球，肚子不服皮帶約束，頑強地鼓起一個小山頭。如果不是一臉慍色，他倒有幾分像爸爸頭回中風前的富泰相。

「我還是住那家汽車旅館，」達明告訴她，「也替你訂好一間房了。」

她隨和地表示了感謝。上次爸爸住院，三哥家有空房，二哥也是住旅館。三嫂是土生土長的華人，不會說國語，作風道地美式，待客誠摯但不會堅持。麗華比較知道她的脾氣，二哥和她交往少，顯得陌生也就難怪。

坐進汽車，她看看錶，才八點半。「還趕得上去醫院看爸爸嗎？」

「上醫院？爸爸早讓達理接回家去了！」

「是嗎？」她不禁驚喜參半：「爸爸好得這麼快……」

「好什麼！」達明的氣不打一處來，還不屑地哼了一聲。「達理存心騙我們！我到今天才知道，爸爸給他整得昏迷不醒，只剩奄奄一息了！」

「到底是怎麼回事？」

她央求著二哥快說，一壁脫下呢外套。這猜謎似地對話，把她急得要冒汗了。二月的西雅圖，仍然潮濕寒冷，但洛城卻暖如初夏，夜晚還有暮春的溫薰。她和父親一樣，喜歡這兒的冬天。每次下飛機就有解凍的感覺，身上暖流陣陣襲來，令人陶陶然。性子若一急躁，空氣可就變得暑氣逼人了。

可惜今天一切反常了。聽完二哥的敘述，她倒抽了一口冷氣，身上全是涼颼颼的。雙手抓緊了外套，也感受不到一絲暖意。

原來爸爸這次中風住院，兩天後清醒過來，達理竟自作主張，把老人辦出院，移作家中護理。他只給老人一點象徵性的葡萄糖點滴，準備讓他活活餓死乾死。

「虧他還是醫生！」達明口氣極為不恥。「他就是不講孝道，作為醫生也要講人道……這是人幹得出來的事嗎？劊子手！」

她默默忍受二哥的指責，不知怎麼為親生手足辯護。達理的行為，確實令人匪夷所思。

可能家庭遭遇的緣故，達理自小養成意志剛強，特立獨行的性格。他心地善良，但絕不隨和，從小媽媽就說他有牛脾氣，長大也不輕易遷就大眾的意見。有一次，醫學院的學生抗議宿舍的伙食，集體通過絕食。到時，只有他一人照常去吃飯。同學恨得牙癢癢的，甚至當她面罵他「叛徒」。哥哥卻安慰她：「別理這些人。我從來沒舉手贊成過絕食。」

他並非不熱心公益。學期大考時，他還登記為黨外人士助選，上街發過傳單。爸爸當面不說，背後可是搖頭歎氣。

廿年了，哥哥脾氣未改，還變本加厲，竟然要置親生父親於死地……

除了驚駭，她還深深地自傷自憐起來。這樣重大的事，哥哥竟不曾和自己商量一下，全不把親妹妹放在眼裏。難道結了婚，人真變了不成？小學時代，他可不是這樣，要偷摘鄰居的番石榴也會事先告訴妹妹。有人欺侮她，哥哥知道了起碼回敬一頓拳頭。颱風季節，河水暴漲，上學時哥哥會背著她過河，一邊唱山歌給她壓驚。他手膀粗壯，小孩子敵不過，只敢在背後叫他「偷生的」，譏笑他「沒老爸」。要是給她聽見，她就瘋了一般，不顧一切地撲過去，逮到先咬一口解恨。對付外侮，兩人向來聯袂作戰，相依爲命。媽媽擔心柴米油鹽，擔心他人閒言碎語，可從來不必操心兒女在外面會吃虧。

他們一向互通聲氣，分享祕密。連戀愛和婚姻都不例外。達理結婚前，和一個白人護士非常要好，同居了一年之久。這事只有妹妹知道，一直幫他瞞著爸媽。

「真不知道他什麼居心，」達明一邊駕車，一邊自言自語著，「年紀輕輕還說得過去，現在都快四十了吧，對往事還這麼記恨……」

「不會，不會！」麗華忙不迭地爲哥哥，也是爲自己辯護。「爸爸對子女都好，我們都尊敬他，也盡量孝順他。」

從前，她承認，兄妹倆恨過父親。

上一代的恩怨曾經牽累了他們，給童年佈上陰影。父親是大陸易幟前夕派到台南工作，和母親認識同居的。生了麗華兄妹不久，達明媽母子三人逃到台灣。爸爸立即請調台北，撇下小兄妹不管了。媽媽只得帶他們返南投鄉下和外婆住。在鄉下十年，爸爸只來看過他們兩回，見面也不親熱。兄妹恨他寡情，遺棄他們母子三人，害他們與媽媽同姓，在親友面前抬不起頭。小時候，麗華甚至羨慕死了父親的同伴。孤兒怎麼也比棄兒更博人同情。

直到她小學畢業那年，情況才有了改善。爸爸把他們接去台南住，幫他們考進了好中學，每個月都來看他們。他顯得很慈愛，也關心他們的功課，並親自指導國文。他支持哥哥考醫學院，答應考上就籌錢給他繳膳宿費。媽媽要麗華高中畢業後，到自己打工的公司考見習會計，但爸爸堅持讓她考大學。僅是考大學這件事，兄妹倆就感激他一輩子。

就在哥哥念醫學院那年，達明的母親去世了。那時大哥早已成家生子，二哥也留美去了，爸爸立刻和媽媽公證結婚，開始了一家四口的團圓日子。像要補償似的，爸爸對媽媽很溫柔，很容忍。他們相差二十歲，爸爸待她像女兒，總是連哄帶勸。一向任勞任怨的媽媽，這時忽然變得愛發脾氣，常找爸爸的小毛病。他或者笑笑不計較，或者學歌仔戲裏的老生那樣，打恭作揖來逗她發笑。爸爸對兄妹倆更加慈愛了，永遠和顏悅色。聽說大哥和二哥念中學時還挨過爸爸打，然而達理兄妹從沒聽過爸爸哪怕一聲呵斥。他常給兄妹買各種吃食。把兩個大學生當娃娃般溺愛著。就是這樣，他以地毯式密集的愛心，冰釋了兒女的宿怨，讓他們淡忘了羞辱的童年。

「真的，」麗華告訴達明，「三哥很聽爸爸的話。爸爸反對洋媳婦，三哥也聽他的。你知道嗎？很多漂亮的白人護士追求達理，但他還是娶了中國人。」

達明冷冷地駁她一句：「半個中國人。」

麗華強忍著，沒有反唇相譏。二嫂剛透露，他們的小女兒和美國人訂了婚。準女婿連半個中國人都不是，怎好笑別人？半個中國人肯侍候爸爸多年，也強過整個中國人的二嫂。

「對不起，我沒有罵人的意思。」達明的語氣自動降了溫。「我是說，安吉拉土生土長，思想上是個美國人。娶這樣的太太，怪不得達理也變得美國化了。別的事都好說，但是爸爸的事，我希望還是按中國規矩辦，趕快送醫院！」

這一點，她完全同意：「一定要讓爸爸住院

去！」

她以爲會先去旅館，但二哥把車直接開上三哥家。

安吉拉來開門。見到麗華，她有些驚訝，隨即含著笑，落落大方地把他們請進客廳。三嫂還是老樣子，穿著色彩鮮艷的洋裝，什麼時候都是見客的打扮。

「甜心，」安吉拉嗲聲嗲氣地朝樓上呼喊，「你猜猜看，誰來了？」

兩個孩子，一對六七歲的姐弟，聞聲先露臉。他們身著睡袍，一路蹦蹦跳跳地奔下樓梯。一年不見，兩人長高了許多，仍然記得麗華姑姑，先親熱地招呼她。

小姐姐不無失望地告訴姑媽：「我還以爲，是外婆來了呢！」

麗華忙遞上機場中買的一盒巧克力糖。孩子們喜逐顏開，注意力立即轉到糖果上。

安吉拉依舊含笑脈脈，溫柔地向客人解釋：「我媽媽明天要來接他們去玩幾天。真抱歉，我來不及準備，今晚恐怕也要請麗華住旅館了。」

達明搶著答應：「那當然，我已經爲她訂好房間了。」

麗華嘴上客氣著，內心忽然一陣辛酸。三嫂薄施脂粉，一直笑臉迎人，小兄妹也歡喜跳躍，四周毫無哀傷氣氛，誰會想到門背後老父正奄奄一息啊！

「麗華，你怎麼也來了？」

達理驚訝的聲音和高大的身材同時出現在樓梯口。那張方正的臉倒顯得鎮靜平和，目光炯炯有神；襯衫領帶齊整，似乎剛回家不久。

麗華瞋他一眼，沒好氣地回答：「看爸爸來了！」

安吉拉見狀，忙招呼孩子：「上樓吧，心肝，你們已過了睡覺的時間。」

不管孩子抗議，她一手一個地把他們拉上樓去。

達理下樓後，不動聲色地望了一眼達明，隨即擁抱妹妹。

「來了也好。」他滿意地點點頭。「爸爸在他的房間裏。」

不用他帶領，麗華立即快步邁向客廳後面的房間。

推開房門，她發現床頭的燈亮著，旁邊掛著點滴瓶子，瓶內空空如也。爸爸躺在床上，蓋著猩紅的毛毯，只露出頭臉，睡著一般。房內擺設依舊，書架和書桌收拾得纖塵不染。桌上的花瓶，插了三朵金黃的水仙。桌前的沙發椅上，是麗華送給爸爸的藍絲絨晨褸，它閑逸地摞在扶手上，好像主人剛上床歇息般。

她提著一顆心，躡足走向床邊。走到可以知覺老人微弱呼息的地步，才無聲地吁了一口氣。眼前是父親，可是瘦得皮包骨，猩紅毯下只剩一堆起伏的形狀，卻又不像父親了。他像是南投鄉下，一顆冬日醃曬過的白菜，擠乾了水分。整個臉是一團風乾的桔子皮；更像是一張皺紋紙，隨意地搭在一具骨架上。陷下去的窟窿是兩眼乾涸的老井，再也激不起感情的漣漪。一對顴骨高高撐起，枯黃灰黯有如熄了火的燈塔，再也無法照看生命海洋的流逝了。

「爸爸！」

麗華跪到床邊，淚水泉湧。手剛要伸過去，卻被達理一只手按住。他的手勢緩慢但堅強有力，不容人反抗。

「我剛剛給他掛了鎮靜劑，」達理壓低了嗓音說，「他睡得很好，你可以放心。我保證，病人沒有痛苦。」

病人？她感到寒心。達明沒錯，三哥真是美國化了，父親在他眼中僅是一名普通病人而已。她不禁爲老人叫屈。

「別哭了，小妹。」達明走到她身旁，也悄聲安慰著。「哭不能解決問題，我們還是趕快將爸爸送醫院搶救要緊。他只是脫水，掛幾瓶鹽水就可以復原。」

她雙肩抽搐著，但強忍住了哭，回頭仰望二哥。淚眼迷離中，依稀看見哥哥眼球上紅絲斑斑。這一條條缺眠的痕跡，到底流露了他內心的煎熬。看到它們，她一根綳緊的心弦才慢慢鬆弛下來。

達理沒有回應妹妹哀求的眼色，卻轉身問達明：「怎麼，還要重複早上的爭論？」

後者雙臂交叉在胸前，擺出不惜以力相拚的架勢。

「我還是那句話：你不是上帝，沒有權力結束生命；你不是萬能，也不可能證明他不會康復。」

「我看太多了。」達理口氣乾巴巴，帶著職業性的厭倦和冷漠。「科學再發達，奇蹟也不是一夜就發生的。七十八歲的老人，能經得起幾次中風？你一定要辯論，我們到外面說去吧。」

他把妹妹攙扶起來。

達明不理睬，依舊叉手立在床前，彷彿一挪步，父親的生命便有不測。

麗華站起後，拉住達理手不放，柔聲央求著：「這才第二次癱瘓，讓他再試試看吧。」

「上次，你們……還有大嫂特地從台灣趕來……不都親眼看過了嗎？手腕、鼻子……插了一大堆管子，屁股針孔密密麻麻地結成硬塊，那是好受的嗎？嗯？」

麗華和達明不敢吭聲。她偷睨一眼老父，也是悄無聲息。

「如果爸爸有求生的欲望，我也願意努力。但是上次他就表示不耐煩了，不是麗華陪著，他根本不要做物理治療。是不是這樣？」

面對他剛毅逼人的目光，她無法否認。

癱瘓在病床上的老人最是任性，醫生怎麼勸告也無動於衷。只有女兒的哄勸還有一點用處。他若用力舉一下手，她就擁抱他，親他臉，讚美他；他像嬰兒呀呀學語那樣，在女兒的鼓勵下學習最原始簡單的動作。剛開始，老人說不出話，但眼淚汨汨而流。她雖然強顏歡笑，內心也是水汪汪的。沒想到，人老了要回到嬰兒狀態，她甚至爲自己的未來感到悲傷。

「阿哥，我……我願意再來陪他。」

望著床上一動不動的人，她勉強把丈夫和兒子，以及圖書館，一古腦兒推到腦後去。

「這個，會是爸爸的心願嗎？」

達理語氣不疾不徐，還瞟了一眼達明。

達明手托著雙下巴，豐滿紅潤的雙唇蠕動了兩下，到底沒吱聲。接著，他粗重地吸口氣，環視一眼四周，似乎空氣窒悶得令人喘不過氣來。

「七十八，古來稀了。」達理口氣悠悠地：「我們不見得能活這麼長……大哥早就走了。」

達明一聽，立刻扭動身軀，惶惶然轉過身，似乎怕見床上人的臉色。

她也不忍回憶老人家的哀慟。在大哥葬禮上，她還是頭一次見到爸爸流淚。抬棺時，他竟號啕大哭，捶著棺板叫喊：「怎麼會是你啊！」

她想起遠在台北的大嫂。如果達理連自己也隱瞞真情，他肯定也把大嫂蒙在鼓裏。

「我還沒通知大嫂。」真是兄妹連心，他先招認了。「也沒給大陸寫信。」

「啊？」達明不禁愕然。「爸爸若這樣走了，請問你怎麼向他們交代？」

「壽終正寢。」

達明似乎沒料到這樣心安理得的答案，徒然張大了口，沒能回應一句。

麗華注視著達理。這張方正又富有自信的臉上，她找不出一點揶揄或嘲諷的神色。

「爸爸很福氣，一生過得多彩多姿……我覺得，他比我們這一代幸福太多了。」

達理的口吻透著羨慕。接著，他攤開兩手，以退讓的姿態表示：「那麼你們說吧，他還有什麼遺憾的事？」

達明目光移向麗華，意思很明顯：老人家最後二十幾年和你們過的，你應該最清楚。

人生在世，誰無憾事？麗華覺得哥哥問得蹊蹺，但她又似乎揣摸到他的意思。爸爸生性樂天，吃好睡好；福分也大，在婚姻上還超過古代的齊人。他不喜憂慮，而憂慮也往往自動讓路。媽媽生前常說，她欠了債，這輩子是還債來的，而爸爸是前生積了德，所以今生享福。有福的人會有多少憾事呢？

記得爸爸退休的次年，他領到了整筆的退休金，立刻帶媽媽到東南亞去玩。一個多月後回來，花去了三十萬台幣。他在長途電話上對麗華說：「可以了，我這輩子不再出去旅行，也不感到遺憾了。」

然而過兩年，他們又去了歐洲。這一趟，他把剩下的退休金幾乎花個精光。那時麗華剛生孩子，媽媽不放心，於是兩人到美國和她住。記得爸爸談起歐洲，曾滿意地表示：「行啦！歐洲玩過，美國也來了，我這一生死而無憾矣！」

他當然有憾事，不掛在口上而已。媽媽去世便是一大憾事。

奇了，父母的事竟都發生在二月。七十大壽的次日，預兆就不好，一個陰雨綿綿的早晨。媽媽出門到街角的小鋪給爸爸買香煙，過街給汽車撞倒了。大哥死於心臟病，爸爸爲他叫屈，媽媽英年撒手而去，他卻沒說什麼，只把自己哭成了淚人一個。他本來不是多話的人，這以後話更少了。哀傷是顯見的，次年春天，他說洛杉磯氣候暖，堅持要南遷。明知三嫂不會說國語，他還是去了。

後來麗華終於存夠了錢，搬離了那個可咀咒的街角。正想接爸爸來住，他卻中風了。媽媽講究緣分，許多事果真叫人無可奈何。媽媽一生信佛，爸爸從不當一回事。等她走了，他不但把賠償金悉數捐給了佛光山，沒事也翻閱起佛經來。

「現在說什麼也晚了，」達明很遺憾地表示，「早先，我們該慫恿爸爸回四川看看。」

達理答覆得很坦然：「我們當然勸過，可惜時機不湊巧。」

這一點，麗華和哥哥心思相同。媽媽去世的前年，爸爸元配的獨生女就輾轉托人和他連絡上了。麗華還爲老人匯過兩筆錢給住在西昌市的母女一家。爸爸搬去洛杉磯後，達理勸他回四川玩玩。這時，大姐決定以探親的名義來美國，爸爸當然就等她了。誰知辦護照手續時，老太太在這期間病故了。拖了一年多，父女才見了面。大姐在他們三家都住過，但住在西雅圖最久，麗華因而比較了解四川家的情況。

大姐的媽比自己的媽遭遇更壞，而且連一天好日子也沒嚐過。她也是農村女子，憑媒妁之言嫁到柯家來，和丈夫僅共同生活了一年。女兒剛出世，丈夫就遠離，在外地另娶妻子，再沒踏進門檻過。

音訊阻隔的三十年中，她獨自撫養女兒，給公婆送終，還要替丈夫頂政治上的罪名，什麼「反革命家屬」等等。麗華和她素未謀面，對她的遭遇已不勝同情；有過結髮之義的爸爸，相信更加難受。

「大姐來了後，爸爸就不想回四川了。」麗華挺身爲哥哥證實。「三哥給他訂了機票，計劃讓大姐陪他一起回四川，他想想還是退了票。」

「我知道，我也沒有怪你們的意思。」達明溫和但堅定地比劃著手勢說：「就算都如你們講的，爸爸對人世了無遺憾，我還是那個意思：我們不能見死不救。還是把他送醫院去吧，隨便那個醫院都行，反正有醫療保險。」

達理幾時雙手插在褲袋邊，肩膀拱起，雙腳叉開，一副巍然不動的模樣。

「見死不救，那麼見痛苦救不救呢？」他挑戰也似地逼問達明。「許多病人的家屬，眼看親人受罪，卻不敢向醫生求救，唯恐擔上『不人道』的罪名。這人道，就是以延長病人的痛苦爲代價。你仔細瞧瞧爸爸，你知道他想什麼？我是醫生，我也是兒子，我知道！」

三對眼睛都投向床上。老人臘黃著臉，默無聲息。

麗華相信，老人沒有痛苦，痛苦的是子女的心。

達明歎口氣，伸手搔著早禿的前額。他眉頭緊鎖，似乎在冥思雙方妥協的交叉點。

「還是送醫院吧，」他勸弟弟，「在醫院，也可以讓他不受痛苦……這樣對你也好。」

弟弟卻輕輕地嘿嘿笑了兩聲。

「中國人本來是心胸豁達的民族，視壽終正寢爲紅白喜事之一，幾時變得這麼謹小慎微了？想想看，如果你有這樣的福氣，活到七十八，躺在自己的床上，在兒孫的眼下，沒有痛苦……」

「達理，少廢話了！」達明憤憤然打斷他。

「你要做劊子手，我可不當幫凶！」

「行，我今天也聽夠了。你認爲我在謀殺爸爸，你去控告好了，請！」

一直壓抑嗓門的達理，後來竟拔高八度，還把手一揚，斬釘截鐵地下了逐客令。

麗華趕緊橫在兩人之間。

「自己人，不要吵了，千萬不要吵醒爸爸。」

三人不約而同地回頭看老人。他鼻息細小均勻，睡得安穩深沉，顯得與世無爭。

麗華牽扯達明的一只臂膀，柔聲相勸：「我們先回去，有話明天說好嗎？」

後者卻甩開了她，轉身頭也不回地跨出門外。

她追到門邊時，忽然駐足。回頭悄聲問哥哥：

「爸爸……他還有幾天？」

「停止點滴，二十四小時而已。麗華，我累了，你走吧。」

哥哥不但語氣疲乏，也一臉的疲憊。他腳步踉蹌地走向書桌，鐵漢也似的人，忽然耷拉著腦袋，像一團棉花似的陷進沙發裏，留一只臂膀搭在晨褸上。適才的理直氣壯，一下子消聲匿跡了。那鬆懈的手掌，以及勾垂的後腦勺，似乎失去了童年時爲她揮拳的驍勇，也無復過河唱歌的悠閑。哥哥真是疲倦了。

然而哥哥並沒有變。他的肩膀仍然厚實挺直。它默默挑負著人子和同胞的雙重擔子，雖然沒有山歌，但任勞任怨一如母親生前。

這時傳來大門關閉的聲響，她的心也跟著怦然一動。快步走到沙發後，她以自己的臂膀圍上了哥哥的頸項。

「阿哥，你等著，我一早就來陪你。」

說完，她向床上的人行一眼注目禮，就悄聲離開了房間。

【安樂死】

根據醫師宣言，醫師有義務確保病患生命權利，急救挽回一命卻不一定是最好的結果，醫護人員雖能理解病患與家屬的難處，但多數人不願也不忍成為終止生命的執行者，因為這涉及安樂死的核心議題：誰可以決定死亡？為何終止生命？臺灣在民國八十九年已通過《安寧緩和醫療條例》，可「拒絕心肺復甦術（CPR）、不施行維生醫療與接受安寧緩和醫療」，但僅適用於「末期病人」，此法案通過十九年，健保卡上註記意願書的人數約四十三萬。民國一〇八年《病人自主權利法》將對象擴及具完全行為能力者並增設五種特定臨床條件，可為自己預作決定，保有善終的權利，然法條仍阻擋不了民眾要求安樂死合法化的聲浪，可見其仍有討論空間。民國一一五年臺灣老年人口將超過20%，邁入「超高齡社會」，隨著家庭與社會結構改變，老人長照制度與醫護資源的規劃建置、老人在社會扮演的角色都是另一重大議題。

【延伸閱讀】

1. 黃勝堅：〈第一次陪病人死亡〉，《生死謎藏：善終，和大家想的不一樣》（臺北：大塊文化，2010年），頁40-44。
2. 李欣倫：〈畢竟喜歡堅石流動成河〉，《此身》（臺北：木馬文化，2014年），頁35-46。
3. 簡媜：《誰在銀閃閃的地方，等你：老年書寫與凋零幻想》（臺北：INK印刻文學，2013年）。
4. 許肇任：《出境事務所》（臺北：大觀影視，2015年）。（電視劇）
5. Lee. Unkrich：《可可夜總會》（臺北：得利影視，2018年）。（電影）

醫學加諸一個老人的荒謬

王溢嘉

早上到泌尿科門診替門診病人換藥，來換藥的病人大致可以分爲兩類，一類是十七八歲的年輕小伙子，幾天前剛割過包皮，仍留有一種稚氣未脫的羞赧。一類是六七十歲的老頭子，老眼低垂，沉默而自足地坐在那裏，彷彿若有所思，也彷彿若有所失。

那些老人大多是做「膀胱造口術」的，因爲小便無法從下面自然解下來，又不適宜開刀，只好在小腹開一個洞，從膀胱接一條橡皮管導出來（人工尿道），然後在大腿內側綁一個塑膠袋，當做隨身攜帶的「尿壺」，定期更換。這對日趨保守、念舊的老人來說，也許是一種難堪的折磨，因爲他時時在提醒他，在人生的旅途上，他「又」失去了某些重要的東西，現在竟連愉快地「撒泡尿」這種最基本的需求都被剝奪了。人生至此，夫復何言？我想就是這種處境使他們默默地坐到一旁，老眼低垂，若有所思吧。

替兩個割包皮的年輕人換完藥後，剛剛看到的一個老人慢慢走進治療室，他看了我一眼，把繳過費的治療單遞給我，然後背對著我和護士脫下長褲，解下綁在大腿內側的塑膠袋，有條不紊地放在不銹鋼臺面上，再把垂下的橡皮管搖一搖，滴出兩三滴尿來。他的動作粗鄙中帶著優雅，漫不經心中有著專注，很像勞倫斯筆下疏離於文明社會的人物，唯一不同的是他的血液中沒有他們那股騰躍的活力，他已是一個老人，一個「不能小便」的老人。在醫院裏，不管是在病房或門診，我都樂於默默地觀察我的病人，特別是他們的動作，因爲我深知他們有以教我。這個老人，如此粗鄙而又如此優雅，如此漫不經心而又如此專注，他在告訴我什麼呢？他看似退縮，又似無所顧慮，一個人要經歷過多少成功，多少失意，才能蛻變成這種美妙的組合？

萬物靜觀皆自得，你斷了一條腿也好，胃被割掉也好，不能生育也好，不能小便也好，若能常忘此身，靜觀自得，有形的殘缺往往能導致無形的完美。當然，這也許都是我這個實習醫師「強作解人」。但若非如此，我面對且有感於這麼多病痛，又將何以自處呢？

就在我意念神馳的時候，老人已四平八穩地躺在治療臺上。我拔掉一條條固定橡皮管的膠布，拉住橡皮管懸空搖一搖，他腹部的皮膚跟著動一動，老人微微抬起頭來，不置一辭地看著我的動作。當我沖洗他的膀胱時，他看到橡管伸進他腹部的瘻口處有水（也不知是水還是尿）滲出，臉上露出老人慣有的不以爲然的表情。腹部的肌肉是他可以控制我，所以他有點固執地收縮著腹部的肌肉，那些溢出來的水，就在瘻口處一沉一浮，然後臉上露出得意的笑容，他還是可以憑一己之力改變某些東西的，這使他稍感安慰。

但他所能控制的也僅此而已，所以他又躺下去，老眼低垂，對醫學加諸一個老人身上的荒謬露出容忍的表情（「居然用一條橡皮管來取代我的尿道，還要用水沖洗！」）。

好長一段時間，他任我擺佈。最後，當我要拔出舊橡皮管，爲他換上一條新的時，舊橡皮管前端那個反鎖式的塑膠球，頑固地抵在膀胱內拔不出來，我覺得抗力很大，所以抓緊橡皮管末端，再使力一拔，「潑」的一聲，塑膠球立刻自瘻口處噴出，出其不意地彈跳到我的臉上，它帶出的幾滴水（也許是尿）也噴濺了我一臉。

護士在旁邊笑著叫出來：「小心一點！」我連忙拭去臉上來自老人膀胱的液體，凡事靜觀皆自得，一個老人的尿噴到自己臉上，又算得了什麼呢？老子不是說「道在尿溺」嗎？我自我解嘲的說：「還好，沒有什麼味道。」

在我爲他裝上新的橡皮管時，老人看著我，臉上不經意的露出一個神祕而自得的笑容，他的笑，顯然是針對我的。也許他在想：這個小醫生今天居然「吃」了我的尿，人生真是柳暗花明，但他「吃」尿是他咎由自取。哈！

在我爲他固定好最後一條膠布後，老人又從治療臺上下來，慢慢穿好衣服，低聲向我說一聲「謝謝」，然後轉身離去。在他離開的一剎那，我忽然發現他只是一個平凡而行動不便的老人，我悵然若有所失。

【疾病的隱喻】

在《疾病的隱喻》中，蘇珊・桑塔格（Susan Sontag）指出疾病常被用作隱喻，與性、生殖器官相關的疾病往往聯結羞恥、不道德與粗俗，而結核病病人的蒼白瘦弱被視為超凡脫俗，成為美感與精神表徵。早期患上疾病常被視為懲罰，以癌症為例，認為癌症是邪魔附體或是源於憂鬱、焦慮與憤怒，這人格誘發疾病的結論，使患者還得背負上讓自己患病的罪名。在語言中也把國家失序類比為疾病，對社會的腐敗或不公常以「毒瘤」、「膿瘡」形容。患病後隱瞞病情，多出於擔憂影響工作升遷與生活交際，這些都是疾病在社會文化脈絡中呈現的面貌。

【延伸閱讀】

1. 王溢嘉：〈白衣・誓言・我的路〉，《實習醫師手記》（臺北：野鵝，1989年），頁13-16。
2. 侯文詠：〈大國手〉，《大醫院小醫師》（臺北：皇冠雜誌，1992年），頁81-103。
3. 田雅各：《蘭嶼行醫記》（臺中：晨星出版，1998年）。
4. 蘇珊・桑塔格（Susan Sontag）著，程巍譯：《疾病的隱喻》（臺北：麥田，2012年）。
5. 蕭力修：《麻醉風暴》（臺北：公共電視，2015年）。（電視劇）

病

張大復

木之有癭，[1]石之有鸜鵒眼，[2]皆病也。然是二物者，卒以此見貴於世。非世人之貴病也，病則奇，奇則至，至則傳。天隨生有言：「木病而後怪，不怪不能傳其形。文病而後奇，不奇不能駭於俗」。吾每與圓熟之人處，則膠舌不能言，與鶩時者處則唾，與迂癖者則忘。至於歌謔巧捷之長，無所不處，亦無所不忘。蓋小病則小佳，大病則大佳，而世乃以不如己爲予病，果予病乎？亦非吾病，憐彼病也。天下之病者少，而不病者多。多者，吾不能與爲友，將從其少者觀之。

1 癭：ㄧㄥˇ，《說文解字》：「癭，頸瘤也。」指生於頸脖之囊狀瘤。此處指植物異常增生突起的瘤狀組織。

2 鸜鵒眼：鸜鵒，音ㄑㄩˊ ㄩˋ，又作「鴝鵒」，俗名八哥。石上圓形點狀紋理，大小如鸜鵒眼，故名。南宋・高似孫《緯略》卷七〈研眼〉：「端石有眼者最貴，謂之鸜鵒眼，石文精美，如木有節，不知者以為石病。」

【正常與瘋癲】

理性時代來臨後，瘋癲多以精神疾病為人所知，傅柯（Michel Foucault）認為現代醫學以病理實證與知識理性使非理性成為瘋癲、犯罪或疾病，現代醫療中，「有理性的人」讓醫生去面對瘋癲，尤其是精神病院與監獄制度誕生後，瘋癲與不正常者跟社會、人群隔離，成為靜默的被制伏者，接受規訓。醫學上關於精神疾病的起因，從生物學角度認為來自遺傳或神經系統與腦部功能異常，從心理學角度認為與成長環境和人格發展有關，也有學者質疑精神疾病的認定與社會功能、規範有關，例如美國精神醫學學會早期出版的《精神疾病診斷與統計手冊》（DSM）曾將同性戀列名其中，可見正常與不正常的界線仍不斷變動。在寓言或哲學故事中，瘋癲的愚人丑角往往扮演提醒者，以貌似愚蠢的非理性語言一針見血地說出理性的批判，以滑稽方式造成喜劇效果。瘋癲題材以奇特的荒誕形象與譫妄（delirium）狀態訴說癲狂與混亂，通過現實與幻覺打破表象的統一。尼采、梵谷的瘋癲帶來與眾不同的觀點。瘋癲滿布狂幻卻又說出真話，既是光明又是陰影，在往昔，人們給予瘋癲更多空間，瘋癲與理性應有更多交流而非禁閉與驅離。

【延伸閱讀】

1. 韓愈：〈落齒〉，王基倫：《韓愈詩選》（臺北：五南圖書，2000年），頁57-60。
2. 陸樹聲：《病榻寤言》，收入《百部叢書集成》第18輯《寶顏堂祕笈》（臺北：藝文印書館，1966年）。
3. 宣鼎：〈麻瘋女邱麗玉〉，收入《筆記小說大觀》（臺北：新興書局，1988年）29編7冊《夜雨秋燈錄》初集，卷3，頁3858-3865。
4. 傅柯（Michel Foucault）著，劉北成、楊遠嬰譯：《瘋癲與文明》（臺北：桂冠圖書，1992年）。
5. Julian Schnabel：《梵谷：在永恆之門》（臺北：車庫娛樂，2019年）。（電影）

主題七　未來一直來

科技與人文的對話

白頭翁

【科幻文學】

科幻小說是人類與科技文明遭遇下的產物，也是人類對未來世界的想像，既包含科學，也包含幻想，既充滿未來性，也深具反思。科幻小說的出現與西方工業革命有關，是十九世紀才出現的小說類別。梁啟超翻譯凡爾納《十五小豪傑》，西方科幻小說傳入中國，而後中國開始有本土科幻小說的創作，在晚清曾造成一股熱潮，與當時國族觀念的建立有關。現今的科幻小說一方面探索未來之可能，一方面也想像人機世界所可能產生的便利與災難，人類世界為求進步可能造成的滅絕與犧牲，以此反思科技與人文的距離，具有預言（或者寓言）的特徵。

偃師造人

列子

周穆王西巡狩，越崑崙，不至弇山。反還，未及中國，道有獻工人名偃師。穆王薦[1]之，問曰：「若有何能？」偃師曰：「臣唯命所試。然臣已有所造，願王先觀之。」穆王曰：「日以俱來，吾與若俱觀之。」越日[2]偃師謁見王。王薦之，曰：「若與偕來者何人邪？」對曰：「臣之所造能倡[3]者。」穆王驚視之，趨[4]步俯仰，信人也。巧夫！鎮[5]其頤，則歌合律；捧其手，則舞應節。千變萬化，惟意所適。王以爲實人也，與盛姬內御[6]並觀之。技將終，倡者瞬其目而招王之左右侍妾。王大怒，立欲誅偃師。偃師大懾，立剖

1 薦：音ㄐㄧㄣˋ，進。
2 越日：隔日。
3 倡：俳優，能歌能舞之人。
4 趨：音ㄑㄩ，疾行。
5 鎮：音ㄑㄧㄣ，按壓。
6 盛姬內御：盛姬為周穆王寵愛的妃子，內御為皇宮中的女官名。

散倡者以示王，皆傅會[7]革、木、膠、漆、白、黑、丹、青之所為。王諦料[8]之，內則肝膽、心肺、脾腎、腸胃，外則筋骨、支節、皮毛、齒髮，皆假物也，而無不畢具者。合會復如初見。王試廢其心，則口不能言；廢其肝，則目不能視；廢其腎，則足不能步。穆王始悅而嘆曰：「人之巧乃可與造化者同功乎！」詔貳車載之以歸。夫班輸之雲梯，[9]墨翟之飛鳶，[10]自謂能之極也。弟子東門賈、禽滑釐聞偃師之巧以告二子，二子終身不敢語藝，而時執規矩。

7 傅會：「傅」通「附」，聚合，拼湊。

8 諦料：仔細檢查。

9 班輸之雲梯：公輸班是春秋時期魯國人，也是相當著名的匠師，亦稱魯班。在楚惠王時，公輸班為攻打宋國，製造了一架攻城的雲梯。

10 墨翟之飛鳶：墨翟曾花三年時間製造一隻飛鳶，而只能飛一天，而公輸班卻以竹木造了一隻能飛三天的鵲。

【中國古代科學】

李約瑟（1990-1995）是英國漢學家，也是科學史家。他把〈偃師造人〉放在「中國古代科技」的長流中來看，中國有「無生命能活」的技藝（想法）被記載下來，代表中國古代除了對煉丹藥追求長生不老的生命改造很有興趣之外，也覺得創造器物使至彷彿活物一事值得書寫。李約瑟在《中國古代科學》一書中指出，世界各地古文明與科技發展各不相同，中國古代科技的特色是陰陽五行之有機整體宇宙觀，乃至於發展出相應的天文學、化學、醫學，實際例子是：火藥、指南針、渾天儀、針灸等。其論著延伸出「李約瑟難題」：中國古代科技顯然較西方進步一千年，但為何中國近代沒有發展科學？則是學界一度討論的問題。

【延伸閱讀】

1. 干寶：《搜神記・卷八》（臺北：里仁書局，1982年），頁110-114。
2. 李昉：《太平廣記・伎巧一－伎巧三卷》（第225卷-第227卷），（臺北：文史哲，1987年），頁1728-1747。
3. 以撒・艾西莫夫（Isaac Asimov）著，葉李華譯：《我：機器人》（I, Robots）（臺北：貓頭鷹，2006年）。
4. 東野圭吾：《人魚沉睡的家》（臺北：皇冠，2017年）。
5. 丹尼・維勒那夫：《銀翼殺手2049》（華納兄弟發行，2017年）。（電影）

新石頭記・第二十三、二十八回

吳趼人

第二十三回

研醫道改良飲食　製奇器科學昌明

卻說老少年看了薛蟠給寶玉的信，不覺驚道：「這個地方，幸得閣下不曾去。別的且不要說，單是劉學笙就到過敝境三次。頭一次到時，經醫生驗得他性質污濁，送了他出境。過了幾時，又來了，我以爲他改換了性質，所以要到此地。誰知醫生驗過，說他污濁得比前更利害了。第三次來時，更是不消驗得，那一種野蠻氣象，居然是『粹然見於面，盎於背』了。這種人引進的地方，如何去得？」

寶玉道：「或者姓名偶然相同，也說不定。」老少年道：「他表字茂明，我明明記得的。那裏有名號都同之理？這自由村不消說是野蠻自由的了。」

寶玉道：「自由也分別文明、野蠻麼？」老少年道：「這裏頭分別得很呢！大抵越是文明自由，越是秩序整飭；越是野蠻自由，越是破壞秩序。界乎文野之間的人，以爲一經得了自由，便如登天堂。不知真正能自由的國民，必要人人能有了自治的能力，能守社會上的規則，能明法律上的界限，才可以說得自由。那野蠻自由，動不動說家庭革命，首先把倫常捐棄個乾淨，更把先賢先哲的遺訓，叱爲野蠻。這等人，我們敝境人是絕不敢瞻仰的。他所住的甚麼自由村，如何去得？」

寶玉道：「貴境的自由村，是甚麼情形呢？」

老少年道：「敝境的小地方，都是隨意命名的，沒有甚麼意思，只有這自由村，是我們東方先生的出身地方。東方先生壯年時，曾經反復辯論，發明這自由村的道理，所以這村就叫做自由村。」寶玉道：「這東方先生又是甚麼人？」老少年道：「先生複姓東方，名強，表字文明。所生三子、一女，長子東方英，次子東方德，三子東方法，女名東方美。父子五人，俱有經天緯地之才，定國安邦之志。敝境日就太平繁盛，皆是此父子五人之功。後來這位女公子又招了一位女婿，就是那『再造天』之後，名叫華自立。他本來是科學世家，東方氏得了這位女婿相助爲理，敝境越是日有進步。大家不忘了東方先生的大功，所以才拿他的表字做了地名，以示永遠不忘的意思。此刻東方先生上了年紀，退隱在東部仁字第一區。他三子一女一婿還在外面辦事。」寶玉道：「貴境真是名稱其實，我很想到各處去遊歷一遍，只惜沒有一個嚮導。」老少年道：「要遊歷是易事，我也可以奉陪。」寶玉道：「閣下要接待外人，如何好走得開？」老少年道：「接待外人，不是我一人之事，還有同事的。只要請了個假，不妨出去遊玩幾時。此刻我還有點小事，先要失陪了。書桌上有叫人鐘，倘是要茶要水，按鐘便是。」說罷辭了出去。

寶玉一人獨自賞玩了一回梅花，又看了一回司時器。那童子做得竟同活人一般，心中不住的稱奇道怪。坐到書桌上，隨意在架上抽了兩本書來看。看了一會，覺得無聊，又把桌上的文房四寶隨意把玩。無意中把叫人鐘按了一下，並沒有聲響。拿起來看時，又看不出鐘裏面有甚麼。正在納悶，便有一個童子進來問：「甚麼事？」寶玉沒得好說，只道要吃茶。童子翻身出去，拿了一杯茶來。寶玉看時，仍是清水一般的。喝到嘴裏，又是茶味濃厚。

因問道：「你們這裏用的是甚麼茶葉？怎麼沒有顏色？」童子道：「就是平常的茶，不過用汽水泡的，所以沒有顏色。」喝罷，童子取了茶杯自去。

寶玉把旁邊的窗推開一看，原來窗外是一所花園。這窗正對著一個亭子，亭外一株石榴，正在開花，十分紅豔。寶玉便憑窗閑眺。司時器報了午正，童子便來請吃飯。到了膳房，仍是同老少年兩個同吃。桌上卻沒有碗箸之類，童子送上一個杯來，杯內盛的也是清水，喝到嘴裏卻又甘香芳洌。喝完了，又換上一杯。如此遞換了六七杯，也有同沖藕粉一般的，也有同杏仁茶一般的，每杯的味道不同。

寶玉忍不住，便問：「吃的是甚麼東西？」老少年道：「不過都是雞、鵝、魚、鴨、牛、羊之類。這是敝境的大醫學家東方德發明的飲食改良。他考得米麥、肉食之類，雖能養人，然而那個渣滓入到腸胃裏，有時不化，亦足以致病，所以行了一個新法，把各種食品都用化學提出精液來，所吃的都是精液，自然不致於不化了。又考得用火煮食之物，內中都含有火毒。中國人吃的東西還好，還有些蒸熟的不十分近火，至於歐美人所吃的，非煎即烤，火毒尤爲利害。不懂他們是甚麼意思，總不肯改良。並且他們未嘗不知道煎烤的東西有火毒，所以才做出那種皮酒。皮酒是用槐花做成的，性子極涼。他的意思，是藉皮酒的涼，去解散那火毒。殊不知已經吃了熱的下去，又吃些涼的去解，直頭是把自己的肚腸去做了涼熱兩品的戰場，虧他們還自以爲醫學昌明呢！還有那種學西醫的，也不知他學了多少，便先要把他們自己原有的中醫說得個一文不值，還要說中國的醫學將來要絕的。你道可笑不可笑呢？依他們所說，中國人的醫道不堪，幾千年來，中國人就早該死完了，何以尚有今日？他說的西醫那麼好，西人就應該處處比中國強了，何以人類孳生倒是中國人快？壽命長短，西人也不能比中國人長呢。我們東方德先生，幼年專攻中國醫學，學成之後，方才考究西醫。兩面的都捨短取長，所以卓然自成一家。又參以化學，所以無竅不通。首先就改良食品。他常說，能治病的不算是醫生，只能算是病人的僕役。是真醫生，務要醫得通國人都沒有病，才算是醫國好手。他這改良食品，也是要醫得通國人沒有病的意思。」

寶玉道：「改良食品的意思，已經領教了。但是不用火煮熟，怎麼能熟呢？」老少年道：「何嘗不用火？不過煮水成汽，借這熱汽蒸熟食品罷了。」寶玉道：「如此說，居家也太難了，平常只要用一個廚子，一份鍋灶，照這樣弄起來，廚房裏非但要設汽爐，並且還要請一位化學師呢。」老少年笑道：「敝境人家，從來沒有廚房。每一區地方，有一個總廚，四面分布送食管，按時由管送到，豐儉隨人。這送食管就同那自來水管一般。非獨是吃飯，便是喝的茶，也是由總廚裏供應的。」說話時，童子送上小小的一個小盅兒。老少年道：「今天菜單上的水果是蘋果呀。」寶玉看時，仍是一盅清水，聞著卻是一股蘋果香，不覺一吸而盡，吸罷散座。

老少年便引寶玉到花園裏去遊玩。果然奇花異草，點綴得宜，樓閣亭臺，結構精巧。老少年道：「中國的客棧草率，自不必說。那歐美的客棧，只不過一味的裝璜富麗，純是甜俗之氣。較之這裏如何？」寶玉點頭歎美，又問：「聽說外國樓房，動輒有十多層的，這裏不知可有？」老少年道：「那是他們島國，地小人多，才有這個高樓。可笑一班鼠目寸光之輩，或是眼見的，或是耳聞的，不問來由，只說他是文明的建築，真是令人作嘔。其實我們地大足以容人，何必要樓房呢？」一面說，一面曲曲折折的遊遍了。轉出園外來，又指著一個門道：「這裏就算廚房了，可要看看。」寶玉進去看時，只見四面牆上，都列著一排水制，不下二三百個。那水制都是用玻璃做的。寶玉道：「這個俗名叫做龍頭，向來所見，都是銅做的。怎麼這個都是玻璃所造？」老少年道：「銅鐵之類未免不潔，所以用玻璃。非但這水制，便是一路接來的，都是玻璃管子。只有洗物的自來水，與及地火燈管，是用鐵管。」一面說著，便同了寶玉出來，同到客座裏。

童子又送上茶，寶玉問道：「這裏茶怎麼都沒有顏色，不要這顏色又有甚意思呢？」老少年道：「茶不過取一點香味，可以醒胃消食。那顏色非但沒用，而且有礙。試看泡了濃茶在碗裏，放的時候久了，便有了痕跡。可知吃到肚子裏，也有痕跡的了。雖然脾胃可以化他，然而何苦叫脾胃用了那有用的消化力，去化那無用的痕跡呢？所以這裏的茶，是用茶葉蒸成汽水，便只存香味，一點顏色都沒有了。」寶玉道：「方才說地火燈，不知地火又從何處得來？」老少年道：「地火不足爲奇。四川煮鹽的，就是用的地火，我們不過推廣其法。鑽地取火之後，就分布鐵管，散置開來，作晚上燈火之用。就是總廚裏的爐灶，與及製造廠裏，都是用地火。」寶玉道：「那麼說，這裏用不著煤，並沒有煤礦的了？」老少年道：「煤礦多得很呢！開採出來都運到外國去賣，本境人是不用的，所以此地十分乾淨。不比那野蠻國，無論通都大邑，家家都有開火爐的煙囪，還有那製造廠的大煙囪雜在裏面，鬧了個煙霧騰天的世界，他還自己誇說文明，還有人崇拜他的文明呢！」

寶玉道：「這裏科學如此發達，製造廠想必多了。」老少年道：「製造廠都在東部智字區裏，智字十萬區，差不多全是製造廠。明天遊歷時，可以去看看。」寶玉道：「這裏一個廠都沒有麼？」老少年道：「有的也不過小廠，不甚大觀。此地逼近海疆，倒有個水師學堂，是個大觀。那講堂裏面，足足可以容得五萬人。」寶玉皺眉道：「這講堂大的倒不奇怪，只是那離得遠的，怎麼聽得見講呢？」老少年道：「那位科學世家華自立，發明了一樣新器，叫做『助聽筒』，用一種金類，做成一個小小筒子，不過半寸來長，拿來塞在耳朵裏，任憑隔了多遠，只要當中沒有阻隔，極細的聲音，都可以聽得見的。」寶玉道：「這又是一件奇器，不知可得一見？」老少年道：「明日同到學堂裏，一則看看學堂，二則就可以見這樣東西。」寶玉大喜。老少年便寫了個條子，叫童子送到水師學堂裏，約定明日去看學堂。

寶玉便自回房裏去，忽然見桌上的梅花沒了，卻換上一盆白菊花。寶玉不覺嘆道：「常見小說上說的甚麼仙人地方，四時有不謝之花，八節有長春之草。又說甚麼術士，能顛倒四時花木。不圖我今日親見其事，親到其地。」一面推開窗戶，窗外的一株鮮紅石榴，與窗內的白菊，正是相映成趣。賞玩了一番，仍舊看書消遣。

夜飯後，回到房裏。到了入黑時，看見所掛的燈，忽然發起光來，那光比電燈還利害。想道：「地火原來甚亮，那做電燈的見了他，又未免瞠乎在後了。」只見老少年走來說道：「我已經請准了假，明日一准奉陪遊歷。」寶玉道謝。老少年看看那燈，又指牆邊一個表道：「這是明暗表。如果嫌太亮，可以往下推；嫌太暗，可以往上推。」寶玉看時，那表如同寒暑表一般，當中卻不是玻璃管，是一根銅條，上面畫著分數，寫著有字，外面橫著一根銀針。試把那銀針往下推了一分，那燈果然暗點，再往上一推，又復原了。心中十分快活，道：「這又比電燈靈動多了。」老少年辭去。寶玉坐了一會，把燈推的像油燈一般，便睡了，準備著明日往外遊歷。不知遊歷了文明境界見些甚麼，且聽下回分解。

第二十八回

獲大鵬同受獎牌　捕鯤魚快乘獵艇

卻說寶玉看過了兩部最古的舊籍，又要看最新的新書。隨著見士所指看去，只見一部是《文明律例》，一部是《科學發明》。見士道：「《文明律例》是近來修改定了，昨天出版；《科學發明》是華自立近日的著作，是今天出版，才送來的。這是最新的了。」

寶玉翻了一翻，來不及細看。又到兩旁去看了一遍，便出了藏書樓。另到一處，門額是「寶藏」兩個字。進了「寶藏」，迎面便是一座「珍珠倉」。寶玉訝道：「有多少珍珠，卻上了倉？」見士引著進去，只見兩旁大箱小匣，盛的都是珍珠。大的如廣東香橙，小的也像圓眼大小，寶光耀眼。因問道：「聚了這許多珠子，頗不容易。」見士道：「這些天生之物，本來沒甚奇怪，可笑世人，拿他做寶貝，買一顆，動不動要千金之價。其實這些東西，靠天地自然生成，絲毫不用人力，有甚價值？所難得者，就是聚在一起。所以敝境人家有了珍珠，都送到這裏來。等他聚在一起，又可以借此分辨他的出處。」說罷，在珠匣裏，取出一片小小牌子來，上面寫著「合浦」兩個字，道：「這就是合浦所產的珠了。」寶玉逐箱逐匣看去，都有牌子注著地名。

轉出了「珍珠倉」，便是「珊瑚林」。在露

天地下，種了一叢珊瑚，高的何止十丈，矮的也有五六尺。除了紅白兩種常見之外，還有黃的、藍的、綠的，五色燦爛，映著日光，真是寶氣亙天。寶玉道：「珊瑚具了五色，也是大觀。」見士道：「海底下無奇不有，這都是他們打海底獵取回來的。因看著他沒有用處，就送到這裏來，給大眾長長見識。」

度過「珊瑚林」，迎面是一所光怪陸離的房子，寶玉的眼睛也炫了。老少年道：「我從前來，也不曾見這房子。是幾時蓋造的？怎麼沒有看見布告。」見士道：「還沒有完工呢。從前他們送來的寶石，本來是擺列在屋裏，供人觀看。後來送來的太多了，幾幾乎有實不能容之勢，所以想了個法子，把他都琢成方塊，拿他代磚石，蓋了房子。擬定了名字，叫做「聚寶堂」。昨天才蓋好了，今天掃除一天，還要陳設，一兩天內，便可以布告了。」一面說著，轉到了房子的正面。只見門額上「聚寶堂」三個字，也是用寶石砌成的。見士引二人進去道：「這所房子，很費了些斟酌。這四面牆壁，雖然都用寶石砌成，卻都按著方向的。東部出產的，砌東牆；西部出產的，砌西牆；蓋瓦的是中部所產，鋪地的都是外洋所來的。這原算不了甚麼事，只是多少配置裏面，很費了些時日。」寶玉一面聽說，一面瞻仰，只覺得五光十色，寶氣逼人。

出了「聚寶堂」，又遊別處。無非是火齊、木難之類，這書上也不能盡載。遊過寶藏，又到工藝院去。當中陳設的都是本境所造，兩旁的都是外國貨。寶玉只到當中去看，多半是新發明的東西，全是未曾經見的，要問也問不了許多。內中有東方文明當日創造的開山斧鑿、治河鋤鍤，一般都是用機器運動的。此時，平治功成，都送到博物院來安放。瀏覽了一遍，童子來請吃飯，見士便邀二人到膳房裏去。

飯後，接了政府的回電，說「老少年等四人，冒險獵得大鵬，以廣國人見識，勇敢可嘉，每人贈給『頭等勇士』獎牌一份。制就即由飛車頒送前來」云云。見士說給二人知道，老少年自是歡喜，寶玉卻淡然漠然。那兩個童子，一樣得了獎牌，那歡喜更不消說了。

從此寶玉等就在博物院住下，耽擱了三天。遊遍了飛潛動植各院，看遍了各種金類、非金的礦質，又有東方文明從前各種探險的奇器，一一看遍。大鵬早已用藥水制了，支放在飛禽院當中。經司事用工部營造尺量過，從頭到尾長五十二尺，最闊處橫徑三十尺。眼眶對徑三尺，脛徑一尺二寸，爪徑八寸。都寫在一塊牌子上。又注上老少年等名字及獵得送到的時日，掛在旁邊。到了此時，寶玉回頭一想，方才想著獵鳥時的危險，因對老少年道：「那天倘使我們敵不過他，四個人還不夠他一頓呢。」老少年笑道：「我們區區四個人，只怕還可以做他的一頓點心。」說笑著，忽報政府差人送到了獎牌。見士便帶了老少年、寶玉及兩個童子與來官相見，拜領獎牌。來官又去看了那大鵬，不覺嘖嘖稱羨。周旋了一番，方才別去。

次日，多見士便把聚寶堂落成，及大鵬安放停當的話，由各報紙上布告出去。一時便轟動了多少人，都來觀看。看了大鵬，還要請看獵大鵬的人。寶玉厭煩了，便要辭去。多見士便請老少年、寶玉和兩個童子，合照一個像留下。於是引四人到了聚光室裏，架起鏡子，老少年和寶玉對坐了，兩個童子侍立旁邊，照像人開了鏡子。那鏡子旁邊有一個把兒，照像人把把搖了三四搖，便收了鏡子。打開來取出那照片，一共是一式的二十張，就用紙片照出的，非但神情畢肖，並且衣服面目的顏色都照出來。寶玉道：「從前照像，照不出顏色，並且是照在玻璃上，再曬在紙上的，很費事。這個又是新法子。」多見士微笑 道：「那個笨做法，我們十年前早廢了。」說罷，每人送了一張，餘下的就留在院裏張掛。

當下四人辭了見士，上了獵車，徑駛回旅店。老少年便叫童子駕了獵車，送還孫繩武去了。老少年閑著便帶了寶玉到鬧市上去遊玩。只見熙來攘往的，都是彼此讓路而行，真正是文明景象。且喜得有事的都是坐飛車，路上並沒有車馬碰撞之虞。那路上一平如鏡，並無纖塵。

遊玩了兩天，寶玉問道：「在市上遊了兩天，無非是收拾的潔淨，氣象文明，與及行人往來，都講理讓，這都瞻仰過了。內中單有三樣東西，不曾看見。」老少年問：「哪三樣？」寶玉道：「第一樣，沒有廟宇；第二樣，沒有教堂；第三樣，沒有叫化子。」老少年笑道：「一切迷信都破除了，還有甚麼廟宇？我們大開門戶，聽憑外人來傳教。他們來了，立了教堂。任他把那《新約》、《舊約》說的天花亂墜，只是沒有人去聽他。他只能一個人站著自己說給自己聽，只得去了。從此他自然不來了。至於叫化子一層，更不必說。從前還有個孤貧院，收養貧民。近十年間，連孤貧院都空了，改做了學堂。大約境內的人民，無論男女都能自食其力的了。說起來，恐怕足下不肯相信，敝境內連『善堂』都沒有一個，就有了也用不著。」

寶玉道：「這是民殷國富的緣故，且不必說。但既沒有廟宇，又沒教堂，不知可有個文廟？」老少年道：「孔子遺像，倒是各學堂都有的，卻沒有文廟。」寶玉道：「文廟都沒有，不知貴境奉的是甚麼教？天下豈有無教之國麼？」老少年大笑道：「足下這一句話，要加上兩個字，說『天下豈有無教之野蠻國』，在下便答一句『天下豈有有教之文明國』。要知道這個『教』字，是專教那無知愚民的。人民都明瞭大義，還用甚麼教！要問敝境奉的是甚麼教，那只得說是奉孔子教了。敝境的人，從小時家庭教育，做娘的就教他那倫常日用的道理；入了學堂，第一課，先課的是修身。所以無論貴賤老少，沒有一個不是循理的人。那孝悌忠信、禮義廉恥，人人爛熟胸中。這才敢把『文明』兩個字，做了地名。你不看見那牌坊上『孔道』兩個字麼？那就是文明境界之內，都是孔子之道的意思。至於近日外面所說的『文明』，恰好是文明的正反對，他卻互相誇說是『文明之國』。他要欺天下無人，不知已被我們笑大了口。我請教你，譬如有兩個人在路上行走，一個是赳赳武夫，一個是生癆病的。那赳赳武夫對這生癆病的百般威嚇，甚至拳腳交下把他打個半死。你說這赳赳武夫有理麼？是文明人的舉動麼？只怕刑政衙門還要捉他去問罪呢。然而他卻自己說是『我這樣辦法文明得很呢』。你服不服？此刻動不動講文明的國，哪一國不如此？看著人家的國度弱點，便任意欺凌，甚至割人土地，侵人政權，還說是保護他呢。說起來，真正令人怒也不是，笑也不是。照這樣說起來，強盜是人類中最文明的了。何以他們國裏一樣有辦強盜的法律呢？倘使天下萬國，公共立了一個萬國裁判衙門，兩國有了交涉，便哪那裏去打官司，只怕那些文明國都要判成了強盜罪名呢！」

寶玉道：「正惟沒有這個衙門，他們才橫行無忌。」老少年道：「那麼說老虎是天下第一最文明的了。他任意吃獸，吃人，王法也治他不到，那不是最文明的麼？」寶玉笑道：「有一天，叫獵戶把老虎殺了，那獵戶又文明了。」老少年道：「可不是這樣。這個竟是強橫，那裏是文明？因爲他強橫慣了，國內的人，只怕沒有一個不是強橫成性的。他又想只能對別國強橫，若是自己國人也互相強橫起來，就要成了亂事了。所以才設法立出個教來，鬼混般說甚麼天堂、地獄，到處勸人進教，他們還動不動說開民智呢。我看這個勸人進教，直頭是導民愚。你想，一派荒唐無稽之言，我們這裏三歲小孩子，也知道是不足信的，他卻勸的人家信了。這信了的人，不是智出小孩子下麼？然而那強橫的人，倘使不是信了這個，可是要鬧的無法無天了。至於文明國的人，又何必要他呢？所以我說，天下無無教的野蠻國，天下無有教的文明國。」

寶玉道：「然則中國也不能算文明的了？」老少年道：「中國何嘗不文明？中國向來也只有一個孔子，沒甚麼教。孔子也不曾自命爲教主。只惜後人傳受孔子的道德未能普及，所以未能就算文明罷了。至於張道陵，不過是後世的一個方術家，並不是甚麼教。後人以訛傳訛，就說他是道教。佛教是由印度流入去的，中國本來沒有。一班遊惰之民，希圖不耕而食，不織而衣，便做了和尚罷了，也不能算是教。就算他是教，可不曾有甚麼道士勸人做道士，和尚勸人做和尚。所以傳教兩個字，是中國沒有的。所以中國要做到文明國還容易。其餘的，我就不敢說了。」

正說話間，童子拿了一張片子進來，說有客到。老少年接來一看，原來是吳述起，便忙叫請。述起進來，彼此相見畢，便說道：「今日的休息日，得了個空，一來是來謝步，二來賀喜。」老少年道：「何喜可賀？」述起道：「得了頭等獎牌，還不喜麼？」老少年和寶玉都謙遜不遑。述起道：「三來還來送一個機會。」老少年問：「是甚麼機會？」述起道：「二位在空中獵了大鵬，已經名傳闔境。昨日東方法先生送與本學堂一艘海底獵艇，本來要在學生們當中揀幾名下去練膽。因爲沒幾天就要歇夏，內中有一個多月的暑假。早上和繩武商量，二位有獵鵬的本事，何不更請二位去海裏獵一個鯤魚回來呢？因此，特來告知。願把這獵艇借用，不知二位可有興致？」老少年未及答話，寶玉先大喜道：「我正因爲看見水底戰船，未曾到船上去看看情形。有此機會，無論鯤魚獵得著獵不著，先長了海底行船的見識了。」老少年也欣然答應。於是，同坐飛車，先到水師學堂來。與繩武相見過後，便帶了透水鏡，同坐上飛車，到海邊來。不知果然獵著鯤魚與否，下回分解。

【烏托邦／反烏托邦】

烏托邦（Utopia）一詞最初源於希臘文「outopia」（不存在的）與「eutopia」（幸福的地方）。托瑪斯．摩爾（Thomas More，1478-1535）在一五一六年著《烏托邦》，其思想受柏拉圖《理想國》影響，虛構出一個政治、經濟、教育等制度皆臻完美的國度。以烏托邦為訴求的小說，大多以此概念作為延伸，代表作者心中理想國的描繪，也暗示對當時現況的不滿。反烏托邦小說正好相反，對烏托邦強調的完美公有制度提出質疑，相對於烏托邦關注的整體安定與公共利益，反烏托邦更關注個人的特質與自由意志，代表作品為：《我們》、《美麗新世界》、《一九八四》等。

【延伸閱讀】

1. 托瑪斯・摩爾（Thomas More）著，戴鎦齡譯：《烏托邦》（臺北：志文，1997年）。
2. 尤金・薩米爾欽（Yevgeny Zamyatin）著，殷杲譯：《我們》（新北：野人，2014年）。
3. 梁啟超：〈新中國未來記〉，梁啟超著，吳松等點校：《飲冰室文集點校・第六集》（昆明：雲南教育，2001年），頁3867-3901。
4. 蕭然鬱生：〈烏托邦遊記〉，于潤崎主編：《清末民初小說書系：科學卷》（北京：中國文聯，1997年），頁73-86。
5. 李約瑟：《中國古代科學》（香港：中文大學，1999年）。

銅像城

張系國

銅像矗立在城中心，高逾百丈，佔地十畝。城的四週是廣闊的草原。從城外五十哩，就看得到銅像龐大的身軀，在呼回世界的紫太陽照耀下閃閃發光。據那時候的旅客說，從太空船觀看呼回世界，這星球上最醒目的標誌，就是索倫城的銅像。連京城的黃金寶殿，都不及銅像來得壯觀。這麼碩大的銅像，不要說呼回世界，在整個宇宙裏，恐怕也是獨一無二的。

有關銅像的來歷，傳說各異。據呼回史書記載，最初的銅像是為紀念索倫城第一批移民而樹立的。但一般認為第一尊銅像是索倫城首任城主的遺像。又有一個說法，銅像是第三次星際戰爭時擄獲的戰利品。不論如何，在第三次星際戰爭時，索倫城裏已有銅像存在，是後世史家都同意的事實。最初的銅像約有十丈高，在當時算是龐然巨物，但比起後來的銅像，乃是小巫見大巫了。

第三次星際戰爭結束後廿年，在戰亂裏失蹤的呼回王，突然回到索倫城。早已繼承王位的弟弟，自然不肯讓位，雙方終於兵戎相見。舊帝依賴老臣暗助，攻陷京城，新帝敗走草原。舊帝復辟後，將城中新帝餘黨全體處死，除了把千餘首級掛在城門示眾外，又將原有銅像熔化，與孽黨的盔甲共同熔鑄成舊帝銅像。舊帝不久崩殂，嗣君年幼，新帝黨得豹人之助，再度攻陷索倫城。新帝復位後。一樣殘殺舊帝黨，將原有銅像熔化，再鑄成新帝銅像。舊帝嗣君倖免於難，逃往草原，十二年後又率眾大舉攻城……新帝黨與舊帝黨之爭，持續了千餘年之久。根據呼回史書記載，索倫城易幟共計卅一次。當時局勢的動盪不安，可以想見，史稱「千年戰爭」。

千年戰爭既是新帝黨與舊帝黨的內戰，對安留紀呼回文明的發展並沒有甚麼積極貢獻。唯一的成就，也許就是銅鑄技術的進步——不論何黨攻城得手，第一樁大事，就是殺戮敵黨，將死者的盔甲與原有銅像共同熔鑄新像。戰爭一次比一次殺人更多，銅像也就愈鑄愈大。索倫城第十七次易手時，銅像已高達卅丈。這麼巨大的銅像，即使銅鑄技術再進步，熔鑄仍是曠日費時的辛苦工作。勝利的一黨爲了鑄像，每每搞得民窮財盡，怨聲載道。往往銅像剛鑄好，敵黨已開始擊鼓攻城。鑄像的工作，於是又得重新開始。

但銅像是不能不鑄的。索倫城的銅像，已成爲索倫城統治者的夢魘。當時的一位呼回詩人寫得好：「整個世界的目光／都注視著京城裏日漸高大的金人」。索倫城第十九度易手時，勝利者曾頒佈命令，搗毀銅像，並且從此不許鑄像。這位勇敢的新帝黨王子，竟在一夜之間成爲全城人士鄙視唾棄的對象，第二天早晨就被部下在浴缸裏刺殺，索倫城也第廿度易手。有了這樣恐怖的殷鑑，後來的索倫城統治者，沒有人敢違抗傳統。不論鑄像的工作有多麼艱鉅，即使因此搞到府庫空虛，銅像也不能不鑄！

索倫城統治者對銅像的態度，因此不能不說是曖昧的。不鑄像會導致殺身之禍，鑄像卻必然亡國。這兩者之間的利害抉擇，足以令最英明的帝王焦慮到鬚髮皆白。索倫城人民對銅像的態度，也同樣十分曖昧。他們痛恨鑄像的工作。不少人的父兄，或者盔甲成爲銅像的一部份，或者因鑄像而慘死——失足落入沸騰的銅汁鍋裏、搗毀舊銅像時被碎片砸死、搬運銅像時精疲力竭倒斃路旁。銅像因此帶來悲苦的記憶。但銅像又是索倫城人民最感驕傲的標誌。索倫城之所以偉大，索倫城一切的光榮事蹟之所以爲人傳誦，都因有這銅像存在。呼回詩人沒有一位不曾寫詩詛咒過銅像，也沒有一位不曾寫詩讚美過銅像。直到現在，呼回年輕人苦戀時寫情書，總是稱對方爲「索倫城的銅像」，就是由於這個典故。

索倫城的統治者和人民，對銅像有著如此複雜而濃烈的情感。到索倫城第廿九次易手時，銅像已成了高達五十丈的龐然巨物。任何想要熔鑄銅像的人，祇要望它一眼，都會心膽俱裂。攻陷索倫城的舊帝黨將軍，進城時還十足的趾高氣昂。部下領他到銅像前，他的確僅僅望了銅像一眼，就一頭栽下馬來。這可憐人昏迷了三天。第三天的夜裏，有人看到他赤足背著手，在宮殿前的廣場上踱來踱去，喃喃自語。早上衛兵發現他吊死在宮裏。有人說他是自殺的；有人說他精神失常；也有人說是銅像的神靈附體，逼他投繯自盡。

不論真相如何，將軍吊死後，有卅七年之久，新帝黨和舊帝黨的軍隊都不敢進入索倫城，索倫城成爲權力真空地帶。雙方的領袖都明白，誰膽敢進入索倫城，誰就必須重鑄銅像。雙方的領袖都缺乏這個勇氣，祇好聽任索倫城自由發展。這也該算是天意吧，因爲呼回文明的民主傳統，就是在這卅七年間建立起來的。新帝黨和舊帝黨既然都迴避索倫城，城中無主，混亂了幾年。後來有位老學究力勸市民仿照地球古法，組織共和政府，史稱「第一共和」，索倫城也第卅度易幟。

共和政府成立後，索倫城逐漸恢復繁榮，人民安居樂業，工商百業迅速發展。共和政府的元老頗為自傲，有人就想到，該是重鑄銅像的時候了。主張鑄像的人指出，現在的銅像是新帝黨最後一任國王的遺像，無論如何不適合國民瞻仰崇拜。共和政府的成就，已經遠超過歷朝諸王，自然應該另鑄新像。至於究竟該鑄誰的像，則言人人殊，莫衷一是。有人認為該鑄許多小像，紀念索倫城第一批移民；也有人認為該紀念索倫城首任城主。至於共和政府的元老，自然私下都希望為自己鑄像，只是不便公開鼓吹罷了。

反對鑄像的人倒也不少。他們指出，歷朝君王皆因鑄像而亡國喪身，共和政府既是民主政府，就不該好大喜功。新帝黨和舊帝黨的騎兵隊，仍然在草原出沒，隨時可能進攻索倫城。如果共和政府將人力物力都浪費在鑄像上面，無疑是自取滅亡的愚蠢行為。況且銅像已高達五十丈，重逾百噸。上次重鑄銅像，費時共計十年。共和政府能不顧城內百姓反對，一意孤行嗎？

贊成鑄像和反對鑄像的兩派，勢力都很大，久久爭執不下。最後提出解決辦法的，還是當年首倡共和的老學究。這位老先生當時已九十多歲了，仍然耳聰目明，頭腦比年輕人還要敏銳清楚。他想出的解決辦法，的確是呼回歷史上一大創舉，對後世影響極大。他認為銅像不必重鑄，祇需要在原有的銅像之外，添加一層外殼。這樣不僅新銅像必然比舊銅像更為高大，而且舊銅像不必搗毀，節省許多人力物力。最要緊的，由於舊銅像仍然在新銅像之內，並未搗毀，未來的統治者，也絕不敢輕言搗毀銅像，至多設法另外添加一層外殼罷了。

老學究的意見，迅速為共和政府的元老院一致通過採納。城內的商人和庶民，也都以手加額，如釋重負。這是何等聰明而兩全其美的辦法啊！人們對老學究非常感激，又念及他首倡共和的功勳，共和政府新修的銅像，竟非他莫屬了。誰知道這麼一來，卻送了老學究的命，也斷送了第一共和。

索倫城共和政府新建銅像的消息，迅速傳遍草原，激惱了新帝黨和舊帝黨的領袖。他們既然瞭解重修銅像並非難事，野心復熾，竟釋前嫌，組織聯軍，圍攻索倫城。共和政府英勇奮戰了三年，終於抵擋不住聯軍的攻勢。城破之日，共和政府的元老無一人逃走，集體端坐元老院內，自焚殉國。守城的共和政府軍隊，也戰至最後一兵一卒，無一人投降。第一共和悲壯的結局，迄今仍爲呼回詩人所歌誦，也激勵了後來呼回族的千萬民主鬥士。聯軍入城，大屠三日，又斬決九十多歲的老學究及全家卅五口，將他們的頭顱掛在城門上，永遠不許取下。一直到一百廿四年後，民黨革命成功，建立第二共和，才取下老人全家的頭顱，並爲老人重修銅像。

聯軍勝利後，共同擁戴新帝黨王子和舊帝黨公主爲王及后，新舊帝黨的千年戰爭，至此告一段落。共和政府所修的銅像，也迅速加添了另一層銅殼。千年戰爭後，呼回歷史邁入新紀元。從此不再有新舊帝黨之爭，而是帝黨與民黨之爭。其後的兩千年間，共有廿七次共和革命，及廿七次復辟反動。帝黨的標誌是花豹，民黨的標誌是青蛇，因此史稱「蛇豹之爭」。民黨和帝黨最後彼此妥協，呼回歷史遂步入君主立憲時期。安留紀的呼回文明也進入巔峰的黃金時代。

蛇豹之爭的二千年間，索倫城的銅像又加添了五十四層外殼，終於成爲近百丈高的雄偉巨像。君憲初期，出了幾位雄才大略的將軍和內閣總理，還重修過幾次銅像。但由於銅像體積過於龐大，連添加一層新外殼，工程都過份浩繁。最後一次添加外殼，竟耗資億萬，內閣因此垮臺。從此再沒有一位內閣總理嘗試過重修銅像。

銅像本身，卻逐漸自然起了變化。歷代加添的外殼，原本是不同朝代歷史人物的肖像。也許是因爲年代久遠的關係，也許是受到地心引力的影響，這一層層的外殼自然而然壓縮黏接在一起。銅像逐漸改變外貌。它的面貌不再是某位歷史人物的面貌，而成了無數人物的綜合像貌。索倫城的市民和外來旅客瞻仰銅像時，都不由自主感受到一種奇特的壓力，彷彿看到的不是數百噸的金屬，而是一個有生命的東西。有人說面對銅像時，似乎整個呼回歷史的眼睛都回望著他。也有人說銅像的面貌，絕不是凡人的面貌。有關銅像的種種神話，流傳漸廣。有人發誓說夜晚經過銅像，聽到銅像發出重濁的呼吸聲。住在銅像附近幾條巷子裏的居民，都曾聽到銅像裏傳出哭喊聲和嘆息聲。這些流言，雖經索倫市政府一再闢謠澄清，仍然不脛而走。由於銅像埋葬了歷代無數冤魂，市政府方面認爲會有這些神話出現，原本不足爲奇。一直到以銅像爲唯一真神的銅像教出現了，人們開始膜拜銅像時，索倫市政府才慌了手腳，採取嚴厲措施，禁止銅像教的傳教活動和膜拜儀式。

這時候的呼回文明，正進入如日中天的全盛時期。藝術、文化、商業、工業、科技及軍事各方面的發展，都凌駕銀河系附近其他星區之上。呼回星區自然而然成爲附近十八個星區的盟主。以安留紀呼回人的文明進步，居然在首都索倫城出現原始的銅像教，頗費後世史家一番解釋。然而銅像的魔力一天天增長。市政府雖久未修整銅像，銅像卻似乎繼續生長。有人懷疑是銅像教教徒暗中進行修理工作。這種說法難以採信。第一、銅像教教徒雖膜拜銅像，卻絕不敢和銅像接觸，這在他們的教義裏，是瀆聖的行爲。第二，即使有教徒想犯禁修整銅像，他也很難不爲守衛銅像的衛兵查覺。有一種說法，比較有科學根據。此一理論認爲索倫城地層不斷下陷的結果，使銅像底部出現岩層裂縫，地底的赤熱岩漿注入銅像內部，像吹氣球般逐漸吹脹銅像。這一理論，也合理解釋了銅像爲甚麼有時彷彿在流「汗」，有時又似乎在流「淚」。不論如何，不斷在生長的銅像，的確引起市民普遍的驚恐。夜闌人靜時，銅像發出的喘息聲，即使是不相信銅像教的人，也能清楚聽到。銅像面部的表情，逐漸變得猙獰可怖。某國新來的大使，第一次看到銅像時，驚駭中竟脫口而出說：這是魔鬼的臉孔啊！

其後的百餘年間，銅像繼續生長，高度達到百廿丈。身軀也繼續膨脹，侵佔了銅像前的廣場，和四五條街內的住宅區。隨著銅像的生長，信奉銅像教的人也越來越多。儘管有關方面全力壓制，也不能禁止銅像教擴充其勢力。孩童成羣結隊，別著銅像徽章，在城中遊行。婦女頸項掛著鑲有銅像金身的項鍊，到銅像前祈禱求其賜福。哲學家撰寫冗長的論文，討論銅像是否即宇宙唯一真神。因著對教義解釋的不同，各銅像教流派之間不時爆發流血衝突。死難的教徒，便都堆在銅像前。銅像對這些變化似乎都無動於衷，祇是一心一意繼續生長。初期飽受當局壓迫的銅像教，在內閣總理和內閣閣員都公開宣稱入教後，竟成爲國教。呼回星區既然是附近十八星區的盟主，隨即照會加盟各星區，要求它們皈依銅像教。有十三個星區在呼回星區的武力威脅下就範。其餘的五個星區，斷然宣佈退盟。呼回星區裏狂熱的銅像教徒，旋即組織遠征軍討伐退盟的星區。局部的武裝衝突，導致鄰近超級星區干預。一連串的不幸事件，如連鎖反應般，終於引發了第四次星際戰爭。

第四次星際戰爭歷時兩百五十年，對銀河系各文明的摧殘及影響極大。戰爭的經過，在「第四次星際戰爭全史」裏有詳細記載，在此不多贅述。停戰協定簽訂後不久，禍首的呼回星區，受到應得的懲罰。來自G超級星區的艦隊，包圍了呼回世界的小小星球。一艘太空龍級無畏艦，不久就出現在索倫城上空。它費了廿分鐘的時間，就將整座銅像完全氣化。索倫城城中心，僅賸下一片燒得焦黑的空地。

有關銅像的神話，並不因銅像被氣化而消滅。據說在銅像被氣化前一日，銅像突然流淚不止，臉部呈現少有的慈祥表情。一位目擊的銅像教徒日後回憶說，在那一刻他才意識到，銅像實在是索倫城的靈魄。又有人說，氣化的銅像並未消失在大氣層裏，在呼河流域上游山區裏，又出現新的銅像。更有人相信，銅像必將再度凝聚成形，回到索倫城，領導呼回勇士，發動第五次星際戰爭，重振銅像教聲威。這些傳說，到今天還在呼回世界裏流傳。

【文化記憶】

「記憶理論」由阿萊達・阿斯曼與揚・阿斯曼共同提出，其著作《回憶空間》指出，人們常透過文本、圖像、身體、地點、儀式等媒介建構族群歷史，藉此形塑民族的集體記憶與身分認同，例如：紀念碑與紀念儀式可以用來銘刻榮光或者創傷，歷史的傳遞可以形塑共同體的信仰。然而，現代國家透過上述種種的歷史教育建立認同時，經常成為鞏固國族利益的手段，而引發對異文化的誤解甚至流血衝突。何為記憶？什麼是國族？學者指出，現代國家在建立的時候，因常存在著暴力的衝突，其必要的條件是「遺忘」，真實的記憶遠比現代民族國家建構的記憶更複雜。

但是有一件事情可以確定：銅像和索倫城的命運關係至爲密切。銅像消失後，安留紀的呼回文明迅即走向崩潰的道路。銅像消失後廿五年，索倫城爲蛇人攻陷，從此成爲一片廢墟。而呼河流域的蛇人族，不久也都神祕絕種。這些離奇的歷史，究竟和銅像有何關連，還有待未來的史家繼續考證。

（摘自「索倫古城觀光指南」）

【延伸閱讀】

1. 黃崇凱：〈水豚〉，童偉格主編：《九歌一〇四年小說選》（臺北：九歌，2016年），頁93-112。
2. 廖鴻基：〈儲存〉，《大島小島》（臺北：有鹿文化，2015年），頁207-217。
3. 陳浩基：〈時間就是金錢〉《死亡考試：倪匡科幻獎作品集（四）》（臺北：貓頭鷹，2011年），頁200-218。
4. 黃凡：〈皮哥的三號酒杯〉，張系國主編：《當代科幻小說選II》（臺北：知識系統，1985年），頁167-207。
5. 押井守導演：《攻殼機動隊》（松竹發行，1995年）。

終極生物

蘇逸平

【基因改造】

在科學的高度發展的過程中，因DNA複製技術產生實驗室生命的實踐，也帶來倫理道德的衝擊與觀念改變。人類對於生命密碼的解密充滿想像，乃至於實現基因改造，許多活動正在改變整體生態環境，不只對人類的精神與倫理產生文化衝擊，也影響了生態觀念，進一步迫使人類思考日常環境的變化。工業化時代亦使生命的創造成為產業生產或實驗室工程，複製人議題的出現對於生命的去神聖化具有獨特的現代性意涵，也促使我們進一步思考「仿生人的獨特性」、「複製記憶與文化傳遞」，以及「什麼是人」的論題。

自從人類在二十世紀初發現遺傳密碼DNA以來，整個文明就起了天翻地覆的改變。

由這項研究衍生而出的基因工程科技，更是徹徹底底改變了我們的世界，根據某些人的說法，人類從此掌握了「神」的能力。

可不是嗎？從最早的農作物基因改良開始，更大更甜的蔬果紛紛問世，徹底滿足了我們的口腹之慾。在醫療實驗室中，一項項的神效良藥紛紛出現，人類的生命活得更長，也更健康。

最後，基因工程研究到了頂峰之處，一隻名叫「桃莉」的複製羊出生，從此之後，有許多的人認爲這已是一個里程碑，證明我們已經可以和「神」並駕齊驅。

只是，有識之士也據此提出了疑慮。「我們認爲好的，真的就是好的嗎？」這是懷疑論者們最大的疑慮。

有些蔬果因爲被我們改良得更大更甜，反而擾亂了原有的食物鏈，間接造成了某些生物的滅絕。許多種強效的藥物，最後卻刺激出了沒有藥物可以抵抗的超級病菌。而複製生物的科技，更是在道德層面上引起了史無前例的爭議。不過，這一切的疑慮在二十一世紀的生物科技專家燕靖德博士的眼中，只是阻礙科學進步之輩的無聊夢囈。

「每一項劃時代的科技問世時，總會引起庸才們的反抗，」燕靖德憤然說道。「生物科技只會造福人類，就這麼簡單！」

抱著這樣的信念，博士在西元二〇五六年展開一項史無前例的大計劃，準備在外太空的太空站上研究出最完美的人類。這項計劃，就叫做「終極生物計劃」。

在研究中，燕博士培育了六十個人類胚胎，三十個男孩，三十個女孩，這些胚胎在母體懷孕期間便已經經過了無數次的修正，將所有基因上的條件修正到幾近完美的程度。

「聰明、才智、體能、容貌、身材，」燕博士鉅細靡遺地向助手交待修正的項目。「血液機能、免疫系統、內分泌功能……只要我們想得到的，都一定要做到完美的地步。我要這六十個孩子一出生，便成爲人類有史以來最完美的六十個人！」

孩子們一個個出生了，果然在容貌、身體、智慧上無懈可擊。燕博士預定在七年的時光內給予他們最出色的教育，七年後，他就要帶著這人類文明史上最出色的孩子們回到地球，向全世界誇耀他的成就。

七年的時間轉眼就過了，可是在燕博士預定回地球的那一天，地球方面卻發現太空站突然失去了聯絡，而且，千萬人引頸等候了一整天，天空中卻始終沒有出現他們的蹤跡。而太空站就像是消失了一般，完全渺無訊息。

到底，燕博士的太空站出了什麼事呢？這是所有人一致的疑問。於是地球方面立刻派出調查隊，前往位於火星附近的太空站查個究竟。然而，調查人員到了太空站時，卻被眼前所見的情景嚇得瞳孔收縮……

偌大的太空站，在深邃的黑藍色太空中，已然面目全非，像是一株碩大無朋的草菇類植物，在表面上爬滿了容貌猙獰的真菌類植物。在沒有空氣、沒有水分的外太空，這些真菌類是怎樣生存的呢？

調查人員小心翼翼地進入太空站，發現太空站內已經像是一座層層糾結的真菌森林，已經完全不見原有的高科技景象。而調查人員更驚疑地發現，這些真菌都是從數十株枝幹繁衍出來的，而這些枝幹上，有的還留有太空站太空人們的制服碎片。

那也就是說，這些真菌植物，很可能就是太空站的太空人變成的。懷著無數的疑團，有位調查人員靈光一閃，想到了一個關鍵的疑問。

「那麼……那六十個小孩在哪裡？」

這個疑問，很快就得到了解答，在太空站的後側一個小空間里，六十個完美小孩便瑟縮地躲在那里，他們的面容和體形果然美麗得無懈可擊，只是隔著玻璃窗，那森冷的眼神卻讓調查人員覺得混身不舒服起來。其中一名調查員想將小空間的門打開，卻在門把處發現了一行歪歪扭扭的文字。

「這扇門，」那字跡色作鮮紅，透現出寫字者情緒的震撼。「絕對不能打開！！！」

因爲那字跡給人的印象太過深刻，調查人員依言不將那扇門打開，一行人開始在布滿真菌的艙中搜尋答案。而這一切的答案，就出現在駕駛艙的一具錄像電腦中。

「我錯了，這個實驗是個不應該存在人世的實驗。」在電腦的影像中，主宰這項「終極生物」實驗的燕靖德博士虛弱地說道。在影像中，他的臉上已經長出了詭異的蕈類。「我身爲一個科學家，卻妄想跨越神的界限，因此發生了這樣的慘劇。我，願意擔起所有的責任。在『終極生物』的實驗中，我想要造出的，是六十個完美的人類，而這點我做到了，因爲這六十個孩子，在基因、免疫、外表所有條件上，都是無懈可擊的。然而，就是因爲太過完美，才導致了我們的悲慘命運。

七天前，一名來自地球的工作人員將感冒病毒帶到太空站，並且將它傳染給其中幾名孩子。因爲只是輕微的感冒，我們並沒有太過注意。但是，因爲這些孩子的免疫系統太過強勢，從他們體內產生的抗體成爲致命的蛋白質，這種蛋白質會在一天內侵入人體，將細胞真菌化，而且，這種入侵會以幾何級數方式擴大。

太空船內的人已經沒救了，而我也即將變成真菌，在這裡，我希望來人將這個太空站永遠封閉起來，因爲如果這種終極抗體散播到地球，所有人類將全數消滅……」

曾經，人類在歷史上無時無刻想要扮演上帝的角色，但是最終的結果，總像是打開了一只潘朵拉的盒子，隨著盒蓋而出的，總也只是無盡的災禍。

這座曾經主導過「終極生物」實驗的太空站，如今仍漂流在小行星帶上，彷彿是在告訴後世的子孫，科技的濫用，會造成什麼樣的不幸後果……

【生命政治】

傅柯在《生命政治的誕生》一書提到，在現代國家權力下，生命成為可以計算的人口，繼而產生統計人口的方法及優生學，乃至於對人的治理，而身體在此成為可以治理的具體物，甚而使人動物化。國家權力可以藉由法律訂立、藉口保護人民等治理效用，而成立例外狀態，如：衛生醫療、戒嚴或集中營，由此實行對身體的治理政策。在傅柯的論述中，身體承載著國家政策與行政管理的治理技術，而國家更透過一種真言化的政治制度來管制生命。

【延伸閱讀】

1. 張曉風：〈潘渡娜〉，向鴻全主編：《臺灣科幻小說選》（臺北：二魚文化，2003年），頁23-69。
2. 紀大偉：〈他的眼底，你的掌心，即將綻放一朵紅玫瑰〉，向鴻全主編：《臺灣科幻小說選》（臺北：二魚文化，2003年），頁374-408。
3. Toby Haynes導演：〈聯邦星艦卡里斯特〉，英國獨立電視劇《黑鏡（Black Mirror）・第四季》（Netflix播映，2017年）。（電視劇）
4. Stephanie Welch導演：〈假基因之名〉紀錄片（Paragon Media出品，2017年）。（紀錄片）
5. 石黑一雄：《別讓我走》（臺北：商周，2015年）。

驚夢曲

平路

一 驚雷

那天，如同驚雷一般，他感覺一根金針鑿入他的腦骨；然後，劈刺般的光影在他眼眶上癢癢地流動。他接連著震悸了好幾下，彷彿從一場最酣沉的睡夢裏醒過來。

當日，煙波浩瀚的密西根湖畔，他從亙古的黑暗之中浮出水面的時候，炙目的光線照射著他燐灰斑斑的軀骸；掩面的鬚髮如同水藻，在穹蒼之間裂開幾條斜細的縫又隨即被沉積物淹埋住了。等到絲絲縷縷的光亮再次透進來，卻不知其間經過多久，是多久以後的光景……

之後，他恍恍惚惚的視覺裏，人影飄來飄去，推著他一扇門一扇門的進。人影都披著一式的衣服，闃寂無聲地在他周圍飄來飄去……他彷彿躺著，又好像坐著，似乎清醒著，又分明是夢境……不痛、也不癢，只覺得被掏空一般的翻攪、被擠壓一般的衝撞……許多日子以後，他才知道，那是在修補與汰換他全身的器官。

再後來，他感覺自己時時刻刻都被那像是雷達、又像是電視的弧形大螢光幕包圍，上面切分成許多畫面，隨時閃爍著信號；有時畫面還會稀奇古怪地盤繞起來，彷彿幾隻摺疊的圓球……漸漸地，他周圍的人影也凝聚成了實體，一個個白皙、安靜、面無表情的實體。他偶爾撐開眼皮看他們一眼，有時，他也能分辨出真人中間居然還摻雜著幾個走起路來步履僵硬的機器人。

一天早晨起來，他試著張開嘴巴，用勁地清理喉嚨，他聽到的，竟只是又尖、又細地哼唧了幾聲。那時候，他才知道整日躺著不動的自己原來這麼孱弱；同時，他卻驚喜地發現自己揀回了一些聽覺。

慢慢地，能夠下床挪移了。有一天，他站在螢光幕前面，或許是感應到了他的注視，螢幕一變成爲光潔的鏡壁，除了倒映出室內的景物外，鏡子裏站著一個陌生的人（倒嚇了他一大跳）。他慢慢回過神來，好奇地看看鏡子裏的自己，濃密的頭髮、晶燦燦的眼珠、配上胸肌、胸毛……他知道有些是移植的、有一些則是外科手術塡充進去的，還透著嶄新的硬札。

他試著舉起手臂，手臂沉甸甸的，上面又滿覆著輕盈、閃亮的金色汗毛。他的手掌摸到自己的面頰，在那撫過去一片陌生的臉上，卻觸到扁塌的鼻骨。他倏地心頭一震，那感覺是這一向所未有的熟悉。他繼續搓摩著鼻子，指尖沁出潮潮的汗水……這一向，在木然與粗糙的肌膚包裹下，彷彿只有那扁且塌的鼻骨，才帶給他一些連繫生命本源的記憶。

而他的腦海中，除了靈光乍現的片刻，這時卻混沌一片。

太空紀元的學習，卻能夠在混沌中、甚至能在潛意識的縫隙裏無窒礙地進行。事實上，他的學習早已經悄悄開始，而那雷達似的螢光幕，也負責偵測學習的進度與效率。這些日子來，他的進度不慢（正表示他的智力也在漸次復元中）。他已嫻熟太空紀元一些基本守則。下一步，他進階到「倫理」與「秩序」的公民課程：簡言之，太空紀元內的

「秩序」只在於區域分工：地球上再沒有國別的區分，意識形態等等也早已是不存在的問題；又由於區域之間分工必須清楚，各地的居民降生下來便從程式知悉自己的職分，這就是地球公民人人所必須遵守的「倫理」。

螢光幕的畫面終日不斷，睡眠的時刻中由於潛意識與無意識的交替作用，更是學習效率的高峰。經過連續幾日夜的密集教誨，他已經能夠牢記清楚地球上各區域的分工，譬如，他目前所置身的區域專攻科技，是所謂的科學園區，那麼，此地的每個人都從事於頂尖的科技工作或獻身於前衛的實驗研究。

至於他呢？他是一個無意中揀拾來，而如今也負起解答某一環科技疑難的實驗物。當他由眠夢中醒來，近來突飛猛進的智力已從連續的畫面中爲他歸納、演繹出來他自身這一遭奇特的經歷：

原來，他本是密西根湖底一具被遺忘多年的軀骸。只因爲太空紀元中「宇宙公約」的簽訂，先前熱門的「外太空探險」立時限制重重。而自從海域石油被「新能源」取代，「海洋研究」也逐漸成爲過時的玩意兒。就在這個節骨眼上，原先老掉牙的、沒有人要問津的「湖底沉積物探勘學」突然爆出冷門，成爲「科學園區」裏科技發展的新方向。便這樣，一支湖底勘察隊將他撈起。鹹水多年的浸泡下，他的器官與肌膚早已蝕爛殆盡，而出人意外的是，在強力的電擊下，他的腦殼竟存有微弱的反應。於是，科技小組爲他修之補之，試著根據他的腦殼模擬出過去的溝迴，而對現代科技最重要的議題是，這樣模擬出的溝迴是否還能攜帶原先一式一樣的記憶。其餘外表的容顏等等，由於不是實驗的重點，就比較馬虎了事，以致於他現在草草拼裝起來的形貌，竟有幾分略似這些讓他重獲新生的新人類。

「智力並沒有泯滅的跡象，記憶的恢復，應該只是時間的問題。」細讀著傳來的腦波曲線，螢光幕背後，科技小組的成員們用耳機頻道彼此溝通。

他們決定再加強他的刺激頻率：螢光幕瞬時被切割成億萬個活動畫面，在他面前連續地飛旋起來。畫面中是各式各樣的物體，以各種角度通過他的網膜，只希望刺激出顯著的「認知反應」：有一次，當他看見一株高高的檳榔樹的時候，嘴角悸動了一下；而當注視一隻蕃薯形狀的島嶼時，他竟然啊啊地叫了幾聲。

就這樣，反應被鉅細無遺的攝入雷達，立即的歸類分析，資料又回饋進他面前的螢光幕；於是，蘆葦、竹林、木瓜、香蕉、夾竹桃、玉蘭花……愈來愈多熟悉的物體，在他眼前，在他身邊，在他似真似幻的夢裏飛旋起來，逐漸拼湊成一幅一幅似真似幻的畫面……

「喂，等等，等等啊！」便在那夾竹桃與玉蘭花的背景下，小男孩淘氣的鬼臉讓他不自覺地開懷笑了。他還尾隨那幅逝去的畫面，依依不捨地喃喃著。

這一刹，探測器上的反應恰似用電棒觸擊他的腦前葉，特別是那裡有一處「快樂中心」。螢光幕背後，科技專家們紛紛直起身體，注視探測器上指針的急劇起伏。而回饋系統中這樣的顯著差異，亦促使他面前的螢光幕上出現了更多的小孩畫面：有時是頸間柔軟的絨毛，有時是唇邊一朵笑靨……他益發激動，他的指尖微微抖顫，眼睫疾速地開闔，目眶裏滾出幾滴晶瑩的淚光。孩子繼續嬉鬧著，叫嚷著，畫面中的小孩彷彿成了兩兄弟，不知何時兩兄弟身邊又出現了一位眼尾彎彎、溢滿了笑意的女人……女人有一雙素手、細而白的腳踝……踩在光潔的拼花地板上，總是發出那窸窸窣窣的聲音……啊！他忘情地傾耳聽著，忘情地跟隨那裙裾的擺動，然後，裝作無意地抬起頭來，瞥她一眼，而耳朵裏滿滿都是那窸窸窣窣的聲音……啊！是那雙細而白的腳踝，地板上輕巧的走著，忙裏忙外的收拾著，……是，是晚飯後收拾的時光……然後呢？然後他彷彿睏著了，朦朧的睡眼中，又是那窸窸窣窣的聲音，彷彿窸窸窣窣地滑落下去……啊，是衣裙窸窸窣窣地滑落……他感覺到女人滑軟的肌膚……還有柔膩的髮香……啊，那不是激情，只是太熟悉的溫暖，像女人那熟悉的、他往昔最熟悉的幽深，竟是那麼溫柔又暖和地、如往昔一般將他密密包裹……

探測器的指針正危顫顫地指向刺激高峰，畫面倏地停頓，一時燈光大亮。他，裸裎的他，發現自己原來躺在冷冰冰的操作枱上。原來，只是一項操作中的實驗，只是一間控制中的暗室，只是一些製造出的幻覺！他再也忍不住，掩著臉嗚嗚哭起來。他覺得羞恥，覺得孤單，感覺到被耍弄、被撩撥、然後又被一腳踢開的痛苦。突然他也厭恨起這一向環繞他的科技人類，他們彷彿那麼專注而用心，亦是那麼樣殘忍，他們究竟還是不是人呢？爲什麼面對他（總是另一名人類同胞吧！）的痛苦卻無動於衷呢？

「人們都是無私的、專注的、理性的，依循分工的大原則，貢獻出所能，發揮對人類世界的最大功能……」這一刻裏，他記起這些時日來學過的公民課程。是的，他知道他的實驗已經結束，他對現代科技的貢獻恐怕也到此爲止。他的記憶是可以恢復的，亦只有往日最熟悉的東西，可以牽引出他內裏最深沉的「快樂」與「感情」……

螢光幕背後，專家們正迅速地將實驗結果換

成數據，送進「紀元電腦」，這可能將有助「記憶力」脫水、儲存、罐裝的研究，亦可能有助於某種「快樂」元素的提煉。至於剛才情境實驗中無意出現的「感情」成分，那是過時的東西，紀元電腦立即將之剔除，放入廢物檔裏。

無論如何，實驗已經結束。幾個機器人正將卸下來的螢光幕拆成零件，收回器材箱裏；這壓克力拼裝成的實驗室也要縮小成幾個迷津，爲下一回合太空鼠與電腦鼠的競技作準備。只有他，抱著頭繼續坐在那裏，是的，他知道他仍然記得，記得他曾有幸福的家庭。他記起來了，自己有過妻子與兩個可愛的兒子，住在那四季長春的島上，彷彿是綠蔭蔭的院落，市郊、公寓，公寓一樓種著夾竹桃與玉蘭花的院落⋯⋯是的，他記得，記得，他一定要回憶起來。但是，失去了螢光幕提供的密集刺激，他此時像陷身於無邊無際的黑暗當中，遠處，若隱若現的一絲絲線索，像是亂礁中的水草、或是暗夜中的寒星，任由他於漆黑的過去中浮沉、摸索；那感覺，又彷彿重臨當年的災難現場，任由他在冰冷的水域中沒命的掙扎，絕望地喃喃著⋯⋯

我碰到了什麼？——他喃喃著。

我碰到了什麼？是什麼竟讓我由幸福的頂峰跌落？——他費力掙扎，拚命地擺動手腳。

彷彿是當年最後一刻，最後一刻他不甘心地擺動手腳。

到底碰到了什麼？

湖水淹漫了他，淹沒了他那隻掙扎的手。

他朦朦朧朧知道是劫機。劫機？討價還價不成，有人引爆了炸藥！

他很快地沉落，向湖底沉落，他一向不會游泳。

可憐他一向不會游泳。

中學時代的體育課，一列刮得青灰的和尚頭在游泳池畔排起隊。他，蠟燭芯一樣的身體在水邊瑟瑟抖顫，腳趾緊緊攀住那周圍滑溜的磁甎。跟著口令手臂往前平伸，兩隻腳跟才稍稍離地，他已經雞貓子喊叫的嚷出來：

「老師，我怕！」

他只是很令人發噱、很膽小的一個小人物。

劫機對象只是美國飛機與美國佬，他一個扁臉塌鼻的黃種人（分明他又是黃種人裏的小人物），只是被糊里糊塗牽累。

小人物總是被莫名其妙拖下水。只是這一次，拖下了浩瀚的大水。

誰教他當初學不會游泳？

什麼是什葉派的回教徒？他的連襟二姐夫當年大概清楚些。

總之是有著宗教狂熱的一批人，後面有一段太複雜的恩怨，二姐夫提起來總是搖搖頭。

那次出差，從芝加哥到紐約去開會，對他來說，實在太遠了一點。事實上，腳步一離開臺灣，他的心便失去了安穩。他一點也不懂爲什麼有些人可以終日馳騁於國際航線上，彷彿空中飛人。他也不懂爲什麼有些人甘於在國外置產，把家小迫不及待地送往國外。而他，只要一腳離開臺灣，他心中便害怕回不來了。

「老師，我怕！」

他本是怯懦又本分的一個人。怎麼知道屍骸會沉埋於異國的湖底呢？

那次出差，他本來並不想去。臨出國門的桃園機場，妻子還柔聲安慰他，要他不要怕，她與孩子們很快就跟著來了。怎麼知道一別就是永訣？

那次出差，他的心意也只在挨過兩個月，暑假一到妻子便可以帶著孩子們與他團聚。最要緊的是帶孩子們去他們夢寐以求的「迪斯奈樂園」玩一趟，會是他們童年最多顏色的夢想。

六歲的老大閃耀著一雙晶亮的眼睛，對他說：

「爸爸，那裏有米老鼠與唐老鴨，跟人一樣大。」

「是嘛，乖乖，它們還會跟你握手。」他牽著兒子的小手掌柔聲說。

「爸爸要帶我們去世界最最大的遊樂園哩！」四歲的老二也跟著傻里傻氣地瞎起鬨。

「這兩個月你聽媽的話，就一定帶你和哥哥去。」為了孩子們的夢想，他咬咬牙，噙住眼淚，向著出境門走去。

「米老鼠、唐老鴨、迪斯奈。米老鼠、唐老鴨、迪斯奈。米……」傻乎乎的老二在他背後歡呼著。

「笨瓜，快跟爸爸說再見。」老大的聲音打斷了弟弟。

爸爸，再見。

他曾是一個疼愛孩子的爸爸，也是一個體貼妻子的丈夫。他每天呑食一粒「克補」，他是那麼滿足於他的小小世界。

小小世界中，他是個每年考績甲等的公務員。

那時候，部裏作公務員，職位並不低，好歹是個專員。他的文筆尙可、行文也快，等因奉此便一點難不倒他。部裏的工作又輕鬆，每天午飯後他還可以伏在桌上小睡一覺，考績則每年都是甲等。上面的部長科長走馬燈似的換，專員的位置卻是安穩的。公務的閒暇裏他勤練書法，筆酣墨飽的寫下

「長壽即勝利」這句五字箴言，貼在辦公桌對面的白牆壁上。看著他也覺得心安無比。

「長壽即勝利」，他提醒自己每天呑一粒活性「克補」。

早晨穿過新公園的時候，他不忘坐下來吐納一番。

或許真是自己善養浩然之氣的結果：他腦殼內中子的存量比別人豐富，活性異於常人，科技專家說這就是他能在長久的歲月之後起死回生的原因。

長壽即勝利。……否則，如今他還是密西根湖底的一具屍骸。

「活那麼長，做什麼？」二姐夫不以爲然的瞪他一眼。

岳夫家有三個女兒，連襟見了面就喜歡楞抬槓。吃完飯女人家嘁嘁喳喳洗碗的工夫，連襟們一面啜著老人茶，一面在嘴巴上較量斤兩。

大姐夫老實不過，生活之中唯一出軌的事情大概就是他愛買八卦雜誌，然後找幾則小道消息，壓低聲音，獻寶似的唸給他與二姐夫聽。

二姐夫最爲雄才大略，注重的也是世界全局，而二姐夫縱觀大勢、盱衡世情之後，總是很悲觀地搖搖頭，歎著這世界沒什麼希望了。

他，那時是二姐夫眼中一隻駝鳥，把頭鑽進沙裏，悄悄營造著自己美滿的家園。緊緊巴住地，也只是腳底下那層薄薄的沙壤。

只是，二姐夫眼光還是對的。那混亂的世界上，他小小的城堡，不過是建在沙壤上的城堡。他小小的家室，小小的幸福，小小的希望，在那轟然一聲的驚駭裏，毀掉了。湖底，從此埋葬著他小小的軀骸，粉碎的夢。

二 夢迴

依然是一顆熾烈的心，他滿臉都是激動的淚痕，步上「太空紀元」連接地球兩地間的「捷運火箭」。火箭從升空到降落共需十五分鐘，其中包括仰角向地球自轉軌道發射，再由軌道經反彈力落向地球的另一面，垂直的旅程，是「捷運火箭」招徠旅客的新觀念。

還是要漫長的十五分鐘。扣好安全帶的他，簡直一刻也不願意多等待。有本旅行指南建議搭乘穿過地心的「洲際小巴」，據說還可觀賞路上的熔岩奇景，但他一打聽要四十五分鐘，他才不甘心白白又多耽擱掉半個鐘頭。這些年都白白過了。現在卻一刻都不願意忍耐，耳朵裏聽著升空的火箭引擎聲，他也開始暗笑自己這份心焦。

而事實上，自從幾天前他將記憶中浮游的片段終於拼湊齊全的那一秒鐘起，回到自己的土地上，正是他唯一的心願：回家，回家就好了，回家就什麼都好了……這幾天來，一遍遍地這樣安慰著渴切盼望的自己。

同時，從恢復記憶的那一刻起，他便再不能忍受那自稱是科技掛帥的新人類，一個個的白板面孔，分明就是科學怪人。望著火箭艙外的一陣隕石雨，他邊想邊搖頭。看得出來，那些人顯然對自己區域內頂尖的科技洋洋自得；而根據他們的描述，地球上其他各區域的發展確實不如他們，舉例來說：如今非洲的絕大部分已被滾燙的黃沙掩蓋，少數水草區變成獸種雜居的自然博物館；整片亞洲大陸成爲農礦專業區，負責生產全世界的糧食、並致力星河系的礦冶；歐羅巴是工廠區，專司製造加工；中東一帶則依然是火藥庫，掌理星際大戰。

艙外又是一陣閃爍的流星雨。他隨手拉下窗幕，心裏飄過的卻是這些年間，地球上究竟發生過什麼大事？——其實這幾天他也請教那批科技專家，他們卻一無所知。他們說，沒有人要懂得歷史，沒有人要鑑古知今。在這進步的「太空紀元」，人人照著區域分工的程式運作，錯誤的可能是不存在的。

到底這些年，地球上發生了什麼大事？他亦只能茫然地瞎揣測。依他短短幾日的觀察，彷彿發生過一些關鍵性的轉變！他卻說不出是什麼……對這個未來世界，對那些分工分得很好的新人類，他也一樣覺得無趣。……但願回家就好了，一回到他那生身的故鄉，那婆娑之洋、美麗之島，他這顆浮躁的心就會安定下來了……

艙外砰隆巨響，火箭已擦觸地球自轉軌道……又一眨眼間，火箭轉向一百八十度，直奔回程……

「航程對正臺灣島，地面溫度華氏七十五度，五分鐘四十秒後即將著陸……祝各位有一個愉快的旅程。」擴音器裏播報著。

……再五分鐘……他快慰的閉上眼，眼前，那夢寐難忘的、一葉青綠浮在水面上的臺灣島。那蔚藍的海水……那海水，於接近陸地的地方變幻出奇異美麗的顏色。啊，他的眼眶已爲那片熟悉的夢土濕潤了……

每一次想到臺灣，他的眼眶裏就忍不住蓄滿淚水，臉頰兩側也會一陣一陣地痙攣……這強烈的面部反應，讓那些作了一輩子人體測量的科學家們嘖嘖稱奇；就他而言出乎意料的是，那些滿腦子科技的新人類們對他的故鄉竟也流露出不尋常的興味。據他們說，星際旅遊之外，在這個地球上，除去白令海滑雪、新幾內亞衝浪，臺灣島是全世界票選第三酷愛的度假勝地。新人類們給他恩准，讓他自由行動，知道他選擇臺灣時，亦都帶點妒意的望向他：這些微的情緒波動，出現在那群人一向漠然的面孔上，的確顯得十分稀罕、又說不出來的詭異。

無論如何，人家喜歡臺灣，總是他衷心的驕傲。他摯愛的家鄉。可不是？現在他正在「回家」的最後三分鐘途中——「回家」——多動聽的名詞，這麼一唸叨，他想起當年讀過的幾首半瓶子醋的唐詩來，什麼「少小離家」、「鄉音無改鬢毛催」，又是什麼「兒童相見不相識」……

他這樣結結巴巴背誦著，心裡卻突然多出幾分倚老賣老的矜持，他試著想像自己滿頭稀疏白髮，下巴底下也是疏疏的白鬍鬚。喲，好老了呀，他下意識地摸摸下巴，一摸下巴就不對了，哪裡有什麼白鬍鬚？可憐他現在卻是整形過了的、這副不中不西的怪相。哎！別說兒童，沒有人會認識他了。……真的是，沒有人會認識他了……原來他現在也只剩下孤單一個人……

可憐他的家人？他最親最愛的妻子與小孩呢？

哎！他不願想像他們已離自己遠去，但同時，亦不能期望他們至今還存在世上。畢竟，只剩下他，莫名其妙地突然又活了回來。

他轉著念頭，一剎那之間，窗外卻又是轟然巨響，他在巨響裡睜開眼睛，望著火箭內的雙排座位。座位上塞滿了一看就知道是來度假的人們，那些人皆穿著閃亮的衣服，臉上依然專注，卻是一副準備專心度假的專注。哎，他與他們多麼的不同，世上再沒有人能體會他的傷悲。這樣在心裡哀歎著，他搖搖頭、抹去頰邊不知何時滾落的兩滴淚水。俯身揭開窗幕，艙外正是那衝破大氣層的景象。五十秒後，火箭垂直的落向地表，亮麗的陽光下，地殼層閃閃發光，終點到了。

感覺自己墜落的他，有些惋惜，這垂直降落的角度竟錯過了他熱切盼望的太平洋岸景色。卻也不待多想，已經聽到艙外喧囂的聲浪。他按捺下浮盪的心情往窗下望，哇，不得了，停著無數捷運火箭的廣場上，蓬蓬草裙的少女獻上旗幟，玫瑰色臉頰的孩童加套花環，還有許許多多美婦人送來香吻。

那片廣場周遭則種滿了各色鮮花，再一細看，卻又畫分成一個個景致完全不同的小花園，有的遍植熱帶羊齒，有的花果纍纍，有的恰如昔日維多利亞時代的繁複規劃，有的又酷肖東洋風的精工素雅，眾多花園中，還有鴛鴦在戲水、仙鶴在漫步、鸚鵡在學舌、黑天鵝在那裏昂首顧盼……於這伊甸園般的勝景間，便是那些少女、兒童與美婦人們，帶著她們甜蜜的、歡欣的、燦爛的、卻千篇一律的笑容望向每位旅客……

他好奇地東張西望，一面尾隨著前座的旅客，腳步滑向履帶。轉眼間他由火箭艙通過天橋，已滑進水星岩搭建的「迎賓大廈」。牌子上說水星岩熠熠生輝，冬暖夏涼，乃太陽系最時新的建築材料。不規則形狀流瀉的光影之下，則是巨幅的旋轉海報。海報上寫著這島上出名的珍奇、勝景、遊覽場所、餐廳酒店，以及夜夜翻新的夜總會節目等等：「如果您有興致，請至遊艇飽餐夕陽大餐並飽覽太平洋日落」，「如果您需要刺激，請坐飛翼船駕臨賭國名城——龜山島」，「如果您尋求情趣，請騎白駒上玉山觀雲海」，「如果您酷愛自然，請乘巨龜進阿里山訪神木」，「如果您渴慕原始，請移步蘭嶼參觀豐年祭、矮人祭、月圓祭、人頭祭」，「如果您志在未來，請務必抽空瀏覽太空展、宇宙展、光年展、星河展」，「如果您來玩的目的在吃，那麼，建議您去離島品海鮮，上八仙洞嘗山產」，「此外，本地一流飯店隨時供應鮐、鮫、鱟、鯆，以及果子狸、金銀雞、眼鏡蛇、梅花鹿」，「每晚的夜總會則提供大樂隊、大舞池、大輕鬆、大爆笑、大懸疑、大驚訝」……

他有些頭昏目眩。到後來，他簡直是閉著眼睛一路滑過去，算是「走」完了這條鋪著紅地毯的「迎賓大廈」長走廊。

然後，跟著同火箭來的旅客們，他坐上編好號的電動車，直駛座落於城市中心的度假旅館。一路，他見不到熟悉的景色。頭上是綿亙數里的雲霄飛車軌道；地下，則是一方接一方爲了觀光客設計的遊樂園；有養飼珍禽的鳥園、繁殖鱷魚的鱷魚園、海豚表演的水上花園，稱作「沙發瑞」的野生動物園、以及自己動手的開放式果園等等。

望著遠處漸漸浮現的陌生都市，電車上的他，心中竟湧上說不出的疲累……

當他進到旅館，終於坐入那四處灑著香精與吊滿鈴蘭的套房裡，他望著隨時噴灑著溫泉水的蓮蓬頭，他這一路上惶惶然的心情倒刹時鬆懈……他洗了個壓力浴，四肢的骨節在熱蒸氣的排盪下一陣咯吱作響。然後，他又試用過床頭各種按摩器與指壓器，迷糊地睡了一會，直到暮色低垂，他才又從那兩百零三層的旅館裡信步踱出來。

旅館外的大街上一色是作觀光生意的店家，出售的則都是塑膠與壓克力的各式紀念品。他懶洋洋踱著慢步，滿街是節奏輕快的音樂。他頗生厭煩地望向那一簇一簇度假的人潮。經過一個花鐘，他望了一眼，快九點了，難怪天都黑了，他決定往回走。

卻就在這時，花鐘敲響九點的一刹那，突然轟隆一聲，滿天星斗，天空上已是各種奇幻的煙花。配著壯麗悠揚的交響樂、冉冉上升的彩色煙霧、在天上鑲成各種圖案。接著，地下的管弦也合奏起來，遊行的隊伍花團錦簇地舞了過來，行列中盡是各種化裝過的面目。有的滑稽、有的俊美、有的詭異、有的奇幻、也有的看在他眼中實在莫名其妙的荒誕。就在通過面前的隊伍裡，猛地，他一眼瞥見那豎著兩隻圓耳朵咪咪笑著的米老鼠，與那歪戴一頂小藍帽斜翹尾巴的唐老鴨，突然間，他的心被什麼戳了一下，刺辣辣地痛了起來。

連續幾天，他發瘋一般行走在那樂園中，行走在那清潔的、整齊的、沒有一絲塵土、也沒有一點噪音的城市裡。到處都是度假的人們，帶著一張張專心尋樂的面孔。於那些人中間，他找不到些微熟悉的過去，亦找不到絲毫可以證實過去的自己在這同樣的城市裡存活過的痕跡。

在那全然陌生的景色中間，他忍不住一再回想起一九八〇年代的此地，繁華、骯髒、擁擠、嘈雜、墮落、混亂，而混亂中自有其井然的秩序，擁擠中亦有人與人之間的溫暖；只是—包括他自己在內，那些活在都市邊陲的小市民呢？

有時候，他真恨不得揭開如今這批米老鼠、豬小弟、唐老鴨、兔寶寶的頭蓋，來問他們一問。

幾天後，他徹底放棄了追尋過去，他安慰自己地想著都市本來易變—如果去到都市以外的地方，一定仍可以找到他夢寐中的家園。

想到那田疇前一排高高的檳榔樹、風過時唏唏颯颯的竹林、月夜裡隨風起伏的稻浪、水牛背上振著翅的白鷺……他這幾日鬱悶的心情立刻活絡起來；再想起他小時候最愛伏在石頭上聽的，那汀汀淙淙的田水聲，他的一顆心幾乎要唱歌……啊……縱使他長大後爲了讀書就業的需要不得不住在都市，他的根柢，仍然牢牢紮在南臺灣鄉下。

他坐著遊覽用的「卡底車」離開都市，「卡底車」一旦卡上底部的輪盤，便風馳電掣的往前行駛。就因爲「卡底車」的發明，整條南北高速公路像一匹寬闊的輸送帶。「卡底車」的司機不必坐在駕駛檯前，還兼任嚮導，滑稽的聲調滔滔不絕地介紹沿途的娛樂勝地……

想不到，這一路上仍是那遊樂園的景象，只是面積變得更廣，規模變得更大，間中夾雜著漁釣場、騎射場、捕鯨場、射鯊場以及狩獵場等等提供年輕人歡樂與刺激的園囿設施。此外，環島皆是綠油油的高爾夫球場、一望無際的潔白海灘與可以採珊、觀魚、丟水鏢的礁岸。最令他難以置信的是，原有的礦坑已改成供人探險的鬼洞；先前的林場建為登山、滑雪、度蜜月的甜甜屋；路邊也不再種任何作物，偶有一小方稻米與甘蔗，亦只是標本性質，由一列列小火車裝載著好奇的觀光客去看前人是如何耕種謀食。

「卡底車」內，他意興闌珊地縮在坐臥兩用的鋪位裡，車窗外，碧燦燦的海洋擁抱著清澈的河流，撲面吹來乃是那最清新純淨的海風。眼前這樂園是乾淨的、清爽的、整齊的、安寧的，往日的污染與噪音全不見了，路邊瑰奇的景致裏甚至見不到往日無所不在的果屑與垃圾……

是的，什麼都不一樣了。他縮在鋪位裡回想：很久以前，他也曾坐在這南下的返鄉列車上，望見的雖是那豐盈、肥美、鮮綠的田野，卻同時也是那又臭又濁的溪河水流向落日下的海灣……

那時候，記得他亦曾擠上那不住冒黑煙的客運汽車，行駛在茄冬樹一路排開的縱貫道上。窗外灰濛濛地，焚燒廢電纜的灰燼正隨風飄散；而回首塵寰處的都市，他知道，那高達六十公尺的垃圾山正舉行著一場盛大的煙火慶典……

那些年間——即使是駝鳥似的他也從報章上知道——他紮根的土地裡，正暗暗埋藏了過多的化學污染與農藥殘留物，甚至還有一些重金屬、放射物、與劇毒的碳氫化合物，順著河流沖向淤積的海口。

此外，則是那遭受鎘廢料侵襲的濱海村落、南部城鎮的戴奧辛污染、西部PCB的中毒患者群，再加上奶粉、餿水油等食品公害，煙灰、酸雨、落塵、噪音等環境公害；那時候的人們——儘管是駝鳥似的他也必須承認——確實活在一個浩劫家園的夢魘下。

而更恐怖的是，那真的是一場夢魘，如今驚夢乍醒，髒亂與污染的時代雖然消逝了，所剩下的，卻是眼前這一座呆滯的「伊甸園」！——難道說，這就是物極必反、爲拯救那生態環境所作的努力？還是當年的公害一度確曾到達它的臨界點，眼前乃是餘燼裡建造的新福地？

他斜靠在卡底車內，傷心又沉痛地回想著……

回想起那時候的傍晚，他經常倒背手站在公寓前未加蓋的圳溝旁，望著那不知何處流出來的烏綠臭水，再回頭看幾步的距離內，自己妻子正揮著汗切菜淘米，那時候，他的心中，也曾暗自地擔著憂，那一刻，他只是悄悄擔著心啊！

亦恰似當年翻閱報紙，看到的總是一個充滿了罪惡與強奪的縱慾世界，瀰漫著末世紀的短視作風。那時候，再轉過臉注視地板上正一心一意用積木砌城堡的兩個小兄弟，他這位作父親的，心裡也會爲他們未知的將來有些抱歉、又有些悚慄。

……紛亂的年代，他們小小的城堡，建在地板上的積木城堡，很輕易地，就會倒塌了呀……而那樣的歲月裡，他一個爲人父的，難道在心裡不曾默默的知曉？——儘管宣傳車上並不乏大聲叫嚷的政治人物，卻不一定有人真正關心自己子孫的長遠福祉。

那麼，會不會？——……如今坐在「卡底車」內的他努力的想著——眼前這樂園般的景象便是當年墮落景象的終結？或許，根本是全球性的大勢所趨？——明知道沒有人能夠告訴他正確的答案，沒有人能解釋這段長久的歲月中究竟發生了什麼事——當年那個混亂的時代到底怎麼結束、又怎麼建立起眼前這陸地上的超級樂園？——他闔上眼皮，拭去眼角的幾滴淚水，無意追溯下去。

而無論如何，這裡承天之運變成一個樂園的勝景，或許亦是本島的福祉呢！……「卡底車」的終站，他拉著那位年輕的司機兼導遊，拍著人家厚墩墩的肩膀，他輕道珍重再見。

望著那燦爛的夕陽，他步下了卡底車廂，朝向那美麗又哀愁的臺灣島落日，他一路走了下去。

他走過夕陽下的鐵橋，望著底下依然湍急澎湃的溪流，他心裡驟然飄過許多年前陳達老先生一聲聲沉哀的「思想起」……

三 曲終

後來，他在山間與水澤終年游走，衣衫襤褸，髮散鬚長，他自己亦成爲臺灣島上的觀光一景。

有一天，無意中，他在一處斷崖絕壁間發現一塊石碑，上面刻著：

「西曆二〇四〇，『太空紀元』前十年，臺灣島讓售與『迪斯奈樂園』全球公司。」

那一時刻，他想著百年前他的孩子們關於迪斯奈樂園以及唐老鴨、米老鼠的愛，他嘴裡不自禁輕哼著迪斯奈世界的註冊商標歌曲：

——「這個世界小小小」——

1131222（都都咪都瑞瑞瑞）

——「這個世界好好好」——

2242333（瑞瑞發瑞咪咪咪）

嘴裡輕哼那熟悉親切的旋律，他臉頰上掛著一絲飄忽的微笑。衝著眼前那壯闊雄渾的太平洋，縱身從懸崖上跳了下去。

發表於一九八五年，載自《椿哥》

【擬像與真實】

科技進步使得真實得以完美再現，透過視覺甚至進入虛擬空間的體驗。尚・布希亞（一九二九－二〇〇七）所謂「擬像」（simulation），即透過數位科技再現的影像，具有超真實的效果，因此取代真實，進而取消真實。舉例來說，影視作品中科幻動畫對於未來世界的打造，可能影響科技的發展；媒體擅長塑造的「形象」，造成主體的消失，透過傳播所吸收到的訊息，人們誤以為眼裡所見即為真實；廣告操作了一套商品的符號交換系統，利用符號與指涉物（商品）之間的斷裂，使消費者陷入品牌的迷思。擬像所呈現的超真實取消了主體的位置，使我們反思「何謂真實」，是否存在絕對的真相（或真理）？

【延伸閱讀】

1. 黃崇凱：〈如何像王禎和一樣活著〉，《文藝春秋》（新北：衛城出版社，2017年），頁57-78。
2. 葉言都：〈我愛溫諾娜〉，《海天龍戰》（臺北：知識系統，1987年），頁113-159。
3. 張系國：〈歸〉，《星雲組曲》（臺北：洪範書店，1980年），頁1-21。
4. 赫胥黎（Aldous Huxley）著，李黎等譯：《美麗新世界》（臺北：志文，1976年）。
5. 英國獨立電視劇：《黑鏡》（Netflix播映，2011年）。（電視劇）

宅的遊戲

黃麗群

所以你想要一雙什麼樣的眼睛？揚眉或垂睫。圓型或葉型，杏子型也可以。我們有寶石綠、遠星藍、古岩灰及夜路黑。

皮膚的顏色深入淺出共八種。

免費贈送一套服裝、一種髮型、一組配件。

你獲得位在郊區一棟有前後院的房產。當然一開始搬進去時可真淒慘，院子雜草是滿的屋裡是空的。請盡力工作賺錢，資金投入整修，購買新衣與家具，起造庭園。除此之外你還能在家裡擺上很多書，閱讀後提升各種知識值。但讀這麼多書最後也不知能幹嘛。

你還可以一直一直去開廚房的冰箱，不用擔心因爲不管怎麼吃都不發胖，不管吃什麼都是端著盤子站在冰箱前發出咬下蘋果的聲音。不管男或女都具有亞利安式的高腰纖腿，頸項修長、水晶香檳杯般的臉。

洗碗。更換壁紙。訂購新家具。種下一株玫瑰。砍去一棵野樹。洗澡。今天還沒有拜訪鄰居，於是出門。翻鄰居家的垃圾桶（發現舊衣）。打開鄰居臥室的床頭櫃（偷走指甲油）。幫對方趕開浣熊。在門口擁抱他。親吻他。打他一巴掌或者與他談論運動。

長日在此不盡，鳥鳴終日不停。沒有其他事可以做，那就拜訪下一個鄰居。社區裡還有二十三棟房子，眾人貧富不均，但大家都那麼美，抬頭挺胸站直身子，香檳杯裡傾入的是清水從來沒有壞表情。

§

最近我玩起一款小遊戲。關於這遊戲，也想再多解釋些，但上面已經說完了。

雖說看得出來它原先意欲將「劇情任務解謎」與「模擬人生」、「開心農場」幾類常見的小遊戲類型結合，企圖心很大，但這家來自德國的遊戲公司，不知到底該算「不德國」或者「很德國」，它的美術設計洗練，不隨世風賣萌，雖是2D遊戲，但物件細節一花一葉無不優美嚴飾，又可以四面旋轉（所以一把茶壺也要設計四種角度）。幾乎可以想像美術是怎樣一筆一畫手製出這個踢正步一般永遠九十度角不傾斜的世界，天工開物栩栩如生。

然而它的遊戲性實在太低，玩到一個階段後就只能做些機械式點擊動作收取金錢與經驗值；能購買替換的道具在越過一定等級之後又太少，進度開發也實在太緩慢了，每段劇情至多兩小時就解完，但已有七、八個月未曾推出新章節。不知道這公司到底想拿它怎麼辦？一時似乎也不打算中止服務，已經算不上熱鬧的官方粉絲頁上，三不五時還是會忽然發布小活動（送些道具什麼的）。反而顯得黯淡。好像過氣藝人偶爾在社群網站貼出當紅時的照片。獲得了七個讚。

不過我還是繼續玩著。把它當虛擬娃娃屋（家裡沒地方放真娃娃屋），而逛鄰居的家特別有趣，侵門踏戶也是這遊戲的一部分。總之，這是一個關於「宅」（包括了直觀的原字義，與次文化延伸而來的新意）的遊戲。

§

「鄰居」當然不是真鄰居（家對面的真鄰居你倒是一年也不會打到一個照面），而是世界各地一起玩這遊戲的臉書帳號。通常我只加入在臉書放真實大頭照（這多少可以辨認出來）、並透過塗鴉牆能捉摸簡單背景的人（來自哪國、職業是什麼、生活方式如何）。原本只是個人怪癖，卻讓這枯燥的遊戲派生出一種恍惚祕密、如在音樂或書頁中不斷遭遇各種伏筆的趣味，以及就算拋棄語言與溝通也沒問題的莫逆於心。「天涯若比鄰」原本出自王勃的詩，上句是「海內存知己」，意謂只要心意相通，即使彼此翼軫衡廬也像比鄰而居，近似精神上的跨越甚至是共時性。但今日常被借以詮釋人類如何以科技克服物理世界裡一碼是一碼、不會縮短一公分的障礙，例如描述飛機或視訊的發明，非常務實，非常不玄，非常形而下。倒是這無聊的遊戲實現了句裡最初的詩意。

比方說，只要進入這些鄰居的地面，就對他的手筆與治事胸有成竹，庭院深處特別的櫻花並不是隨便能栽種，它價值十顆紅寶石；床頭的李根斯坦畫作則需十六顆。這些算是遊戲中的奢侈品，因爲紅寶石只能以實際現金購買。有些人裡裡外外裝滿寶石家具，一眼估計都是幾百塊美金，我經常流連忘返嘖嘖稱奇，這個世界裡不需矜持的做客之道。

然而真正的醍醐味在於觀察各地陌生人，是如何在同樣的一畝三分地、同樣有限的購物選擇與差不多的預算裡，過起他與她色色式式理想的生活。人生充滿極限，充滿不從人願，都是一圈一圈綑仙索或者站起來撞到頭的壓迫屋頂，五百塊美金在日子裡一扇房門都買不到，於此卻能滿足一整座莊園。撫慰有時也就是這麼廉價與輕易，而自由、揮霍與家居的方式，三者組合起來真能洩露陌生人一些祕密。有的人屋子裡小小的，家具堪用，但在屋外大治園林多有樓閣花榭茵陳嵩。有些剛好相反。這傾向有時對應現實，好比住在科羅拉多州的Anna與住在德國的Gertrud都是前者。住在紐約的Sammy剛好相反。而住在島國的我山也想貪水也想貪，所以各自一半。

有人以森天絲柏密密將自己的地面圍住。有人

（例如住在北卡的祖母Daphne）不設一柵圍欄。

有人製造聖堂般的廚房，可容十數人的長餐桌擺滿沙拉與餐具，爐火永遠開著咖啡永遠煮著，可以住四五個青少年的大房間，地上安靜扔了一顆足球。

有人極力鋪陳客廳與書齋，一間臥室與一張大床，餐廳卻只放一張僅供兩人對坐的餐桌椅，上面僅僅一副碗筷。而不管是前者與後者，它都有可能是個獨居的老人，也都有可能是個反覆搓著抹布的媽。可能是夢也可能是真。

簡單的複製。幽幽的補白。快樂或不快樂。愛好與欲想。不言的紀念。有沒有一個再婚的男人，在遊戲裡還是安置了一副前妻喜歡的英式鄉村風花沙發呢？有沒有一個腹中夭折了小孩的母親，在遊戲裡的嬰兒房中，密密麻麻塞滿大象、兔子、泰迪熊娃娃呢？

有個重機大漢，他的角色是紅色短髮少女。有個看來怯弱的南亞少年，他的角色從來不把衣服穿上。原本紅髮、棕髮或黑髮的白人女性，遊戲中常常選擇一頭長長的金髮。我也不認爲這馬上就能結論他們是扮裝或變性慾者、暴露狂或者每個都有血統的崇拜。那又太缺乏神經了。人的行動都能這麼一條大路通羅馬地解釋就好了。

游標在宅子內外鼠竄，螢幕藍光冷冷。遊戲裡代表我的那個小人穿著紅洋裝，被我指使得團團轉。一下子去投籃，一下子去看電視，活動力耗盡後就原地木然站著，等待每五分鐘回復一點體力。網路與人類靈魂對接的想像，科幻電影裡已說了那麼多，但或許，極限也就是如此而已。就像我們看十九世紀Jean-Marc Côté關於二十一世紀生活的幻想畫，也覺得啞然失笑。

於是我又跑去找了Jean-Marc Côté的作品出來看，五分鐘過去，小人又有力氣在螢幕上跑動。

其實你與它不會發生感情或連結，倒是先前鬼月時，有時半夜打開遊戲頁面收成金錢（當然是遊戲裡的），偶爾會亂想，小人會不會忽然被附身似的失控脫出了我與遊戲的指令範圍？小人會不會在動作到一半時忽然停下來、轉過頭，我看見她無神識的眼珠？

誰知道更恐怖的事情發生了。本來，遊戲裡少少幾項支線任務，總是像小印章似地以圓圖標列在畫面左方；一旦有進度，圓圖標旁便會連續閃跳一條長彩旗，上面寫：「有進度（Progress）」。有進度是多好的事情。

但某次更新後，我它被加上個奇怪的新功能：當你沒有進度（也就是都在忙些跟任務無關的澆花灑水之事的時候），圓圖標旁竟也會不定時跳出長彩旗，上面寫：「任務未完成（Incomplete）」。

我看到時有點目瞪口呆。因爲任務結束後，圖標本來就會自動消失；還掛在左方就意謂「正在進行中」，因此這新的設計完全是多此一舉，而且跳出的頻率也實在過度頻繁。

你去看電視，「任務未完成」。你去坐在樹下，「任務未完成」。你去彈鋼琴，「任務未完成」。

有些玩家開始在官方的粉絲頁反應「不能理解這有何意義」，而且「非常惱人」。我明白。惱人當然不只是視覺干擾，而是在心理上近似受到宗教式的恫嚇。當然講好聽點，也可以說是暮鼓晨鐘。

任務未完成。我們總是有那麼多事未完成。而誰不是都在被「未完成」追趕的同時追趕「未完成」。

但天哪我只是玩著一個宅的遊戲（這裡就完全是直觀的原字義了），我真的不需要這些。然而冷清的粉絲頁上從來沒有任何遊戲公司的人在回答問題。

「任務未完成」「任務未完成」「任務未完成」。它又跳出來了。我何嘗願意！我就是等級還沒練到能完成它的時候啊。

就只好氣憤地闔上視窗，回頭去做正事了。

【人工智慧】

人工智慧（Artificial Intelligence），簡稱AI，意即透過電腦模擬人類智能，以執行任務、解決問題、進行學習、提供建議、作出判斷等，可以廣泛運用在交通、娛樂、醫療、服務等各方面。然而，當人工智慧越是開發，例如由Google DeepMind研發的AlphaGo（圍棋AI）於2016、2017年接連擊敗南韓棋王李世乭和中國棋王柯潔，意謂人腦將不再具有優勢。英國天文及物理學家霍金教授生前接受BBC NEWS訪問，以及參加劍橋大學「未來智能中心」（Centre for the Future of Intelligence）開幕儀式時，都曾提出對無限制發展人工智能的擔憂。前微軟、Google公司副總裁李開復《AI新世界．前言》指出：「人工智慧的各種應用，既充滿希望，也潛藏危險，我們必須同時做好準備。」究竟人工智慧時代的來臨，是對人類帶來助力還是威脅？例如人工智慧機器人的研發，既能執行探勘、救援等危險任務，也可能取代人類工作，或用於軍事武器，人類應該如何選擇？需要對人工智慧有更深的了解以及全盤思考，才能作出明智的判斷。

【延伸閱讀】

1. 黃麗群：《我與貍奴不出門》（臺北：時報文化，2019年）。
2. 王建元：《文化後人類：從人機複合到數位生活》（臺北：書林，2003年）。
3. 李英明：《虛擬的極限──資訊汪洋中的迷航》（臺北：臺灣書店，2001年）。
4. 李開復：《AI新世界》（臺北：天下文化，2019年）。
5. 英國廣播公司（BBC Worldwide）：《電玩遊戲真的對你有害嗎？》（臺北：百禾文化，2016年）。

Note

Note

Note

Note

國家圖書館出版品預行編目資料

暨情.享讀／國立暨南國際大學中國語文學系著. -- 修訂版. -- 臺北市：五南圖書出版股份有限公司, 2020.08
面； 公分
ISBN 978-986-522-076-1（平裝）

1.國文科 2.讀本

836 109008548

※版權所有，欲利用本書內容，必須徵求本公司同意※

1XGC

暨情・享讀（修訂版）

主 編 者 — 國立暨南國際大學中國語文學系
編　　輯 — 陶玉璞、曾守仁、陳正芳、黃莘瑜、徐秀菁、廖敬娟
選　　文 — 李怡儒、林鴻瑞、徐秀菁、張雅婷、陳正芳、陳冠妤、曾守仁、温珮琪、黃健富、黃莘瑜、樊鳳玉、譚立忠、嚴敏菁（按姓氏筆畫排列）
詞條撰寫暨注釋 — 温珮琪（主題一）、
徐秀菁＆陳正芳（主題二）、
林鴻瑞（主題三）、張雅婷（主題四）、
黃健富（主題五）、陳冠妤（主題六）、
李怡儒＆嚴敏菁＆徐秀菁（主題七）
校　　對 — 李怡儒、徐秀菁、張雅婷、陳冠妤、温珮琪、黃健富、廖敬娟（按姓氏筆畫排列）
封面設計 — 李婷萱
版式設計 — 郭馥萱、鐘翊婷
攝　　影 — 陶玉璞（黑冠麻鷺、賽芻豆、灰樹鵲、日月潭、茄苳、白頭翁）；郭馥萱、鐘翊婷（微光攝影
發 行 人 — 楊榮川
總 經 理 — 楊士清
總 編 輯 — 楊秀麗
副總編輯 — 黃惠娟
責任編輯 — 陳巧慈
出 版 者 — 五南圖書出版股份有限公司
地　　址：106臺北市大安區和平東路二段339號4樓
電　　話：(02)2705-5066　　傳　真：(02)2706-6100
網　　址：https://www.wunan.com.tw
電子郵件：wunan@wunan.com.tw
劃撥帳號：01068953
戶　　名：五南圖書出版股份有限公司

法律顧問　林勝安律師

出版日期　2019年 3 月初版一刷
2020年 8 月二版一刷
2023年10月二版五刷
定　　價　新臺幣400元

經典永恆・名著常在

五十週年的獻禮——經典名著文庫

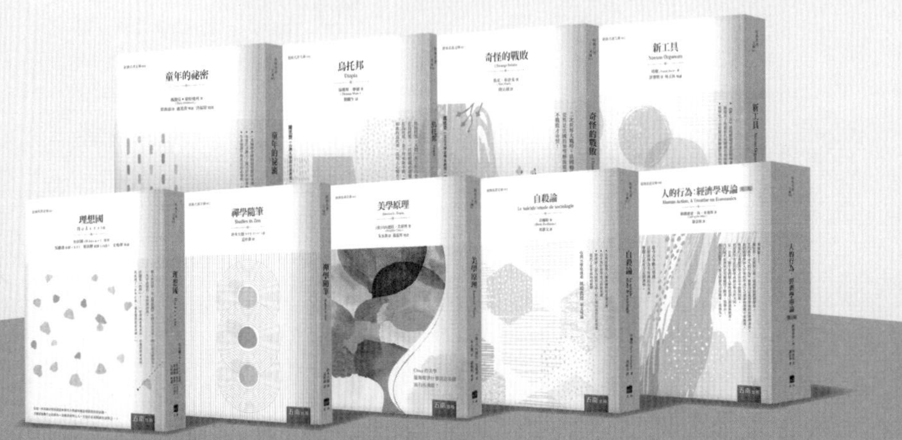

五南，五十年了，半個世紀，人生旅程的一大半，走過來了。
思索著，邁向百年的未來歷程，能為知識界、文化學術界作些什麼？
在速食文化的生態下，有什麼值得讓人雋永品味的？

歷代經典・當今名著，經過時間的洗禮，千錘百鍊，流傳至今，光芒耀人；
不僅使我們能領悟前人的智慧，同時也增深加廣我們思考的深度與視野。
我們決心投入巨資，有計畫的系統梳選，成立「經典名著文庫」，
希望收入古今中外思想性的、充滿睿智與獨見的經典、名著。
這是一項理想性的、永續性的巨大出版工程。
不在意讀者的眾寡，只考慮它的學術價值，力求完整展現先哲思想的軌跡；
為知識界開啟一片智慧之窗，營造一座百花綻放的世界文明公園，
任君遨遊、取菁吸蜜、嘉惠學子！

全新官方臉書

五南讀書趣

WUNAN Books since1966

1 秒變文青

★ 專業實用有趣
★ 搶先書籍開箱
★ 獨家優惠好康

不定期舉辦抽獎
贈書活動喔！！！